탑스타의 탑 시크릿

ⓒ김지혜 2016

초판1쇄 인쇄　2016년 9월 20일
초판1쇄 발행　2016년 9월 27일

지은이　　　김지혜

펴낸이　　　박대일
편집　　　　이문영 · 임유리 · 신지연 · 전보라
교정　　　　김필균
마케팅　　　송재진 · 임유미
표지디자인　박현주

펴낸곳　　　파란미디어
출판등록　　2004년 9월 14일 제313-2004-00214호

주소　　　　04072 서울시 마포구 성지1길 32-36 (합정동)
전화　　　　02.3141.5589(영업부) 070.4616.2012(편집부)
팩스　　　　02.3141.5590
전자우편　　paranbook@gmail.com
카페　　　　http://cafe.naver.com/paranmedia
페이스북　　http://www.facebook.com/paranbook

ISBN　　　　978-89-6371-339-7(03810)

탑스타의 ☆☆ 틀 탑시크릿

김지혜 장편소설

파란

프롤로그

어느 멋진 날

서울고등법원 형사2부 2013너31984 사건 재판이 끝났다. 시종일관 엄숙한 표정으로 앉아 있던 세 명의 판사는 전용 통로를 통해 나갔고, 재판 내내 팽팽하게 기 싸움을 벌인 검사와 변호인들은 서로 눈도 마주치지 않았다. 창백한 얼굴로 앉아 있던 피고인이 천천히 일어섰다. 안절부절못하던 원고 측은 일찌감치 자취를 감췄다.

"피고 측에서 항소하겠죠?"

땀으로 축축해진 뒷덜미를 수건으로 닦는데 누군가 불쑥 얼굴을 들이밀고 물었다. 장 형사는 돋보기 겸용 안경을 추켜올리고 상대를 빤히 쳐다보았다.

"장 형사님, 저 황 기잡니다. 경향일보 사회부."

"아아."

뒤죽박죽이던 머릿속이 잽싸게 정렬되며 까만색 뿔테 안경을 쓴 경향일보 황동식 얼굴이 떠올랐다. 처음 이 사건을 담당했을 때 서초 경찰서에서 만났던 기자들 중 하나였다. 벌써 1년이 다 되어 가니 그새 얼굴이 가물가물해진 것도 당연하다.

"기자님이 여긴 어쩐 일로?"

"저야 당연히 재판 결과가 궁금해서 왔죠."

경계심 가득한 장 형사의 마음이 조금 풀어졌다.

"이런 항소심까지 관심을 두실 줄은 몰랐습니다."

"저야말로 여기서 장 형사님을 만날 줄은 몰랐습니다. 이미 형사님 손을 떠난 사건일 텐데요?"

장 형사는 '흐흐' 웃었다. 황 기자 말이 맞다. '꽃제비 사건'은 작년 가을 서초 경찰서를 떠들썩하게 뒤흔들었지만 이미 그의 손을 떠난 지 한참이었다. 그는 커다란 손으로 숱 없는 뒤통수를 긁었다.

"그냥, 좀. 마음에 걸리는 놈이 있어서요."

황 기자가 흘끗 원고석을 가리켰다.

"원고 말이죠? 그래도 쟤는 좀 가망이 있다고 생각하셨나 봅니다."

장 형사는 말없이 웃었다.

강남 일대 돈 많고 시간 많고 우울한 사모님들이 젊고 잘생긴 청년들에게 돈을 지급하며 쾌락과 유흥과 마약을 즐긴 사건이었다. 처음에는 쉬쉬 아는 사람끼리, 호스트바를 통해 은밀히 진행되던 일이 점점 규모가 커지며 전문 브로커들까지 생겨

났다. 사모님들은 닳고 닳은 호스트 대신 순진하고 경험 없는 어린 청년을 파트너로 구했고, 머지않아 여자들 본연의 시기 질투와 경쟁에 불이 붙었다. 사모님들의 씀씀이는 헤퍼져 갔다. 그 씀씀이를 노린 브로커들은 순진한 '꽃미모' 청년을 구하기 위해 '연예 매니지먼트'를 사칭하는 유령 회사까지 차렸다. 이들의 행각은 점점 대담해져서 고등학교와 대학교 앞에서 이른바 '길거리 캐스팅'을 사칭하는 단계까지 이르렀다.

처음, 우연히 마약 운송책을 잡았다가 윤곽이 드러났고, 점점 파헤칠수록 사건의 규모는 상상 이상으로 커졌다. 연루된 사람도 점점 많아졌다. 전문 브로커만 여섯 명. 그들이 경쟁적으로 사모님들에게 '상납한' 꽃청년의 숫자는 백여 명에 육박했다. 누군가는 명품이나 용돈을 대가로 단발성으로, 누군가는 더 큰 대가를 받고 지속적으로 사모님들에게 쾌락을 제공했다는 진술이 산처럼 쌓여 갔다.

하지만 사건은 생각처럼 간단하지 않았다. 성매매에 대한 통념과는 반대인 이들의 성별과 사모님들의 지위가 문제였다. 청년들이 미성년자도 아니었다. 그들은 서로 나이 차이 나는 연애를 즐긴 것뿐이라고 뻔뻔하게 주장했다. 사건을 파헤칠수록 형사들의 눈앞에 펼쳐진 실상은 더욱 가관이었다. 매끈하고 곱상한 외모를 가졌지만 그 외에는 아무 능력이 없는 젊음들은 금품의 유혹 앞에서 기꺼이 타락의 길을 택했다. 자신들이 무엇을 잘못했는지도 대부분 모르고 있었다. 심지어는 자신들의 눈부신 젊음과 미모가 능력인 양 큰소리치는 녀석도 있었다. 하지만 개중엔 정말 심각한 경우도 있었다. 불안한 미래와 출구 없는 가난으로 나약해져 있던 심신이 지속적인 마약과 폭력에 가까운 행위에 무너진 경우였다. 바로 오늘의 원고처럼.

"그때 대부분 다 빠져나갔죠?"

씁쓸한 기분으로 함께 재판장을 걸어 나오는데 황 기자가 물었다.

"뭐 어쩝니까. 쌍방 합의하에 즐긴 연애라고 우기는 걸. 성매매라는 게 증명하기가 쉽지 않아요. 가해자가 여성이고 피해자가 남성이니 더더욱 그랬죠."

"그때 마약 검출된 사람만 처벌됐었죠?"

"그랬죠."

"그래도 오늘 원고는 브로커와 통화를 녹음했기 때문에 기소도 가능했던 거 아닙니까?"

브로커나 사모님과의 통화 녹음 파일을 가지고 있던 놈들은 더 있었다. 그중에는 끝까지 망설이던 녀석들도 있었다. 하지만 마지막 기로에서 대부분 녹음을 지우고 진술을 바꾸었다. 무엇을 대가로 받았는지 추측할 순 있었지만 증명할 수가 없었다.

"재판 보셨잖아요. 통화 녹음은 중요한 증거가 안 됩니다."

어느새 장 형사는 황 기자의 팔에 이끌려 음료수 자판기 앞에 서 있었다.

"그래도 저는 깜짝 놀랐습니다. 사실 궁금해서 쫓아오긴 했지만 오늘 판결에 별 기대를 안 했거든요."

황 기자는 묻지도 않고 이온 음료를 하나 뽑아서 장 형사에게 내밀었다.

"형사님도 오늘 판결이 마음에 드십니까?"

장 형사는 캔을 받아 들며 쓴웃음을 지었다.

"나 같은 형사 나부랭이가 판결가지고 왈가왈부하겠습니까. 판결은 판사의 영역이죠."

황 기자가 팔꿈치로 쿡 찔렀다.

"아따, 장 형사님. 오프 더 레코드. 기사로 절대 안 쓸 테니, 걱정 마시고 속 시원히 말하셔도 된다니까요."

황 기자가 빈손을 들어 올리며 웃었다.

"솔직히, 장 형사님도 열 받아서 오신 것 아니에요? 저 뻔뻔한 사모님 처벌 받아야 한다고 생각하시잖아요. 아직 군대도 안 간 애를 저 지경을 만들어 놓고 쌍방이 좋아서 사귄 거라고 우기는 건……. 죄악, 아닙니까?"

장 형사는 어금니를 깨물었다. 처음 만났을 때, 지옥의 끝을 다녀온 듯한 녀석의 황폐한 눈빛이 떠올랐다. 병원에서 받아 든 진단서 내용을 보고 경악을 금치 못했던 기억도 떠올랐다.

"1심에서도 무죄 받고 나오는 거 저 봤거든요. 와, 사람의 탈을 쓰고 어떻게……!"

조용한 복도에 흥분한 황 기자의 목소리만 쩌렁쩌렁 울렸다.

"아까도 그 얼굴 봤지요? 끝까지 뻔뻔해, 아주! 아니, 돈 좀 있으면 남의 귀한 자식한테 몹쓸 짓 해도 된답니까? 그러니까

요즘 젊은 애들이 이 나라를 '헬 조선'이라고 부르는 거 아니에요."

장 형사는 한숨을 내쉬었다.

"어휴. 그러게나 말입니다."

황 기자의 언성이 한층 더 높아졌다.

"사실 저는 피고 측 변호사가 더 기가 막히더라구요. 안 그래요? 아직 새파랗게 나이도 얼마 안 먹은 것 같은데. 같은 세대 청년으로 동질감이나 동정심도 없나? 처음부터 끝까지 무섭게 원고를 잡는데, 어휴. 씹어 먹겠더라구요, 질겅질겅! 이건, 뭐. 검사랑 변호사가 바뀐 케이스지. 응, 변호사가 저승사자 같고 검사는 그냥 몰려서 쩔쩔매고."

장 형사는 쓴웃음을 지었다.

"윤열 변호사요, 어리다고 우습게 보면 안 돼요. 벌써부터 소문이 자자합니다. 적군도 아군도 없고, 협상도 타협도 없어요. 무조건 재판에서 이긴답니다. 여태껏 불패 신화였다더군요. 이번 건도 수임료가 상상을 초월한다던데……."

황 기자가 쌤통이라는 듯 이를 드러내며 웃었다.

"아이고, 어째요. 이번에는 성공 보수 못 받으시겠네. 검사가 내내 몰리길래 지겠구나 했는데, 재판부가 보통이 아니었어요. 그쵸? 아까 보셨죠? 재판부에서 위증이라고 자료 까는데 변호사 얼굴이 완전히, 썩었잖아요. 피고보다 더 썩었어. 사람의 탈을 쓴 도베르만을 변호사로 세웠는데도 유죄 받을 줄은 몰랐을 겁니다. 그것도 실형……."

이때였다. 곁에서 자판기 음료를 꺼낸 누군가가 불쑥 대화에 끼어들었다.

"실제 재판이란 게 영화나 드라마랑은 좀 다르거든요."

황 기자가 돌아보더니 화들짝 놀랐다.

"아이구, 깜짝이야! 누, 누구세요?"

회색 양복 차림의 중년 남자가 캔 커피를 들고 싱글싱글 웃고 있었다.

"아, 저는 고원길이라고 합니다. 올해 공보를 맡고 있죠."

황 기자의 눈이 동그래졌다.

"공보……? 아, 공보 판사님이세요?"

고 판사는 소탈하게 웃었다.

"지나가다가 두 분이 재미난 얘기를 하시는 것 같기에 말입니다."

황 기자의 눈이 반짝 빛났다.

"공보 판사님도 알고 계시죠? '강남 꽃제비 사건' 말입니다. 방금 판결이 나왔습니다."

"예. 들었습니다."

"방금 항소심에서 피고가 실형을 받았습니다. 공보 판사님 생각은 어떠십니까? 혹시라도 피고 측이 주장한 대로 20대 초반 청년과 40대 중반 사모님이 연애를 했다고는 생각하지 않으십니까? 왜 있잖아요. 무슨 일본 영화처럼 말이죠."

고 판사는 가벼운 웃음을 흘리며 커피를 홀짝거렸다.

"뭐, 그럴 수도 있겠죠. 세상일이 다 겉 보는 대로일 순 없으니까요.”

“그럼 공보 판사님은 재판부와 혹시 의견이 다르십니까?”

고 판사가 하하 소리 내어 웃었다.

“그럴 리가 있나요. 왜요? 기자님이 보시기에 판결에 문제가 있습니까?”

황 기자가 어깨를 들썩거렸다.

“아니, 이건 진짜 오프 더 레코드인데 말이죠. 사실 전, 재판을 담당하신 부장 판사님이 황희 정승 같은 분이라고 들었거든요. 백을 들으면 백이라 하고, 흑을 들으면 흑이라 하고. 이긴 놈이 이긴 거다, 뭐 이런 식 있잖아요.”

“아아. 최 판사님이 중용을 중시하시죠.”

“변호사가 워낙 독하게 나와서 그쪽으로 기울 거라고 생각했거든요. 그런데도 완강한 판결이 나서 좀 놀랐습니다.”

고 판사는 실실 웃으며 남은 캔을 기울여 음료를 들이마셨다.

“우리 기자님이 간과하신 게 있습니다.”

“예?”

“이, 합의부 재판은 부장 판사 혼자 판결하는 게 아니라는 겁니다.”

황 기자와 장 형사의 머릿속에 좌우로 배석해 있던 젊은 남녀 판사가 떠올랐다.

합의부 재판이라는 게 말이 합의지, 판사가 된 지 얼마 안 된 배석 판사들의 입김이 거의 미치지 못한다는 상식 정도는 알고 있기에 두 사람은 잠시 의아해졌다.

"배은서라고, 배석 판사 말입니다. 그 친구가 얼마나 대쪽 같은지……. 허허."

배은서라는 이름을 뱉는 고 판사의 얼굴에 함박 미소가 떠올랐다.

"이건 절대로 공개하면 안 되는 비밀인데 말입니다."

장 형사와 황 기자의 귀가 쫑긋 솟았다.

"그 친구가 말이죠. 바쁜 와중에도 직접 발로 뛰었답니다. 피고 측이 제출한 영수증 절반이 조작이라는 걸 다 밝히지 않았겠습니까?"

"예에? 영수증이 조작이었다구요?"

"그 많은 영수증을 재판부에서 일일이 확인해 볼 거라고 꿈에도 생각 못 했을 겁니다. 하하하!"

황 기자는 잠시 벙어리가 된 것 같았다.

"아, 아니. 그, 그런 판사님이 다 계셨군요? 여기, 고등법원에 말입니다."

고 판사는 무척이나 뿌듯해 보였다.

"그러니 얼마나 다행입니까? 앞으로 더더욱 기대가 되지 않습니까? 우리나라 사법 인재들, 대단하지 않습니까?"

황 기자는 얼마간 얼이 빠져 중얼거리듯 물었다.

"아, 정말, 대단하시네요. 아니, 그 판사님은 원래 그런 성격이십니까? 아니면 유난히 이 사건에 더욱 집착, 아니 몰입하신 겁니까?"

고 판사가 고개를 끄덕였다.

"원래 연수원 때부터 유명했던 친구죠. 보통 꼬장꼬장한 게 아니구요. 하지만 이번엔 기자님 말씀처럼 더 몰두했던 것 같습니다."

황 기자의 목소리가 한층 밝아졌다.

"그렇죠? 그렇지 않고서야 그 많은 영수증을 판사님이 직접 확인한다는 게……."

고 판사가 고개를 갸우뚱했다.

"나도 자세히는 모르겠습니다만, 배 판사 집안에……. 딱, 그 원고랑 동갑인 가족이 있는 모양이더라구요. 동생이라던가……? 사촌이었나? 아무튼, 피해자를 보면서 남 일 같지 않았던 모양입니다, 우리 배 판사가……."

그제야 납득이 된 황 기자가 고개를 끄덕이며 수긍했다.

"아아. 역시……. 그렇군요. 그랬겠죠. 딱 그만한 동생이 있다면 어디 남 일 같았겠습니까."

장 형사는 묵묵히 고개를 끄덕거렸다. 머릿속으로 떠오르는 단어가 있었지만 입 밖으로 뱉진 않았다.

스물한 살. 꽃청춘이군.

1

깜깜한 공간에 '삐릭, 삐릭' 버튼 키 누르는 소리가 울렸다. 잠금이 해제되며 '철컹', 굳게 닫혀 있던 문이 열린다. 복도의 불그스름한 빛이 가녀린 그림자 뒤로 쏟아져 들어왔다. 집 안으로 향한 걸음을 따라 불이 켜지고 싸늘했던 공간에 온기가 피어났다.

"하아아아!"

한 주를 마무리하고 돌아온 은서의 입에서 한숨이 먼저 흘러나왔다. 숨 돌릴 짬도 없이 정신없고 지치는 하루였다. 비단 오늘 하루만이 아니었다. 어제도, 그제도, 그끄제도, 일분일초가 어떻게 지나가는지도 모르게 지나가 버렸다. 뻑뻑하기 그지없는 나날들이 모인 한 주. 마침내 끝났다.

바야흐로, 금요일!

'우르르', '퍽' 소리와 함께 손에 들린 무거운 서류 가방과 누런 서류 봉투가 먼저 거실 한구석으로 쏟아져 내렸다. 무너지듯 소파 위에 걸터앉았다. 신문지며 누런 봉투 더미가 바닥으로 밀려 떨어졌다. 책 몇 권이 엉덩이 밑에 방석처럼 깔려 있지만 개의치 않았다.

차가운 손바닥으로 피곤한 얼굴을 문질렀다. 일주일 분량의 피로와 긴장으로 인해 딱딱해진 얼굴에 흐릿하게 미소가 번졌다. 이대로 푹신한 등받이 속에 파묻혀 잠들고 싶지만 그러기엔 모처럼 찾아온 자유 시간이 너무도 아깝다. 일단은 뜨겁고 달달한 무언가가 절실했다.

그녀는 자꾸만 가라앉는 무거운 몸을 억지로 일으켜 세웠다. 저도 모르게 '끙!' 소리가 흘러나왔다. 빡빡하게 물려 있던 트렌치코트 단추가 하나씩 풀리고 외투가 바닥에 팽개쳐졌다.

주방으로 걸어가 능숙한 손길로 주전자에 물을 받고 가스 불 위에 올렸다. 물이 끓어오르는 사이 빈 머그잔을 하나 준비하고 찬장 문 안쪽으로 손을 쑥 넣어 바로 잡히는 종이 봉지를 꺼냈다. 고급 찻잎도 아니고 인스턴트에 불과하지만 정말 좋아하는 밀크티다. 정신을 고도로 집중하고 뇌를 풀가동해야 할 때는 아무것도 넣지 않은 블랙커피를 마신다. 하지만 오늘처럼 지친 몸과 마음을 풀고 싶을 때는 어김없이 핑크 빛 밀크티가 떠올랐다. 매일 반복되는 치열한 시간을 최선을 다해 달려온 스스로에게 주는 작은 선물과 같다.

'덜거덕'하는 기척에 고개를 들어 보니 찬장 문이 다시 내려

앉아 있었다. 아무래도 집이 오래되다 보니 이곳저곳 돌아가며 탈이 나는 모양이다. 그녀는 팔을 들어 찬장 문을 고쳐 닫았다. 사람을 불러 고치기엔 늦은 시간이다. 다음번 여유가 있을 때 날 잡아 제대로 고쳐야겠다고 생각했다.

물이 끓는 소리가 들렸다.

은서는 주전자를 들고 향긋한 분말이 담겨 있는 머그잔에 뜨거운 물을 부었다. 티스푼으로 살살 저어 주면 뽀얀 거품 사이로 핑크 빛 액체가 완성된다. 뜨거운 액체를 한입 삼키자 향긋하고 달달한 기운이 입안에서 온몸으로 퍼져 나갔다. 바람 빠진 풍선처럼 축축 늘어지던 정신과 신체에 조금씩 생기가 돌기 시작했다. 일주일 내내 딱딱하게 굳어져 있던 입매에 달콤한 미소가 배어났다.

주말이 시작되었다!

밤새 서류를 읽지 않아도 된다. 아침에 쫓기듯 일어나지 않아도 된다.

시원한 맥주와 짭짤한 과자 한 봉지를 곁들여 늦게까지 영화를 보다가 아침 해가 뜨고 나서야 두꺼운 커튼을 치고 이불 속으로 기어 들어간다고 해도 아무 상관없다.

그녀는 식탁 한쪽에 내동댕이쳐진 노트북을 끌어당겨 전원을 켰다. 제대로 종료되지 않았던 노트북 화면에는 불이 들어오자마자 지지난주 열었던 마지막 페이지가 떴다. 포털 사이트의 영화 VOD 서비스 화면이다. 마우스를 이리저리 굴리면서 하얗게 탈색되어 있던 기억을 강제로 소환했다. 퇴색된 기억보다 먼저, 지지난주 결제를 끝내 두었던 영화 파일 목록이 화면에 떴다.

아, 그래. 이안 감독의 영화를 보고 있었지.

새삼 흐뭇한 미소가 떠올랐다.

시간을 확인했다. 아직 9시도 되지 않았다. 기나긴 금요일 밤은 이제부터 시작이다. 몸도 마음도 편안하게 즐기기만 하면 된다.

아직도 온기가 남아 있는 머그잔을 내려놓고 종일 갑옷처럼 온몸을 옥죄고 있던 잿빛 정장을 벗기 시작했다. 먼저 윗옷을 벗고 치마 후크도 풀었다. 마지막으로 무엇보다 가장 사람을 답답하게 하는 고탄력 스타킹을 둘둘 말아 벗어 던졌다. 단정하게 쪽 쪄 올렸던 머리칼까지 푼 뒤 그녀는 안방 불을 켰다. 그리고 안쪽에 있는 작은 욕실로 향했다.

세면대 구석에 핸드폰을 두고 한껏 볼륨을 올려 편안한 첼로 연주곡을 틀었다. 샤워기를 켜고 물 온도가 올라가는 동안 은서는 거울 앞에서 화장을 지우기 시작했다.

일찌감치 사법 고시를 통과했고 스물여섯 새파란 나이에 판사가 되었다.

어린 여자 판사에게 던지는 수많은 의혹과 무시가 가득한 신랄한 시선들을 고스란히 견뎌 내야 했다. 원래 치장하고 꾸미는 것에는 별 재주가 없지만, 치장이 아닌 치장이 필요했다. 일부러 나이 들어 보이도록 진한 톤으로 화장을 하고 헐렁한 무채색 정장을 입었다. 머리는 한 올도 남김없이 뒤로 넘겨 올렸다. 시력이 나쁜 것도 아닌데 나이를 가늠할 수 없게 하는 두꺼운 금테 안경도 썼다. 모든 것이 갑옷이고 무기였다. 법원의 위아래 판사들은 물론 참여관들, 직원들, 그리고 민원인들과 대리인들까지, 누구도 함부로 얕볼 수 없고 편하게 생각할 수 없어야 했다.

그렇게 7년. 이제는 제법 갑옷도 무기도 낯설지가 않다. 갑옷 속으로 영리하게 숨을 줄도 알고 교묘하게 무기를 휘두를 줄도 안다. 단독 판사로 일을 한 뒤로는 한결 더 수월해졌다.

그래서인가. 이처럼 거울 앞에서 화장을 지우는 순간에는 영문 모를 쾌감이 일곤 한다.

어둡고 두껍게 펴 바른 파운데이션과 짙은 눈썹, 갈색 립스틱이 클렌징크림 아래 얼룩덜룩 지워지고 맑고 투명한 본연의 피부가 나타날 때, 연하고 부드러운 눈썹이 아기처럼 실룩거리고 밝은 갈색 눈동자가 개구쟁이처럼 빛을 발할 때, 동부지법 판사가 아닌 배은서 원래의 얼굴이 나타나 해맑게 씨익 웃을 때, 마치 남장 여인이 속살을 드러내고 본연의 정체를 드러내는 것 같아 혼자 킥킥 웃음을 터뜨리곤 했다. 오늘 같은 금요일에는 더더욱.

뜨뜻한 물이 쏟아져 내리는 샤워기 밑으로 걸어 들어가며 은서는 첼로가 연주하는 선율을 콧노래로 따라 불렀다. 종일 책상 앞 서류 더미에 묻혀 빳빳하게 뭉쳐 있던 어깨와 등 근육이 노곤히 풀리며 몸속 깊은 곳에서 만족스러운 한숨이 흘러나왔다.

"으아. 이제야 좀 살 것 같다."

달콤한 과일 향 샴푸 거품으로 머리를 감다가 깨달았다. 욕실 바닥을 때리는 물소리와 함께 들려오는 소리가 좀 전에 틀어 놓은 첼로 연주곡이 아닌 자신의 전화벨 소리라는 것을. 그녀는 손을 멈추고 이마로 흘러내리는 거품을 닦아 냈다.

이 시간에, 누구지?

주말이 시작된 아파트의 주차장은 복잡하기 짝이 없다. 일찌감치 '불금'을 포기한 귀가 차량들로 주차 공간은 이미 가득차 있었고, 조금이라도 빈 공간마다 크고 작은 자동차들이 빈틈없이 들어차 있었다. 조금 널찍한 공간이면 어김없이 겹주차가 되어 있기도 일쑤였다. 그나마 무성한 잎사귀를 늘어뜨린 커다란 정원수 아래는 조금 여유가 있어 보였다. 가로등 빛이 쉽사리 미치지 못하는 구석이어서 그런 것도 같고, 먼저 주차된 차량을 보고 찜찜한 생각이 든 사람들이 피하는 것도 같았다.

운전석에는 누군가가 앉아서 건너편을 쳐다보고 있었다. 불빛도 없고 인적도 없는 곳, 그가 어둠 속에서 허공을 향해 손가락 끝을 뻗어 천천히 움직였다.

그는 아파트 건물 1층부터 하나, 하나씩 창문을 센다.

1층, 2층, 3층, 4층, 5층, 6층.

금방 다 세어 놓곤 다시 처음부터 센다. 1층, 2층, 3층, 4층, 5층, 6층.

6층 베란다 창문을 통해 흘러나오는 불빛을 어루만지듯 그는 손끝을 허공에 멈추었다. 무언가를 기다리는 듯. 무언가를 기대하는 듯.

문득, 6층의 안방 쪽 창문 불이 꺼졌다.

어라.

어둠 속에서 그가 몸을 일으키고 젖혀 놓았던 운전석 시트를 고쳐 세웠다.

머잖아 6층 거실의 불도 꺼졌다.

집주인이 밖으로 나간 모양이었다.

편의점 냉장고에서 시원한 맥주를 꺼내고 과자 봉지 몇 개를 집어서 계산대에 올려놓자마자 은서의 핸드폰이 다시 울렸다. 아까 욕실에서 놓쳤던 그 번호였다. 잠시 고개를 갸웃거리며 발신 번호를 쳐다보던 그녀는 점원에게 카드를 내밀고 전화를 받았다.

"여보세요."

— 배은서! 너 설마 아직도 사무실에 있는 건 아니지?

어딘지 호들갑스러운 목소리가 귀에 설지 않다.

"누, 누구……?"

— 어머, 애! 너 내 번호도 저장 안 해 놨니? 나야, 박지윤.

박지윤이라면 가정법원에 있는……?

순간 은서는 조금 민망해졌다.

"아……. 언니! 잘 계셨어요?"

— 나야 잘 있지. 너는 애, 연락 좀 받고 살아. 배은서 연락하기도 힘들고 얼굴 보기는 더더더 힘들다고 난리다, 아주. 오죽하면 나한테까지 연락이 왔겠어.

편의점을 나서는 그녀의 얼굴에서 반가운 기색이 사라졌다. 누구 얘기인지 듣지 않아도 알 것 같았던 것이다. 법원 사람들 몇을 쑤셨는데도 안 되고 연수원 동기들을 움직였는데도 안 되니, 이젠 하다 하다 박지윤 선배까지 내세운 것이다. 다른 사람들은 다 무시할 수 있지만 박지윤은 좀 달랐다.

— 웬만하면 그 전화 한 번만 받아 줘라. 오죽하면 걔가 그러겠니.

다른 사람은 몰라도 박지윤의 부탁은 거절하기 쉽지 않다.

은서는 씁쓸히 웃었다.

역시, 대단하다. 남들은 쉽게 알 수 없는 박지윤과의 관계까지 알아냈다니.

"언니. 이건 그냥 제 사생활이에요."

정중하게 거절해 보려는데 박지윤이 덥석 매달렸다.

— 어머, 애! 이건 엄연히 청탁이야! 내가 너한테 하는 특별한 청탁!

"언니……!"

박지윤의 목소리에서 웃음기가 가셨다.

— 배은서. 잘 들어. 니가 왜 연락 안 받는지 이유를 모르는 건 아니야. 너희 얘기야, 몇 년 전에 다 들었어. 나도 여잔데 그럼, 백번 이해하지. 다시 보고 싶지 않을 거야. 그치만 한번 생

각해 봐. 얼굴도 본 적 없는 나한테까지 연락이 왔어. 그런데 여기서 또 거절당하면 그다음엔 누구한테 청탁이 갈 것 같니?

집을 향해 터벅터벅 걷던 은서는 저도 모르게 걸음을 멈추었다.

— 그쪽 말야. 아주 작정을 한 것 같아. 적당히 피하면 알아서 눈치채고 떨어질 수준이 아니라고. 니가 이렇게 피하려고 할수록 이 청탁은 점점 더 범위가 넓어질 거고, 더 집요해질 거야. 지금은 어쨌든 널 아는 사람들 사이에서나 쉬쉬하지. 그런데 앞으론 안 그럴걸? 너 진짜, 생판 알지도 못하는 사람들 구설수에 오르고 싶어? 잘못하면 너, 이러다 스캔들 주인공 된다? 대한민국 법조계 최고의 팜므 파탈이라고 두고두고 씹히고 싶어서 그래?

은서는 아무 대꾸도 하지 못했다. 박지윤의 말이 구구절절 맞았다.

— 일단 연락 받고, 직접 만나. 대한민국 좁은 나라야. 이 바닥은 더 좁고. 그쪽에서 그렇게 맘먹고 달려드는데 피할 수 있을 것 같니? 너, 어차피 한 번은 만나야 해. 거절을 하든 욕을 하든 싸대기를 날리든, 만나서 해. 여기저기 들쑤시게 내버려두지 말고. 알아들었지?

그녀는 쓰게 웃었다.

"네……."

— 자타가 공인하는 황태자 아니냐. 넌 모르겠지만, 이 기회에 그쪽 눈에 좀 들어 보려고 꼬리 치고 줄 서는 인간들 널리고

널렸어. 넌 공무원 체질이라 상관없다고 생각할지 모르지만, 세상일이 또 그렇지가 않다. 명심해. 알았지?

쓸쓸하지만 하나같이 다 맞는 소리뿐이다.

저도 모르게 은서는 주변을 둘러보았다. 어디선가 메마른 바람이 불어와 해묵은 먼지를 이리저리 날리고 있었다.

아파트 현관문 너머에서 '삐릭삐릭' 비밀번호를 누르는 소리가 들려왔다. 덜컹, 문은 단번에 열렸다.

집 안으로 들어온 사람의 시선에 어지러이 쏟아져 있는 서류 봉투와 내팽개쳐진 외투가 가장 먼저 들어왔다. 불을 켜지 않았지만 창을 통해 들어온 바깥 불빛에 책 가지와 잡동사니가 널브러진 거실이 똑똑히 보였다.

신발을 벗고 집 안으로 들어온 커다란 발이 저벅저벅 거실을 가로질렀다.

인적 없는 집 안은 고요했다. 윗집인지 옆집인지, 어느 집에선지는 모르지만 티브이에서 들리는 듯한 희미한 웃음소리가 전부였다. 그는 잠시 집 안의 이곳저곳을 흘끗 쳐다보더니 주방으로 곧장 향했다. 이번에도 어김없이 오른쪽 주방 찬장의 문짝은 비틀어져 보인다. 커다란 손이 손잡이를 당기자 문짝은 기다렸다는 듯 무겁게 툭 내려앉았다.

어둑어둑한 주방에 한숨 소리가 흘렀다. 찬장 문짝을 열고 이리저리 경첩을 살피던 손이 찬장 안쪽으로 쑥 들어갔다. 곧이어 집주인이 밀크티 티백을 넣어 두는 플라스틱 상자가 밖으로 딸려 나왔다. 가방 지퍼 여는 소리가 뒤따랐다. 이윽고 플라스틱 상자에는 똑같은 티백이 가득 담겼다. 그리고 다시 원래 있던 찬장 안으로 되돌아갔다.

내려앉은 찬장 문짝을 잘 두드려 닫은 손이 이번에는 작은 식탁 위에 놓인 머그잔을 들어 올렸다. 그러고는 코앞에 대고 냄새를 킁킁 맡았다. 밀크티 냄새를 확인한 입가에 미소가 떠올랐다.

식탁과 싱크대 여기저기에 놓여 있는 머그잔을 모아 개수대에 집어넣었다. 그러고는 돌아서서 식탁 구석에 놓여 있는 노트북 컴퓨터를 향해 기다란 상체를 구부렸다.

길쭉하고 커다란 손이 마우스를 톡톡 두드리자, 절전 대기 상태로 깜깜하던 화면에 알록달록한 장면이 떠올랐다. 집주인이 조금 전까지 보고 있던 영화가 틀림없다.

바랜 듯한 색감. 노을 빛깔로 물든 채 뒤엉켜 있는 여자와 남자의 알몸이 화면을 가득 채우고 있다.

흐익! 이, 이거 뭐야.

그는 하마터면 노트북을 집어 던질 뻔했다.

커다란 손이 앙증맞은 마우스를 움켜쥐고 클릭하며 영화의 제목을 확인했다.

'색. 계.'

그는 양손으로 턱을 괸 채 작은 화면을 노려보았다.

욕구 불만인가?

짙은 눈썹이 당장 구겨졌다.

안 될 말씀!

가볍게 마우스를 클릭하는 소리가 들리고 동영상 창이 닫혔다. 그냥 창을 닫은 것만으로는 만족할 수 없는 듯, 포털 동영상 목록에서 파일 자체를 아예 지워 버렸다. 그리고 나머지 구매 목록도 뒤져 보았다. 결제는 마쳤는데 아직 보지 않은 영화가 하나 더 있다. 제목이…….

'브로크백 마운틴'?

머릿속에 로키 산맥을 배경으로 훈훈하게 웃고 있는 카우보이들이 떠올랐다.

안 돼, 이것도.

눈 깜짝할 사이 영화 파일이 또다시 삭제되었다.

그는 비로소 홀가분하게 몸을 펴고 일어섰다. 식탁 위에 정신없이 버려지듯 놓여 있는 청구서 더미를 한쪽으로 모아 습관처럼 정리했다. 그러고는 다시 주위를 둘러보았다. 여기저기 허물처럼 놓여 있는 흔적들이 눈에 들어왔다.

두어 걸음 성큼성큼 걷더니, 그는 커다란 손으로 소파 앞에 구겨져 있는 갈색 트렌치코트를 집어 들었다.

식탁 의자 위에 걸쳐져 있는 잿빛 정장 재킷도 집었다.

그 아래 둥그렇게 뭉쳐 있는 치마를 펴 올렸다.

정체 모를 형태로 둥그렇게 말려 있는 것은 스타킹이다. 그는 그것을 한쪽 발을 이용해 구석으로 쓱 밀었다.

안방 문 앞에 날개를 펴듯 활짝 펼쳐져 떨어져 있는 흰 블라우스도 집어 올렸다.

꼭 닫혀 있지 않은 안방 문은 슬쩍 밀자 소리 없이 열렸다.

방 안으로 한 걸음 딛자마자 헨젤과 그레텔의 빵 부스러기처럼 욕실을 향해 차례로 떨궈져 있는 옷가지가 보였다.

으이구.

한쪽 팔에 모아 온 옷 더미를 가지런히 접어 침대 위에 올려 놓았다.

커다란 손이 다른 쪽 손에 들린 가방 안쪽에서 작은 향수병을 하나 꺼내 들었다. 잠시 망설이다 엉망진창인 화장대 위, 뽀얗게 먼지가 쌓인 채로 빽빽이 엉기듯 서 있는 향수병 사이에 올려 두었다. 정리한 지 백 년은 지나 보이는 화장대에 새로 놓인 향수는 마치 원래부터 있었던 것처럼 천연덕스러워 보인다.

방 안을 잠시 둘러보던 그는 익숙한 태도로 아침에 주인이 몸만 빼서 나간 채 그대로 남겨 놓은 이불을 털어 개었다. 바닥 여기저기 떨어져 있는 책 가지와 서류 종이들을 가지런히 모으고, 침대 주변에 어수선하게 떨구어져 있는 잠옷과 속옷가지를 집어 들었다.

그때였다. '삐릭삐릭' 비밀번호 누르는 소리와 함께 현관문이 열렸다.

"엄마야! 깜짝이야!"

은서는 말 그대로 화들짝 놀라고 말았다. 컴컴한 집에 들어와 불을 켜자마자 안방 문 앞에 서 있는 커다란 녀석을 발견한 것이다.

놀라움이 사라지자 안도와 반가움이 밀려왔다.

"놀랐잖아."

"뭘 놀라고 그래."

녀석은 천연덕스러운 태도로 그녀를 향해 걸어왔다. 손에 한가득 그녀의 빨랫감을 들고서.

은서는 당황한 표정을 숨기고 녀석의 손에 축 늘어진 속옷가지를 빼앗아 들었다.

"언제 왔니? 불이나 좀 켜고 있지. 컴컴한 데서 뭐 했어?"

주방 문 앞에 있는 빨래 바구니에 속옷가지를 쑤셔 넣고, 그녀가 한껏 웃는 얼굴로 녀석을 향해 돌아섰다.

"불 안 켜도 보일 거 다 보이는데 뭐. 넌 어디 다녀와?"

대답도 듣기 전에 녀석의 시선이 현관 앞에 내려놓은 비닐봉지로 떨구어졌다.

"혼자 먹는 맥주는 뭔 맛이냐."

한심하다는 듯 면박을 주면서도 녀석은 어느새 비닐봉지 안 내용물을 하나씩 냉장고에 넣고 있었다.

"위준희."

냉장고 문을 열고 구부정하게 안을 들여다보고 있던 청년은 제 이름이 불리자 허리를 쭉 펴고 돌아보았다.

"왜, 배은서."

은서는 아무 말도 못 하고 준희를 위아래로 훑어보았다.

180센티미터가 훌쩍 넘는 키도 그대로, 길쭉하고 마른 몸매도 그대로다. 그 언젠가 핑크 색으로 물들여 충격과 경악에 빠뜨렸던 머리칼은 이번에는 갈색에 가까운 노란색이다. 제대로 손질되지 않은 머리칼이 눈썹 바로 위까지 지저분하게 흩어져 예쁜 이마와 시원하게 뻗은 눈썹을 가리고 있었다. 서양 사람처럼 오뚝한 콧날도 그대로, 립스틱을 바른 듯 붉은 입술도 그대로. 한때는 커다란 뾰루지가 단골처럼 솟아나던 야윈 볼도 그대로…… 아니, 앞머리가 너무 길다. 준희의 예쁜 눈이 제대로 보이지 않았다.

"사람을 불러 놓고 왜 말을 안 하냐."

준희는 다시 냉장고를 향해 머리를 숙이고 안에 있는 반찬 통을 족족 끄집어냈다.

"너 밥 안 먹는구나?"

마음 같아선 준희의 앞머리를 한쪽으로 쓸어 넘겨 주고 싶지만, 사춘기 이후로 얼마나 질색하는지 잘 알고 있어 감히 건드릴 수가 없다.

"반찬 이건 언제 거냐?"

2주쯤 지난 어묵볶음이 들어 있는 반찬 통 뚜껑을 열더니 그가 얼굴을 찡그리고 냄새를 맡는다.

순간 당황한 기색을 숨기지 못하고 은서는 말을 더듬었다.

"그, 그거? 아마도, 지지난주?"

위준희는 마치 시어머니가 며느리 집에 파견한 검열관처럼 냉장고 안 반찬 통을 하나씩 열어 쿵쿵 냄새를 맡고 싱크대에 쌓기 시작했다.

"이런 거 먹고 배탈 안 나냐? 배은서, 너 멀쩡하게 살아 있는 게 신기하다, 진짜."

은서는 궁지에 몰린 기분이 들어 눈을 동그랗게 깜빡거렸다.

"글쎄. 먹었나? 안 먹었나? 잘 모르겠네."

"그냥 반찬 가게에서 새로 사 먹어. 조금이라도 이상하면 다 버리라고."

솔직히, 냉장고에 뭐가 들어 있는지 기억도 나지 않는다.

"응."

준희의 손에 차곡차곡 반찬 통이 끄집어져 나오는 것에 비례해 냉장고는 점점 더 휑해졌다. 그러더니 이번엔 아예 쭈그리고 앉아 서랍 칸에 시들어 있는 채소 쪼가리와 말라비틀어진 과일을 꺼내기 시작한다.

"아니, 난 집에서 거의 안 먹잖아. 하루 세끼 다 밖에서 먹는 날이 많고, 또, 니가 언제 올지도 모르고. 너 여름에 오고 한 번도 집에 안 왔어. 알고 있지?"

뭔가 제 발 저린 느낌이 든 은서가 계속 변명 같은 변명을 늘어놓는 동안 준희는 말이 없었다. 묵묵히 냉장고 속 오래된 음식물을 차곡차곡 꺼내 비웠다. 서랍에서 전용 봉지를 찾아 쓰레기를 넣고 꽁꽁 묶은 뒤에야, 손을 씻고 식탁 앞에 앉아 의자 등받이에 팔을 걸쳤다.

"배고파. 라면 끓여 줘."

'까톡. 까톡.'

집 안 구석 어딘가에 처박혀 있는 외투 안에서 희미하게 메시지 알림 음이 들렸다. 일단 배은서가 피하지 않기로 했다는 연락이 그쪽에 들어가자마자 갑자기 동기들에게 연락이 빗발 쳤다. 금요일 밤에 번개처럼 추진된 연수원 동기 모임은 단절 과 상처로 점철된 시간의 간극을 메워 보려는 나름의 배려라는 걸 알고 있었다. 그녀가 편하게 여기는 동기들을 앞세워 자연 스럽게 다가오려는 것이다.

집에 들어오기도 전부터 단체 채팅이 시작되었다. 평소 바 빠서 문자 주고받기도 힘들었던 연수원 동기들이다. 마치 짜고 치는 노름판처럼 그들은 채팅 방에 시시콜콜 수다를 풀어 놓고 있었다.

은서는 신경 쓰지 않기로 했다. 자기들끼리 무슨 쓸데없는 소리를 주고받든지 상관하고 싶지 않았다. 어떻게든 이 기회에 '정오'와 인연을 맺어 보려는 아우성이 보지 않아도 다 보이는 듯했다. 그녀에게는 오랜만에 만난 준희를 관찰하는 게 훨씬 더 중요했다. 석 달 만에 집에 돌아온 탕아는 지금 건너편에 앉 아 말없이 라면을 먹어 치우고 있었다.

라면 두 개쯤 순식간에 먹어 치우는 먹성은 어렸을 때부터 지금까지 변함이 없다. 이렇게 먹어 대는데 살이 찌지 않는 체 질은 제 아빠인 아저씨를 닮았다. 항상 뭔가를 먹고 싶어 했고, 먹고 나서도 부족한 표정이었다. 처음 만났을 때도 이 꼬맹이 는 이렇게 물었다.

'너 계란말이 할 줄 알아?'

초등학교에 갓 입학했다는 꼬맹이 키가 벌써 은서의 가슴께에 닿아 놀랐고, 열 살이나 많은 그녀에게 꼬박꼬박 시건방진 반말을 던져서 놀랐다. 까마득하게 어린 꼬맹이는 도끼눈을 한 채 바로 옆에 서서 은서를 지켜보았다. 그리고 서툴게 계란을 깨고, 젓가락으로 노른자와 흰자를 섞고, 프라이팬에 부어 조심조심 말다가 다 찢어지는 모양을 처음부터 끝까지 지켜보더니 한마디를 남겼다.

'이게 계란말이야? 너나 먹어.'

다른 때였다면 '이런 시건방진 꼬마가……!' 하며 머리통을 쥐어박았겠지만, 그때는 상황이 좀, 특수했다. 비상시국이랄까. 삶의 밑바닥 앞에 마주 섰기에 배은서는 본능으로 알아차렸다. 처음 만나는 어린애의 싸가지 없는 행동이 사실 제 상처를 숨기려는 위장임을. 엄마가 사라진 빈집에 불쑥 나타난 그녀가 반가울 리가 없다는 것을. 그래서 웃었다. 그리고 케첩을 찾아 웃는 얼굴 모양으로 뿌렸다.

'이거 봐. 케첩이랑 먹으면 맛이 괜찮은데…….'

그때도 준희는 젓가락을 이상한 모양으로 겹쳐 사용했다. 흉내도 낼 수 없게 젓가락을 움직이는 게 신기해서 고치는 걸 도와주려 했지만 고집 센 녀석은 끝끝내 꿈쩍도 하지 않았다. 그리고 어느 순간, 녀석은 이미 요상한 젓가락질의 달인이 되었다. 라면 국물에 떠 있는 작은 파 조각까지 쏙쏙 잘도 골라낸다.

"파도 먹어."

"싫어. 맛없어."

이런 대화는 10여 년째 달라지질 않는다. 은서는 웃음을 머금고 준희의 안색을 이리저리 살폈다.

"잘 지냈어?"

"응."

"아직도 거기 살아? 그, 친구들이랑 산다는 그 집?"

배은서는 위준희가 어디에서 지내는지도 모른다. 7년 전 집을 나간 뒤로 녀석은 한 번도 자신이 어디에서 지내는지 알려 준 적이 없었다. 몇 년 전 답답해서 분통을 터뜨린 그녀에게 '친구들과 산다'는 한마디만 남겼을 뿐.

"응."

"밥은 잘 챙겨 먹니?"

고개를 숙이고 라면을 먹던 녀석이 어이가 없다는 듯 고개를 들었다.

"너보다는 잘 먹고 살걸?"

"아, 그래……."

은서는 무안한 미소를 머금었다. 하지만 이 정도 무안함에 물러설 순 없다.

"그 집이……. 여기서 많이 멀어? 그냥 집에 들어와 있으면 안 돼?"

준희는 묵묵히 남은 국물에 밥을 말았다.

제가 하고 싶지 않은 말에는 대답하는 법이 없다. 타고난 게 이런 녀석이라 나름 익숙했다. 하지만 그렇다고 포기할 순 없었다. 이제 반년 정도밖에 남지 않았다. 시간이 지날수록 마음은 점점 조급해지고 불안했다. 이렇게 불쑥 집에 찾아오는 녀석에게 가장 묻고 싶은 건 사실 따로 있다.

준희야. 넌 무슨 일을 하니? 뭘 해서 먹고사는 거니? 돈이 부족하진 않아? 혹시 나쁜 짓을 하는 건 아니지?

7년 전 불쑥 가출한 뒤로 녀석은 학교도 졸업하지 못했다. 아저씨가 백방으로 찾아다녔지만 녀석을 찾지 못했다. 1년이 지난 어느 날 머리를 허옇게 탈색해서 돌아왔고. 아들과 아버지는 밤새도록 싸웠다. 그러고서 녀석은 다시 집을 나갔다. 이후로 계속 이런 식이었다. 연락처도, 사는 곳도, 하는 일도 알려 준 적이 없다. 바람처럼 불쑥 집에 왔다가 또 바람처럼 사라졌다. 어떨 때는 열흘씩 있다 간 적도 있고 어떨 때는 늦은 밤에 나타나 잠만 자고 아침에 사라지기도 했다. 자주 올 때는 2주에 한 번 온 적도 있었고, 반년 만에 피골이 상접해서 나타난 적도 있었다. 덕분에 녀석은 제 아버지 임종도 지키지 못했다. 녀석이 돌아왔을 때는 은서가 혼자 아저씨의 장례를 모두 치르고 한 달이나 지난 후였다.

'까톡. 까톡.'

채팅 알림 음이 계속 울리자 녀석이 인상을 썼다.

"뭐냐. 가서 대답을 하든가. 아님 좀 죽여 놓든가."

그녀의 관심을 돌리려는 의도임을 잘 알고 있기에 은서는 대수롭지 않은 듯 답했다.

"단체 채팅이야. 그런 건 나중에 한 번에 몰아 보는 게 더 편해."

녀석이 눈을 동그랗게 떴다.

"판사들도 단체 채팅 같은 걸 하나 보지?"

은서는 씩 웃었다. 녀석의 말투가 한결 누그러졌다.

"판사는 뭐 사람 아니야? 근데, 저건 판사들 단체 채팅이 아니고 연수원 때 동기 모임이야."

"어쨌든 판사, 변호사, 검사 들이네, 뭐."

실컷 배를 채웠는지 녀석은 다 먹은 냄비와 그릇을 챙겨 들고 싱크대 앞으로 걸어갔다.

"황금 같은 금요일에 넌 약속도 없냐? 청승맞게 집에서 혼자 술이나 먹고."

그러곤 아주 능숙하게 고무장갑을 척척 낀다.

"빈 그릇 다 찾아와. 한꺼번에 씻게."

"어? 그, 그럴까?"

은서는 벌떡 일어나 거실에 놓인 쟁반을 허둥지둥 챙겨 왔다. 녀석이 성에 안 찬다는 듯 고무장갑 낀 손으로 안방을 가리켰다.

"방이랑 거실에 있는 컵도 다 챙겨 와."

"응. 알았어."

집 안을 바쁘게 오가며 컵과 그릇을 챙기곤 은서는 변명하듯 말했다.

"나 원래 금요일에는 혼자 맥주 한잔 마시면서 영화 보거든. 금요일엔 이게 제일 편해."

고무장갑이 손에 작은 듯 이리저리 재차 고쳐 끼면서 준희는 은서 손에 들린 그릇을 챙겨 받았다. 순간 차갑고 매끈한 고무장갑 안에 있던 손이 감전이라도 된 듯 움찔한다는 느낌이 들었다.

"왜 그래?"

"뭐?"

녀석이 어색한 표정으로 시선을 피했다.

은서는 고개를 갸웃하며 녀석의 안색을 살폈다. 하얀 얼굴이 살짝 붉어졌다는 생각이 들었던 것이다.

"너 괜찮아? 어디, 불편해?"

녀석이 돌아보지 않고 그릇을 벅벅 문질렀다.

"뭐가. 뭐, 뭐!"

녀석이 신경질을 부리자 은서는 그냥 넘어가야 한다고 생각했다. 뭔가 찜찜해도 어쩔 수 없다. 오랜만에 집에 온 애를 건드려서 다시 나가게 할 순 없었다. 은서는 사근사근한 투로 달래듯 물었다.

"준희야, 우리 같이 영화 볼까? 나 다운받아 놓은 거 몇 개 있어."

갑자기 녀석의 얼굴이 토마토처럼 시뻘게졌다. 그러곤 버럭 소리치는 것이었다.

"미, 미쳤냐!"

영문을 모르는 은서의 얼굴에서 그만 미소가 얼어붙고 말았다. 저도 모르게 소리를 쳐 놓고 흘끗 그녀의 반응을 확인한 준희가 어색하게 덧붙였다.

"불금……이잖아! 궁상맞게. 무슨 집에 박혀서 영화나……
보냐……. 내 말은, 그, 그런 뜻이야."

은서는 눈살을 찌푸렸다. 얼굴에 머금고 있던 웃음기는 이
미 사라지고 없었다.

"그렇다고 소리를 지르니."

부지런히 그릇을 닦던 녀석이 손을 멈추고 은서를 향해 몸
을 틀었다.

"너, 내가 몇 살인지 알아?"

"스물넷."

녀석의 언성이 조금씩 다시 커졌다.

"그래! 잘 알고 있네. 어느 천지에 스물네 살짜리 황금 같은
청춘이 불타는 금요일 밤에 방에 틀어박혀 철 지난 영화나 다
운받아 보냐, 이거야!"

은서는 아무 대꾸도 할 수 없었다. 녀석이 그렇게 화를 내는
것도 어쩔 수 없겠단 생각이 들었다.

스물넷과 서른넷. 10년의 차이가 있다.

강산이 바뀌고, 세대가 바뀌어도 몇 번이 바뀔지 모르는 시간.

요즘 애들이 생각하는 금요일 밤의 의미가 그녀가 생각하는
금요일 밤과 같을 수는 없을 것이다.

"미안……. 우리 그럼 나갈까? 같이 극장 갈래?"

갑자기 빨간 고무장갑을 낀 녀석의 손가락이 그녀의 얼굴로
다가왔다. 녀석의 손끝이 찌푸린 그녀의 미간에 닿으며, 뽀얀
세제 거품이 콕 찍혔다.

"주름진다. 인상 펴."

그러곤 다시 몸을 돌려 설거지에 열중했다.

은서는 손등을 들어 미간에 묻은 세제 거품을 닦았다. 그러곤 말없이 위준희를 지켜보았다.

수세미에 꼼꼼하게 거품을 내고 그릇을 닦는 모습이 야무지기 짝이 없다. 새삼스럽게 녀석의 설거지 솜씨가 지나치게 능숙하다는 생각이 들었다. 순간, 머릿속에 오만 가지 걱정이 덩달아 날아들었다.

왜 이렇게 설거지를 잘하는 걸까. 나가서 설거지 알바를 하루 이틀 한 게 아닌 거구나. 식당 주방에서 일하나? 설거지 알바로 서울에서 방세 내고 생계를 유지할 수 있을까? 배달 같은 것도 하는 걸까? 벌써 스물네 살인데. 고등학교를 마치지도 못했는데……

"준희야."

결국 참지 못하고 은서는 조용히 녀석을 불렀다.

"왜."

은서의 목소리가 가라앉자 녀석은 고개를 돌리지 않고 답했다. 무슨 말을 들을 건지 알아차린 모양이다.

"들어오면 안 되니? 집에……"

녀석은 대답이 없다. 묵묵히 그릇에 거품 묻은 수세미를 박박 문지르고 물로 헹구는 과정을 되풀이하고 있다. 녀석이 조개처럼 입을 꾹 다물고 있는 사이 깨끗해진 그릇에서 뽀드득 소리가 울려 퍼졌다.

"검정고시라도 치자. 내가 도와줄게."

고통이 가득한 아저씨의 마지막 말이 떠올라 은서의 마음이 찢어지는 듯 구겨졌다.

'부탁한다, 은서야. 우리 준희…… 학교라도…….'

자꾸만 먹먹해지는 마음을 침과 함께 삼켜 누르며 은서는 최대한 가볍고 밝게 말했다.

"너 원래 머리가 좋은 애잖아. 몇 달만 준비하면 문제없이 통과할 거야. 그럼 그다음에……."

위준희는 아무것도 듣지 못한 사람처럼 설거지에만 집중하고 있었다.

"그다음에……. 대학 가자. 내가 등록금 다 준비해 둔 거 알지? 내가 너 보내 줄 수 있어. 니가 갈 수 있는 데 아무 데나 들어가기만 하면……."

자꾸 아무 소리도 못 듣는 사람처럼 구는 녀석이 답답해져, 은서는 설거지 기계라도 된 양 척척 움직이는 녀석의 팔을 붙들었다. 얇은 티셔츠 밑으로 잡히는 녀석의 팔 근육이 돌덩이처럼 딱딱했다. 여자애처럼 매끈해 보이는 녀석의 팔이 이처럼 단단하다 못해 딱딱한 것은 짐작도 못 할 온갖 종류의 고강도 노동 때문이란 생각이 들어 그녀는 더욱 울적해졌다.

"준희야……?"

한동안 조용했던 메시지 알림 음이 다시 울리기 시작했다.

'까톡. 까톡.'

"에이 씨!"

녀석이 몸을 틀며 가볍게 은서의 손을 뿌리쳤다.

"소리라도 좀 죽여 놓든가. 신경 쓰이잖아!"

녀석은 거칠게 고무장갑을 벗었다. 그러곤 성큼성큼 안방으로 들어가 침대 위에 지갑과 함께 던져 놓은 핸드폰을 집어 들었다. 핸드폰 잠김 화면을 가볍게 밀어내고 화면을 툭툭 치던 녀석이 손을 멈췄다. 녀석의 안색이 순간 창백해지는 것 같았다. 녀석은 귀신이라도 본 사람처럼 화면을 노려보았다. 뭔가 잘못됐음을 느낀 은서가 다가가 녀석의 손에서 핸드폰을 빼앗았다.

"이리 줘."

화면에는 낯익은 이름들의 채팅 메시지가 어지러이 떠 있었다. 그중에 한눈에 들어오는 이름이 있다.

정경민.

한수영 경민이도 이번에 다 같이 보는 거야?

이광필 왜! 경민이 형! 3년 만이에요.

한수영 은서야. 배 판사! 뭐 하느라고 아까부터 대답도 없고.

박경태 아직 퇴근 못 했나 보지.

정경민 배은서.

이광필 은서 대답 안 한다니까.

금빛나 으그. 배은서밖에 모르는 건 여전하구만.

박경태 돌아왔잖아. 임자 찾아가야지.

금빛나 배은서. 뭐하냐. 서방님 왔다.

이광필 응답하라! 배은서!

박경태 배은서어어어!

이채은 제가 전화해 볼까요? 챗 들어오라고?

금빛나 정배. 첫사랑 이루어지리라. 내가 딱 정했다.

금빛나 배은서!

박경태 배은서.

이광필 배 판사아아아.

정경민 은서야.

정경민 은서야…….

은서는 그만 얼어붙고 말았다.

정경민.

오랜만에 집에 돌아온 위준희 덕분에 편의점 다녀오면서 시작된 단체 채팅의 정체를 까맣게 잊고 있었다.

"이리 내."

손에 들려 있던 핸드폰이 순간 준희에게 넘어갔다. 녀석은 딱딱하게 굳은 표정으로 채팅 방 화면을 꺼 버렸다. 멍하니 보고 있던 은서가 힘없이 손을 내밀었다.

"줘."

하지만 위준희는 단호했다.

"안 돼."

"준희야……."

위준희의 목소리가 커졌다.

"안 된다고!"

녀석은 핸드폰을 침대 건너편으로 휙 던져 버렸다.

"미친 거 아니야? 저 새끼가 왜 네 이름을 부르냐?"

위준희의 말투는 바짝 날이 서 있었다. 은서는 맥없는 소리로 답했다.

"그냥……. 동기 모임이잖아."

"모임? 웃기고 있네. 결혼도 하고 마누라도 있는 놈이 무슨 자격으로 널 찾아? 뭐? 첫사랑? 너 돌았어!"

은서는 얼음장 같은 녀석의 눈을 똑바로 올려 보았다. 그러곤 지난주 한수영에게 들었던 말을 입술로 내뱉었다.

"경민이 이혼했어. 미국에서 이혼했대. 지난달에 돌아왔고."

"이혼을 하든 지랄을 하든. 그 새끼가 무슨 자격으로 널 찾냐고."

"준희야……."

"그래서? 너는 얼씨구나 그놈 만나러 가려고? 배은서! 정신차려!"

"준희야……!"

입이 말라 왔다. 은서는 아랫입술을 깨물고 입을 축였다.

"네가 걱정하는……. 그런 거 아니야. 그냥 다들 반가워서 그러는 거지. 걔도 오랜만에 돌아온 거고, 힘들었을 거고……."

갑자기 준희의 커다란 손이 은서의 어깨를 움켜쥐었다.

"너는? 넌 안 힘들었어?"

녀석의 눈초리가 무시무시해져 있다. 은서는 긴 한숨을 내쉬었다.

　"위준희. 그만해."

　말이 떨어지기가 무섭게 녀석은 그녀의 어깨를 잡았던 손을 거뒀다. 그러곤 양손을 애매하게 주먹을 쥐었다가 어색하게 다시 폈다.

　그렇게나 배은서가 한심하게 보이는 거다. 녀석의 눈에 자신이 어떻게 비칠지, 녀석이 무슨 걱정을 하고 있는지 대충 은서는 알 것 같았다. 일단 찬찬히 설명을 해야 할 것 같았다.

　"니가 걱정할 일 없어. 그냥, 동기들 모임일 뿐이야……. 걔랑 나는……."

　갑자기 녀석이 은서의 말을 싹둑 잘랐다.

　"그놈, 알아?"

　"뭐?"

　"너 일."

　"나?"

　은서는 영문을 몰라 눈을 껌뻑였다.

　"너, 아무 남자나 만날 수 있는 자유의 신분이 아니잖아."

　은서는 그만 말문이 막히고 말았다. 입을 벌렸지만 어떤 단어도 뱉을 수가 없었다. 그런 그녀를 향해 녀석은 단도 날 같은 한마디를 쐐기처럼 박았다.

　"너, 내 마누라잖아."

2

마누라.

위준희의 마누라.

거처도 불분명하고 하는 일이 뭔지도 알지 못하는 스물네 살, 그녀보다 무려 열 살이나 어린 위준희의 아내. 맞다. 대한민국 법에 따르면 틀림없이 배은서는 위준희의 배우자였다. 굳이 법리로 이것저것 따지지 않아도 녀석의 말에는 그름이 없다. 그녀는 '아무 남자나 만날 수 있는 자유의 신분'이 아니다. 아직까지는.

미지근해진 맥주 캔을 들어 한 모금 삼키고 은서는 손가락을 들어 꼽아 보았다.

2월 11일. 내년 2월이면 딱 약속한 5년이 된다.

"10월, 11월, 12월, 1월, 2월……."

오늘이 9월 19일이니까 대략 5개월 남은 셈이다.

"하아……."

무거운 한숨이 알코올에 뒤섞여 새어 나왔다. 두 개의 낱말이 뇌리에 너울너울 춤추듯 지나갔다.

자유. 책임.

거기에 하나 더 추가 되어 지나간다.

약속.

'약속'이란 말이 떠오르자 자동적으로 아저씨의 음성이 귓가에 들리는 듯했다.

'은서야, 내가…… 부탁을…… 너에게…….'

생명이 꺼지고 있는 아저씨의 손은 겨울 나뭇가지처럼 싸늘하고 앙상했다. 죽음이란 이런 것인가 덜컥 겁이 났다. 하지만 은서는 주저 없이 그 손을 잡아 감쌌다. 할 수만 있다면 그 손에 다시 온기를 돌려주고 싶었다.

'뭐든, 뭐든 말씀하세요. 아저씨'

'5년 만. 딱 5년만……. 준희를…… 우리, 준희…….'

금세 눈시울이 뜨뜻해졌다. 은서는 소맷부리로 눈가를 훔쳤다. 그날은 살짝만 떠올려도 이렇게 가슴이 먹먹하고 숨이 차온다. 홀로 남아 아저씨 상을 치르며 얼마나 울었는지 모른다. 평소 독하고 눈물을 보이지 않는 성격인 만큼, 평생 쓸 눈물을 그때 전부 다 흘렸다고 생각했다. 하지만 틀렸다. 눈물은 차오르고 또 차올랐다. 마르지 않는 샘물처럼, 아저씨를 떠올리기만 해도 은서의 눈시울은 시큰해졌다.

침대 건너편 어딘가에서 핸드폰이 부르르, 부르르 울렸다.

은서는 잠시 망설였다. 하지만 성가신 마음보다 혹시나 싶은 마음이 앞섰다. 준희가 집에 없을 때는 어떤 전화도 그냥 무시할 수가 없었다. 결국 무거운 몸을 일으켜 핸드폰을 집어 들었다. 그리고 발신자를 확인했다.

지영이다.

다행이다. 지금 이 순간만큼 배은서에게는 누군가 말할 상대가 간절히 필요했다.

"여보세요."

— 언니. 불금인데 뭐 해? 또 집에서 영화 보고 있지?

지영의 목소리는 언제나 씩씩하다.

"아니. 그냥 맥주 마시고 있어."

눈치 백 단 김지영은 보지 않아도 모든 걸 다 보는 듯 대답했다.

— 배 판사 목소리가 착 가라앉았네? 혼자 병나발 불고 있는 거 아냐?

은서는 훗, 웃음을 흘리며 손에 든 맥주 캔을 흔들어 보았다. 얼마 남지 않았다.

"족집게네. 김지영, 자리 깔아야겠다."

전화기 건너편에서 뭔가 중얼거리는 소리가 들렸다.

— 이제 와서 이렇게까지 흔들릴 리가 없는데. 이상하다…….

그러더니 뭔가 감이 온 모양이다. 확신을 가지고 재차 묻는다.

— 아! 그래. 꼬맹이 집에 들어왔구나? 또 싸웠어?

싸웠나? 녀석과 내가……?

서릿발처럼 모진 단어들을 퍼붓고 녀석은 집을 나가 버렸다. 벌써 한 시간쯤 지났다.

"아마……도?"

그러다 의아한 마음에 물었다.

"넌 근데 안 보고도 어떻게 다 알아? 누구한테 들었어?"

지영의 깔깔 웃음소리가 들렸다.

— 그런 거야, 안 봐도 비디오지. 이 세상에 철의 여인 배은서를 병나발 불게 만들 수 있는 사람이 누가 있겠어. 어지간한 일에 어디 눈이라도 하나 깜짝하는 사람이야, 언니가? 그 꼬맹이밖에 없잖아. 언니를 쥐락펴락 흔들 수 있는 사람, 꼬맹이밖에 없지, 그럼.

언제나처럼 김지영의 말에는 틀린 구석이라곤 없다.

은서는 땅이 꺼져라 한숨을 쉬었다. 준희 얘기를 마음 편히 털어놓을 수 있는 사람도 김지영뿐이다.

"그래. 그런 것 같다."

마치 현장을 지켜본 사람처럼 지영이 혀를 끌끌 찼다.

— 어휴. 작작 좀 하지. 갠 대체 언제까지 질풍노도야? 언제 철들어, 언제 사람 노릇 할 거래?

은서는 씁쓸히 웃었다.

"그러게……."

— 가뜩이나 불난 집. 수해까지 맞은 거네. 나 방금 경민 오빠 얘기 들었거든. 미국에서 한참 전에 이혼했다며? 소문날까

봐 양쪽 집안에서 여태까지 쉬쉬 덮었는데 이번에 그 오빠 귀국하고 커밍아웃 하는 바람에 벌써 동네에 소문 쫙 퍼졌더라고. 언니한테 연락하려고 안달이라는데?

"응."

— 연락 받았어? 만난 거야?

"아니. 나도 전해 들었어. 그냥……. 조만간 보긴 해야 할 것 같아."

— 만나재?

"아니. 동기 모임에 나온대. 다들 흥분해서 난리야."

김지영이 혀 차는 소리가 전화기 너머로 웅장하게 메아리쳤다.

— 아니, 이건 뭐 동네 수다쟁이 아줌마들도 아니고. 판사, 검사, 변호사, 잘난 분들이 남의 사생활에 뭔 관심이 그렇게 많아? 주인공이 대한민국 최고 로펌 '정오'의 정 대표 외아들이라 그런 거지? 어떻게든 경민 오빠 눈에 좀 들어 보려고 하이에나 떼처럼 달라붙는 거야. 맞지?

"뭐, 그러든지 말든지……."

— 으이구. 이놈의 세상이 어찌 될라고 그런대? 어디 가면 하늘 높은 줄 모르는 판사, 검사님 들 아니야? 그런 사람들이 로펌 집 아들한테 빌붙어서 아양 떠는 게 말이 되냐?

은서는 쓸쓸하게 웃었다.

"그냥 로펌이 아니잖아. '정오'니까 그렇지."

그렇다. '정오'는 그냥 평범한 변호사들의 로펌이 아니다.

뛰어난 수재들 두뇌를 이용해 법리를 고무줄처럼 해석해서 재판을 유리하게 이끄는 것쯤은 그들에겐 이미 장난이다. 사법부 곳곳에 거미줄처럼 촘촘한 인맥을 쳐서 재판을 좌지우지하고, 그것도 안 되면 정부에 자신들이나 의뢰인에게 유리한 법안을 직접 만들어 들이밀고 로비한다. 그런 '로비'를 좀 더 쉽게 하기 위해 뛰어난 법관들을 거액의 연봉을 들여 스카우트하는 것은 당연한 일이고, 정부 핵심 요직을 거친 인사들을 수집이라도 하는 양 모으고 있다. 불법과 합법의 사이에서 아슬아슬하게 막대한 돈을 그러모으고 있는 그들에게 칼을 대는 사람도 없다. 미심쩍은 그들의 비즈니스를 감시하고 책임을 물어야 하는 국세청과 감사원마저 오히려 고위 인사들이 줄줄이 '정오'로 걸음을 향하고 있었다. 그렇게 천문학적인 돈을 받고 간 사람들은 일제히 한목소리를 내며 '정오'를 위해 충성했다. 아니, 어쩌면 그것은 '정오'에 대한 충성이 아닐 것이다. 은서는 그것이 '천문학적' 단위의 돈에 대한 충성이라고 생각했다.

법과 재력으로 무장한 '정오'는 이미 그 자체로 무소불위였다. 철저히 비밀에 부치지만 정 대표의 재산 역시 웬만한 재벌 수준을 넘어섰으리라고 모두들 추측하고 있다. 정경민은 바로 그 '정오'의 하나밖에 없는 후계자이다. 사법부 인사들은 물론 정부, 정치 인사들까지 그의 눈 밖에 나려는 사람이 없는 게 당연했다. 제아무리 현직 판사, 검사여도, 평생 법관의 자리에 뼈를 묻을 각오를 한 게 아니라면 훗날을 생각해 '정오'의 후계자에게 잘 보이려 하는 것도 너무나 당연했다.

— 오올. 무서울 것 없는 우리 배 판사까지? '정오'가 그렇게까지 대단하신가?

은서는 또 웃었다.

"그럼. 대단하지."

대단히 놀랍고, 대단히 위험하지.

— 언니, 그럼 말야. 이참에 아예 그 대단한 '정오'의 황태자비가 돼 보지그래? 순애보가 그리워 돌아왔다잖아. 정경민 씨 말야.

"미쳤니. 관심 없어."

또 무슨 험한 꼴을 보려고.

진심에서 튀어나온 한마디는 차마 지영에게도 털어놓지 못하고 속으로 꿀꺽 삼켰다.

— 근데, 이번엔 좀 심상치가 않은가 봐. 뼛속까지 엄친아였던 그 정경민 씨가 이번에 제대로 뒤집어 놨나 봐. 다들 쑥덕거려, 언니 때문이라고. 언니 때문에 이혼하고 돌아온 거라고.

"노 땡큐라고 말해 줘. 진심이야. 난 지금 상황도 해결이 안 돼서 머리가 터지려고 해. 숟가락 얹지 않았음 좋겠어."

지영의 목소리가 미묘하게 달라졌지만 은서는 미처 눈치채지 못했다.

— 그건 사실 매우 간단한 상황이야. 꼬맹이 잘 타이르면 돼. 다 필요 없고, 얼른 집으로 돌아와서 얌전히 서류에 도장 찍으라고 해. 보모 노릇 5년씩 해 줬으면 언니도 도리는 다한

거야. 그다음에 경민 오빠 뭐라고 구차한 소리 하나, 맘 편하게 들어나 봐. 다시 시작하면 더 좋구.

김지영의 김칫국 들이마시는 속도는 이미 광속을 넘어선 지 오래다.

"지영아, 경민이랑 나는⋯⋯."

─ 오래전에 깨졌지.

"그래. 내 말이."

─ 왜 무조건 철벽부터 치고 그래. 내가 그 인간이랑 결혼이라도 하랬어? 이번엔 언니가 찐하게 좀 데리고 놀다가 차 버려.

순간 은서는 말문이 막혀 버렸다.

언제나처럼 김지영은 몹시도 현실적이고, 몹시도 시원했다.

─ 억울하지도 않아? 저 때문에 꽃다운 20대 다 지나갔는데. 일말의 봉사는 해 줘야 속이 좀 시원하지. 몸으로, 마음으로, 돈으로! 최대한 보상하라고 해.

쿡!

어이가 없다 못해 실없는 웃음이 터졌다.

언제나 김지영은 어떤 순간에도 사람을 웃게 만드는 신기한 힘을 가지고 있다. 때론 궁금하기도 했다. 언제나 세련되고 말끔한 외모 속 어딘가에 500년쯤 묵은 능구렁이가 들어앉아 있는 것도 같다. 입만 열면 인생의 지혜가 점철된 탄산수 발언을 시원하게 뿜어내는.

"하여튼, 너는⋯⋯."

─ 언니. 꼬맹이랑 법적으로 부부긴 하지만 그건 어디까지

나 서류상의 일이잖아. 부부는 무슨, 얼어 죽을. 그 핏덩이랑 부부라니. 말이 되냐?

지영의 말이 맞다.

18년 전, 처음 아저씨의 집으로 들어가던 날부터 위준희는 배은서의 동생이었다. 하늘 아래 배은서의 마음을 담을 유일한 가족. 그게 위준희다.

은서의 생각을 읽은 사람처럼 지영이 지껄였다.

— 사람이 죽으면서 한 부탁이니까……. 뭐, 나이 서른 싱글녀가 스무 살 먹은 다 큰 애를 입양할 수도 없고. 보호자 차원에서 배우자로 혼인 신고 해 놓은 것뿐이잖아. 죽은 양반이랑약속한 5년 다 돼 가는데 이제 그놈도 정신 차리고 집에 들어오라고 하고. 언니도 그 집 나와. 언니 인생 찾아야지.

찾으란다.

"내 인생."

씁쓸한 웃음이 터져 나왔다.

내 인생이 뭘까? 어디서부터 어디까지가 내 인생이지?

가슴속 한구석에서 싸한 기운이 번져 왔다.

내 인생이, 있긴 있을까?

하지만 은서는 일단 고개를 주억거리며 일부러 지영에게 순순히 답했다.

"그래, 그래야지."

— 경민 오빠 얘기 듣고 혹시나 해서 전화했는데. 역시나, 우리 배 판사, 김지영님이 필요하신 거였어. 병나발 원인이 정

경민은 아니었지만, 어쨌든.

"맞아."

이렇게 머리가 복잡하고 터질 것 같을 땐 단순하고 명쾌한 김지영이 필요하다.

— 오늘도 고맙지?

"그래. 엄청 고맙네."

— 나, 언니 옆에 붙여 둘 만하지?

말도 안 되는 소리에 보이지도 않는 전화기를 향해 은서는 눈을 흘겼다.

"넌 지금 어디야?"

— 헤헤. 나?

지영이가 갑자기 깔깔 요란하게 웃음을 터뜨렸다. 그러더니 갑자기 목소리를 죽이고 속삭였다.

— 금요일 밤인데 어디긴 어디야. 경원이랑 호텔이지.

지영의 남자 친구, 주경원이다.

"아, 미안……!"

당황한 은서는 황급히 전화를 끊으려 했다. 전화기 너머에서 지영이의 깔깔 웃음소리가 또 들려왔다.

— 흐흐. 내가 걸었잖아, 언니두. 여하튼, 만나서 더 얘기해. 담 주에 연락하고 갈게.

"응, 그래."

— 그만 마시고 얼른 자.

"알았어."

전화를 끊고, 그녀는 캔에 남아 있는 맥주를 모조리 삼켜 버렸다.

"나한테 절대 부르지 말라며 신신당부할 때는 언제고. 이 밤중에 사람을 불러서 강소주 타령이냐. 안주도 없이 병나발을……."

민수는 졸린 듯 입을 쩍쩍 벌리고 하품을 했다. 자정이 넘어가는 시각, 술집과 치킨 집이 불야성을 이루는 상가에서 한참 떨어진 주택가 놀이터엔 인기척이 없었다. 나란히 소주병을 들고 그네에 앉아 있는 위준희와 공민수밖에는.

"소주를 혼자 마시면 그때부턴 병이라며. 니가 그랬잖아."

바람직한 근육질 몸매의 공민수는 평소 식단 관리가 철저하다. 술도 절대 입에 대지 않는다. 직업이 트레이너이기 때문이기도 하지만, 스스로 거울을 볼 때마다 밀려오는 자부심 때문에 더욱 철저하게 되는 면도 있다. 하지만 위준희가 세상을 다 잃은 표정으로 찾아올 때면 거절할 수가 없다. 같이 마셔 주는 척이라도 하는 수밖에. 그에게는 위준희가 아킬레스건이다. 아무리 늦은 시간이어도, 사전 약속 따위 상관없이, 부르면 달려나와야 했다.

바로 지금처럼.

"솔직히, 새꺄. 난 니가 이해가 안 된다."

민수가 하품을 하며 성가시다는 투로 말했다. 얼른 이 술판을 접고 집에 가서 자고 싶은 마음이 컸던 것이다.

"그냥 다 말해. 니가 누군지, 무슨 일을 하는지. 그리고 니 마음이 어떤지 다 고백해."

위준희가 도끼눈을 뜨고 노려봤다.

"어떻게 말하냐, 내가!"

"새꺄. 왜 못 하냐?"

"못 하지. 그걸 어떻게 내 입으로 말해!"

"니가 못 하면 내가 해 주랴?"

순간적으로 위준희 눈이 뒤집어졌다.

"이 자식이. 죽을래?"

당장 멱살이라도 잡을 기세다. 공민수는 무의식적으로 한 발 뒤로 물러섰다.

"아, 그니까. 말하라고, 니 입으로. 다 말해. 그럼 이렇게 오밤중에 울며불며 강소주 안 먹어도 되고, 너도 집에 맘 편히 들어와 살 수 있고 얼마나 좋냐? 또 아냐? 니 맘 알면 받아 줄지? 배 판사, 아니지. 그, 누, 누님이 너한테 좀 각별하냐? 옛날부터 니 일이라면 자다가도 벌떡 일어났잖아."

위준희는 무너지듯 다시 그네에 주저앉았다.

"닥쳐. 내가 말하면, 다 찾아서 볼 거 아냐……."

그는 커다란 두 손으로 얼굴을 가렸다.

"아, 안 돼! 어떻게 그딴 걸 보라고 할 수가 있어! 배은서한테!"

공민수는 진심으로 울컥해서 소주를 한 모금 마셨다.

"아, 나. 듣다 보니 진심 빡 치려고 하네. 이 새꺄, 온 세상이다 본 니 꼬라지를 왜 배 판사 누님한테는 안 된다는 거냐고!"

잠시 이것저것 떠올리던 위준희의 얼굴이 금세 시뻘겋게 달아올랐다.

"안 돼! 안 돼! 쪽팔려서. 차라리 머리 박고 죽고 말지!"

본격적으로 열이 오르기 시작한 공민수는 자신의 직업도 까맣게 잊고 손에 든 병을 들어 벌컥벌컥 들이마셨다. 그러곤 벌떡 일어섰다.

"아, 진심 뷰웅신."

머리를 싸안고 앉아 있는 위준희의 앞을 공민수는 이리저리 오가며 소리쳤다.

"그래! 내가 최대한 양보해서! 너, 사람들 앞에 보인 그 꼬라지! 끝까지 어떻게든 배 판사 누님한테는 숨길 수 있다고 치자! 최대한 숨겨 보자고! 그러자고! 그러면!"

민수의 걸음이 준희 앞에서 탁 멎었다. 어떻게든 이 답답한 인생을 설득해 보려는 듯, 그의 목소리가 한결 누그러졌다.

"니 마음. 니 마음만큼은 솔직하게 털어놓으라고."

대답 대신 위준희는 머리칼을 마구 헝클었다. 어떻게든 좋은 말로 설득해 보려던 민수의 목소리가 점점 우악스러워졌다.

"아, 나! 위준희! 이제 약속한 5년도 다 돼 간다면서. 이대로 서류에 도장 찍고, 배 판사, 아니 누님 다른 사람 만나서 새 출발하면 닭 쫓던 개처럼 평생 질질 짤 거냐고."

민수가 처음 소주를 배운 건 열일곱 되던 해, 단짝 친구 위준희 놈이 가출을 하기 전날 밤, 바로 이 놀이터에서였다. 만약

이놈이 배은서와 서류를 정리하고 완전히 서로 남남으로 살게 된다면, 대한민국 최고의 트레이너가 되겠다는 공민수의 야심은 그날로 종일 게 뻔했다. 이 친구 놈이 매일 소주를 한 상자씩 들고 와 지랄을 떨게 분명하니까.

"안 돼……."

위준희는 아예 머리털 전체를 홀라당 뽑아 버릴 작정인가 보다. 미친놈처럼 제 머리를 이리저리 쥐어뜯었다.

"은서한테 난 남자가 아니야. 고백하는 순간, 우리는 진짜 끝난다고. 불편해서 날 다신 안 보려 들 거야."

그 말을 듣는 순간 갑자기 번쩍, 평소 잘 쓰지 않는 공민수의 두뇌가 비상식적으로 가동하기 시작했다.

"이 등신아! 그럼 니가 남자지, 여자냐?"

머리를 쥐어뜯던 위준희가 어리둥절해서 고개를 들고 쳐다보았다.

"니가 남자라는 걸 보여 줘. 니가 배 누님한테 남자라는 걸 보여 주면 되잖아."

민수의 말을 준희는 도통 이해할 수 없었다.

제가 생각해도 스스로 대견해서 민수는 하얀 이를 활짝 드러내고 웃어 보였다.

"새꺄, 뭘 고민이냐. 간단하네, 그거. 이혼은 도장을 안 찍어 주면 되는 거고."

"이혼을…… 해 주지 말라고?"

민수는 실실 쪼개며 주먹 끝으로 위준희의 가슴을 툭 쳤다.

"가, 새꺄. 가서 보여 줘. 너, 여자? 나, 남자! 그리고 몸으로 증명해! 확 덮쳐 버려!"

순간 어둠 속에서 번쩍, 벼락같은 주먹이 날아와 민수의 안면을 강타했다. 워낙 하체를 멋진 근육으로 발달시켜 온 덕분에 공민수는 쓰러지진 않았다. 하지만 얼굴이 확 돌아가고 눈앞이 핑 도는 건 어쩔 수 없었다.

"아, 아파……!"

얼얼한 코를 두 손으로 움켜쥔 공민수를 향해 위준희가 하얀 이를 드러냈다.

"쓰레기는 니가 치워, 이 변태 자식아!"

여전히 눈앞이 하얀 가운데 저벅저벅 놀이터를 떠나는 위준희의 발소리가 들렸다. 주먹으로도 분이 안 풀리는지 멀어지면서 한마디 덧붙이는 소리도 들려왔다.

"아, 드러운 저질 새끼야!"

아직도 시야가 돌아오지 않은 공민수의 양쪽 콧구멍에서 뜨뜻한 뭔가 주르륵 흘러나왔다. 손등으로 급히 훔치며 민수는 차마 뱉을 수 없는 쌍욕을 소리 없이 중얼거렸다. 두 손은 이미 말 잘 듣는 어린애처럼 그네 주변에 늘어놓은 소주병을 빈 봉지에 담고 있었다.

인생이란, 비극의 연속이라더니.

태풍 같은 10대도 다 지나고 스무 살도 훨씬 더 처먹었으면, 사람이 좀 수그러들 건 수그러들고 변할 건 변할 줄도 알아야 좋은 건데. 저놈의 새끼 성질머리며 핵주먹은 나이가 들어도 당최 수그러들 줄 모른다. 그런 녀석을 '절친'이라며 찰싹 붙어 있어야만 하는 현실, 그 자체가 비극이 아니면 뭐란 말인가.

으이 씨. 그놈의 걸 그룹만 아니었어도⋯⋯. 저 자식, 아오!

혼자 구시렁거리며 휴지 쪼가리를 뭉쳐 콧구멍을 틀어막는데, 하늘에서 제법 굵은 물방울이 툭, 투둑 떨어지기 시작했다. 어둠 속에서 공민수는 잔뜩 인상을 썼다.

"아, 나. 이 와중에 소나기까지⋯⋯!"

그는 집을 향해 뛰기 시작했다.

멀리서 은은한 뇌성이 울렸다. 쏴아아, 아무 대비도 없이 잠든 세상에 별안간 세찬 빗줄기가 기습처럼 쳐들어왔다. 아픈 머리를 부여잡고 침대에 누운 배은서는 열렬히 마셔 댄 알코올의 힘으로 어렴풋 잠드는 데 성공했다. 온몸이 차츰 나른해지고 몽롱하고 아득한 잠의 나락으로 정신이 떨어져, 점차 거세지는 빗소리가 꿈인지 현실인지도 구분할 수 없어졌다. 눈앞에 펼쳐진 광경이 현실인지, 꿈인지, 혹은 과거로의 시간 여행인지도 구분할 수 없었다. 희끄무레한 형체가 나타나자 그저 손을 내밀어 덥석 잡았다.

'아야!'

얼마나 비를 맞았는지 작은 손은 젖은 비닐처럼 차가웠다.

언제부터인가 그녀의 손에는 우산이 들려 있다. 빗속에 고개를 수그리고 서 있는 작은 위준희의 머리 위로 은서는 커다란 우산을 씌워 주었다.

'언제부터 여기 있었어? 왜 비를 맞고 있어, 감기 들면 어쩌려구!'

무의식적으로 튀어나온 자신의 말에 스스로 깨달았다.

공덕동에 살 때다. 그때 이런 적이 있었다.

비가 퍼붓듯이 쏟아지던 어느 여름날, 학교에서 돌아오는 길 골목 어귀에 서 있는 준희와 마주쳤다. 얼마나 오랫동안 비를 맞고 서 있었는지 한여름인데도 녀석의 입술은 퍼렇게 질려 있었다. 눈 위로 늘어진 앞머리를 따라 빗물이 줄줄 떨어지고 있었지만 녀석은 끝내 고개를 들지 않았다.

무슨 일인지 알 것 같았다. 은서는 아랫입술을 깨물었다.

'어느 놈이니? 앞장서. 가자!'

그러자 녀석은 그녀에게 잡힌 손아귀를 비틀어 빼었다. 그러곤 우산 밖으로 뛰쳐나가려 했다.

하지만 벌써 1년 넘게 함께 살아 온 배은서다. 잽싸게 손을 뻗어 녀석의 뒷덜미를 잡았다.

'나 오늘은 그냥 못 넘어간다, 위준희. 얼른 이름 대. 어떤 놈이야?'

그녀에게 뒷덜미를 잡혀서도 녀석은 끝내 고개를 들지 않았다.

'……가.'

녀석이 우물우물 말했다.

'뭐라고?'

'그냥…… 집에 가.'

아홉 살과 열아홉, 열 살의 나이 차이와 신체의 면적 차이를 이용하여 은서는 녀석을 힘껏 우산 안으로 끌어당겼다.

　'나 오늘은 그냥 안 넘어가. 셋 셀 때까지 이름 대라. 안 그럼 나 학교로 쫓아갈 거야. 아저씨한테 말할 필요도 없어. 이 누나가 한다면 하는 사람인 거, 너 알지?'

　대답 대신 녀석은 은서의 손아귀에서 벗어나려고 이리저리 발버둥을 쳤다. 한 손으로 우산을 들고, 한 손으로 아홉 살짜리 사내아이를 지탱하려니 여간 힘든 게 아니었다. 하지만 어느 쪽도, 은서는 놓을 수가 없었다. 그때였다. 건너편에서 우비를 입은 채 우산을 들고 껑충껑충 뛰어오는 형체가 보였다. 보통 아홉 살짜리보다는 머리통이 하나 더 달린 듯 유난히 덩치가 큰 녀석이 걸음을 멈추고 우산 앞으로 머리통을 쑥 내밀었다.

　'어라? 위준희, 너 여태 안 가고 여기서 뭐하냐.'

　순간 위준희가 발버둥을 멈추고 고개를 번쩍 들어 상대를 쳐다보았다.

　'뭐야. 너 새엄마랑 있냐? 교복 입은 새엄마?'

　초딩 특유의 유치한 말투로 깐죽대는 아이를 향해 은서는 천천히 우산 끝을 들어 올렸다.

　'애.'

　녀석은 호기심 가득한 눈빛으로 은서를 마주 보았다.

　'네?'

　'너 이름이 뭐니?'

　'공민순데요.'

'니 눈에 내가 얘 새엄마로 보여?'

눈치가 모자란 건지 예의가 모자란 건지, 공민수는 거침없이 애들한테 들은 얘기를 주절거렸다.

'애들이 다 그러던데요. 위준희 엄마는 집 나갔고 교복 입은 새엄마가 들어왔다고. 위준희 아빠가 원조 교제 하는 거라고……'

은서는 얼어붙어 서 있는 준희의 뒷덜미를 놓아 주고 축축한 녀석의 손에 우산을 들려 주었다.

'너 잠시 이거 잘 들고 있어.'

위준희가 영문을 모르고 순순히 우산 손잡이를 받아 들자, 은서는 쏟아지는 빗속으로 뛰어들었다. 그러고는 주저 없이 공민수의 멱살을 틀어잡았다. 또래보다 키도 덩치도 큰 공민수는 아홉 살 평생 누군가에게 맞아 본 기억도 별로 없었다. 이렇게 우악스럽게 멱살이 잡혀 허공으로 떠오른 적은 더더욱 없었다.

'켁! 켁! 놔, 놔 주……'

은서는 녀석을 바닥에 팽개치곤 그 앞에 바짝 주저앉아 얼굴을 들이밀었다.

'야.'

멱살에서 풀려나 빗물 흥건한 바닥에 나뒹굴며 공민수는 울음을 터뜨리기 직전이었다.

'네……?'

'나는 준희 새엄마가 아니야.'

'그, 그럼, 누, 누군데요?'

'따라해 봐.'

'네, 네?'

'누. 님.'

'누……님……?'

'난 얘 누님이야. 애들한테 그렇게 전해.'

빗물이 줄줄 흐르는 가운데서도 사람을 태워 죽일 듯한 눈 초리로 은서는 어린 공민수를 압박했다.

'왜, 왜요?'

'한 번만 더 새엄마 소리 들리면, 내가 널 어떻게 할지 나도 모른다. 자, 너부터 불러 봐. 내가 뭐라고?'

'누, 누님이요.'

빗줄기가 더욱 거세졌다. 빗속에서 엉금엉금 투명 우산을 찾는 사내아이와 그 앞에서 천천히 몸을 일으켜 검정 우산 안 으로 들어서는 그녀의 모습도 폭포수 같은 빗물 사이로 이지러 지며 사라졌다.

자정이 한참 넘어간 시각, 위준희가 돌아온 집 안은 조용했 다. 세상을 두드리는 빗소리만 작은 아파트를 가득 메우고 있 었다. 아무도 없는 주방 불이 켜져 있다. 성질을 부리고 나갔지 만 준희가 다시 돌아오리라 생각한 은서가 불을 켜 둔 것이다.

놀이터에서 집에 걸어오는 동안 비를 맞은 것에 불과한데 도, 찰싹 달라붙은 머리와 옷깃을 따라 물방울이 뚝뚝 떨어졌 다. 준희는 거실 오른편에 있는 작은방으로 들어갔다. 오래된 책상과 서랍장이 놓여 있는 이 방은 그의 몫이다. 공덕동에서 이 집으로 이사 오고 세 달 만에 집을 떠난 탓에 정작 방 주인이 머문 시간은 얼마 되지 않았지만.

서랍을 열어 티셔츠와 반바지를 꺼내 들고 욕실로 향했다. 말끔하게 씻고 나면 기분이 한결 나아질 것 같다. 비록 쉽게 잠이 들 것 같진 않지만.

욕실 문 앞에서 위준희는 닫혀 있는 안방을 돌아보았다.

배은서는, 잠들어 있는 걸까?

빗줄기는 머지않아 약하게 수그러들었다. 하지만 그대로 물러설 것 같진 않았다. 멀리 어느 곳에선가 벼락이 떨어졌고 밤하늘에 번갯불이 작열했다. 뒤이어 뇌성이 사방으로 울려 퍼졌다.

이번에 그녀는 뇌성이 작열하는 여름밤, 아파트 근처에 있는 작은 놀이터에 있었다. 놀이터를 밝히는 붉은 가로등 아래 키 큰 형체가 그녀를 향해 서 있다. 딱 보기만 해도 언제인지 금세 알 것 같았다. 기억이 떠오른 순간 가슴이 아려 왔다.

싫어. 이 기억은.

은서는 눈을 감아 버렸다. 다른 기억으로, 다른 꿈속으로 가고 싶다.

'왜 눈을 감아?'

익숙한 목소리. 아니, 한때 미치도록 그립고 아프게 했던 그 목소리.

정경민.

'눈을 떠야지. 니가 눈을 떠야 내가 말을 하지.'

경민이 무슨 말을 할 건지 너무도 잘 알고 있다.

미안하다고. 이제 그만 만나야 한다고. 도저히 부모님을 설득할 수가 없고, 자기로 인해 그녀가 불이익을 당하게 할 수가 없어서 미국으로 떠나기로 했다고. 미국에 가서 견문을 넓히고 공부를 더 할 거라고.

울지 말라고 했었다. 아파하지도 말라고 했었다. 자기가 나쁜 놈이니 실컷 욕하고, 그런 놈밖에 안 되는 자신을 시원하게 잊어버리라고 했었다. 자기도 잊을 거라고. 열심히 공부하고 좋은 여자 만나서 새로운 사랑도 할 수 있을 거라고 했었다.

나쁜 놈, 썩을 놈, 거지 같은 놈. 욕해 줄 말들은 차고도 넘쳤다. 걷어차 줄 수도 있고 실컷 저주해 줄 수도 있었다. 그녀에게 속삭였던 달콤한 약속들이 다 새빨간 거짓이었냐며 주먹을 날려 줄 수도 있었다. 하지만 하지 못했다.

매일 그녀를 집으로 바래다주며 헤어지던 그 놀이터에서, 오늘이 마지막이라는, 다시는 만나지 않을 거라는 말을 마주 보고 내던지던 정경민에게 배은서는 한마디 욕설도, 저주도 할 수 없었다. 성질을 부릴 수도, 따져 물을 수도 없었다. 밖으로 흘릴 수 없는 눈물을 가슴으로 삼키며 간신히 웃을 수밖에, 다른 건 생각할 수도 없었다. 자신이 경민의 짝이 될 수 없다는 걸 알고 있었으니까.

대한민국 굴지의 로펌 대표가, 정계와 재계에서 서로 연을 맺으려고 줄을 서 있는 정재근이, 어디 내놔도 흠 없이 똑똑한 아들 정경민을 부모도, 형제도, 배경도, 아무것도 없는 혈혈단신 배은서에게 줄 이유가 없었던 것이다. 너무도 일찌감치 세상을 깨친 까닭에 배은서는 정경민이 절대 자기 차지가 될 수 없다는 걸 똑똑히 알고 있었다. 너무 잘 알아 탈이랄까.

그래서 웃었다. 괜찮을 거라고. 네놈이 떠나도 배은서는 잘 살 거라고. 최대한 태연하게 자존심을 지키는 방법밖에 아무것도 떠오르지 않았다.

그렇게 경민을 보내는 순간에도 이렇게 마른번개가 쳤다. 아니, 바람이 좀 불었던가. 아무튼 그가 어둠 속으로 사라지고 나서야 빗방울이 떨어지기 시작했던 게 기억난다. 처량 맞게 비를 맞으며 울고 있는데 준희가 다가와 오래된 검정 우산을 씌워 주었다. 준희는 더 이상 아홉 살이 아니었고, 열일곱에 벌써 키가 178센티에 육박했다.

그날, 마르고 껑충한 준희를 끌어안고 은서는 참았던 서러움을 눈물로 펑펑 쏟아냈다. 그러고는 차마 경민에게 뱉지 못했던 말을 준희를 향해 쏟아내었다.

위준희. 준희야. 우린 절대 헤어지지 말자. 그럴 수 있지? 난 절대 널 떠나지 않을 거거든. 세상이 뭐라고 해도, 누가 뭐라고 해도, 너랑 나를 갈라놓을 수 없어. 그치? 그치? 넌 세상에서 내가 가장 사랑하는 사람이니까. 누가 뭐래도 넌 내 동생이니까. 너랑 난, 가족이니까.

'눈 좀 떠 봐. 은서야.'

낯익은 목소리가 다시 부드럽게 재촉했다.

싫어. 안 뜰 거야.

이 꿈은 싫어. 다른 꿈을 꿀 거야.

똑똑.

혹시나 싶어 노크를 해 보았지만 역시나 답은 없다. 준희는 손잡이를 잡고 조심스럽게 돌려 보았다. 손잡이가 가볍게 돌아가며 방문이 열렸다. 방은 캄캄하고 조용했다. 은서는 침대에 모로 누워 웅크린 채 잠들어 있었다. 침대 옆 반닫이 위와 바닥에 맥주 캔 서너 개가 뒹굴고 있었다.

소리 없이 한숨을 내쉬며 준희는 빈 맥주 캔과 휴지 쪼가리를 모아 말라비틀어진 오징어가 담긴 비닐봉지에 넣고 묶었다. 바닥에 널브러져 있는 옷가지들도 주워 반듯하게 접었다.

원래 배은서는 처음부터 그랬다. 정리 정돈에는 천부적으로 소질이 없었다. 신기한 것은 이처럼 엉망으로 어질러 놓아도 본인은 뭐가 어디 있는지 모조리 기억한다는 사실이다. 이렇게 정리해 주고 나면 뭐가 어디 있는지 모르겠다며 되레 화를 낸 적도 있었다.

아무리 그래도 쓰레기통에서 자면 안 되지.

준희는 침대 모퉁이에 걸터앉았다.

언제나처럼 배은서는 엄지손가락 끝을 입에 물고 잠들어 있다. 이런 잠버릇을 처음 본 건 10여 년 전이다. 언제나 씩씩하고 당차기 짝이 없던 배은서가 남모르게 울다 잠이 든 날, 이렇게 아기처럼 손가락 끝을 물고 있었다. 나중에 알았다. 그날이 배은서 부모님의 기일이었음을. 스트레스가 심하면 이렇게 아기처럼 손가락을 물고 잠이 든다는 것을.

준희는 은서의 손가락을 떼어 주고 반듯하게 눕혀 주었다. 눈이 어둠에 익숙해지며 언제나 보고 싶던 얼굴이 똑똑히 보인다. 손을 들어 흐트러진 머리칼을 쓸어 넘겼다. 동그랗고 예쁜 이마, 아기처럼 뽀송한 피부. 이렇게 잠들어 있을 때 아무도 모르는 속살 같은 은서의 진짜 얼굴이 나타난다. 진짜 배은서의 얼굴을 마주할 때에야 준희는 진짜 하고 싶은 말을 할 수 있다.

"뭐가 니 맘을 더 아프게 했을까? 정경민이 다시 나타났다는 거? 아님, 니가 법으로 내게 묶여 있다는 거? 어느 쪽이야?"

답이 있을 리가 없다. 잠든 그녀에게 이렇게 마음속 말을 건넸지만 언제나 답은 없었다.

"2월이 되어도 내가 이혼해 주지 않으면, 많이…… 화낼까?"

그는 엄지 끝으로 그녀의 보드라운 뺨을 어루만졌다.

"그때……. 내가 만약에, 잠적해 버리면……. 날 찾을 수 있을까? 찾아올 거야?"

잠적.

배은서도 위준희를 찾을 수 없겠지만, 그땐 위준희도 배은서를 만나지 못한다. 생각만으로도 가슴이 답답해졌다.

"민수 놈은 날더러 남자라는 걸 보여 주고 너한테 고백하래. 웃기는 자식이지?"

그녀의 볼을 쓰다듬던 손가락이 어느새 살짝 벌어진 입술

끝을 매만지고 있었다.

"넌 언제나 내게 여자였는데……. 내가 남자란 걸, 넌 알고 있을까?"

어둠 속에 그녀의 하얀 목선과 티셔츠 위로 드러난 쇄골이 보였다. 이불에 덮여 있어도, 어떤 딱딱한 정장으로도 절대 감출 수 없는 그녀의 봉긋한 가슴과 잘록한 허리선이 똑똑히 보였다.

"이렇게 보고만 있어도, 난 심장이 터져 버릴 것 같은데……. 넌, 넌……?"

지진이 난 듯, 터져 버릴 듯, 흔들리고 아픈 가슴 위쪽으로 울컥 뜨거운 감정이 솟구쳐 올랐다.

준희는 이를 악물었다. 울고 싶지 않다. 아무리 잠들어 있는 상태라고 해도 절대 배은서 앞에서 눈물을 보이고 싶진 않다. 보여 줄 수 없다.

꿀꺽, 목구멍 안으로 짭짤한 눈물을 삼켜 버렸다.

그 순간 은서가 몸을 뒤척였다. 불편한 듯 고개를 움직이더니 입술을 달싹이며 알아들을 수 없는 말을 내뱉었다. 무슨 말을 하는지 듣고 싶어 준희는 얼굴을 바싹 들이밀었다.

"뭐라고? 배은서……? 은서야?"

마치 그의 말을 들은 사람처럼 그녀가 입술을 다시금 달싹였다. 하지만 잠이 들어 있는 그녀의 말을 알아들을 순 없었다. 그저 작고 부드러운 입술이 붙었다 떨어지고, 다시 붙었다 한숨을 내뱉는 모양을 홀린 듯 지켜보았을 뿐.

'이 새꺄. 니가 남자라는 걸 보여 줘.'

그 순간 어째서 공민수의 지랄 맞은 한마디가 떠올랐는지 준희는 알 수 없었다. 소낙비와 소주 두 병이 일으킨 욕망의 화학 작용일지도 몰랐다. 그저 본능이 시키는 대로. 와락.

그녀의 얼굴 위로 고개를 숙이고 꽃잎 같은 입술에 천천히 입을 맞추었다.

'은서야……!'

다른 꿈으로 가려고 했는데, 눈앞의 장면이 쉽사리 넘어가질 않았다. 아니, 눈을 감고 있어서 아무것도 보이지 않았다. 이름을 부르며 매달리는 그 목소리를 쉽게 뿌리칠 수 없는 것인지도 모른다.

미친 거 아냐? 다 정리하고도 남는데, 왜 뿌리치지 못하는 거야.

아무래도 확실하게 일러 주는 게 좋을 것 같았다. 은서는 입술을 움직여 눈을 감고 마주 선 상대에게 똑똑하게 말했다.

'다 끝났어. 가 버려.'

'내 말 좀 들어 봐. 은서야.'

그녀는 최대한 입술 끝에 정신을 집중하고 한마디, 한마디 힘주어 말했다.

'우린 끝났다고. 가 버려…….'

그때였다.

따뜻하고 촉촉한 무언가의 감촉이 그녀의 입술에 닿았다.

입술······?

따뜻한 입술이 그녀의 입술에 닿았다. 살살 비비고 탐색하듯 문지른다. 그러더니 그녀의 입술을 살짝 머금었다. 아주 조심스럽게. 마치 그녀의 입술이 폭발물이라도 되는 것처럼. 천천히. 머금고 빨아들이기 시작했다.

이게 무슨 상황인 걸까?

잠자는 와중에도 그녀는 이성이란 놈을 소환해 판단해 보려고 애썼다.

헤어지자고, 끝이라고 말하려던 놈이 어째서 내게 키스를 하는 걸까?

정경민. 지금, 뭐하는 거야?

입을 벌리고 소리 내어 물어보려는데, 뜨거운 한숨과 함께 남자의 키스가 깊어졌다. 어느새 그의 혀가 그녀의 입술을 비집고 들어왔다.

꿈속에서 되살려 낸 그의 키스는 기억했던 것보다 훨씬 달콤하고 짜릿했다. 조심스럽게 그녀의 입술을 맛보고 천천히 그녀의 혀와 얽혀 들었다. 물어보듯, 주저하듯, 그녀의 호흡을 훔치던 그 입술은 어느새 오랫동안 억눌러 온 열망을 터뜨리며 그녀를 탐하기 시작했다.

그녀의 얼굴로 쏟아지는 호흡이 점점 뜨거워졌다. 그녀의 얼굴을 감싸고 있는 손바닥에서 더운 열기가 느껴졌다. 그녀를 향한 남자의 뜨거움이 피부를 통해 생생히 느껴졌다. 이건 뭔가 이상하다고, 아무리 꿈이라도 상황과 전혀 맞지 않다고 어디선가 경고등이 울리는 것도 같았다. 하지만 정체를 알 수 없는 야릇한 감각에 휩쓸려 은서는 자신을 탐하는 입술에 매달렸다. 몸속 깊은 곳에서 오래도록 잊고 있던 불씨에 화르르 불이 붙기 시작했다.

'은서야. 내 말 좀 들어 봐.'

아득한 어딘가에서 경민의 목소리가 들리는 것도 같았다.

뭐지? 지금 내게 정신없이 키스하고 있는 녀석이 말을 거는 건 또 뭐야?

제아무리 꿈이라지만, 눈을 감고 있는 꿈이라지만, 뭔가 점점 더 이상하게 돌아가는 것 같다.

'눈을 떠 보라⋯⋯.'

경민의 목소리가 점점 작아지더니 결국엔 사라졌다. 대신 그녀에게 정신없이 입 맞추고 있는 상대에게서 숨길 수 없는 욕망의 한숨 소리가 '끙!' 터져 나왔다. 그 소리가 천둥처럼 그녀의 의식을 흔들었다.

그녀는 반응을 멈췄다.

하지만 그녀의 입술을 탐하는 상대는 멈추지 않았다. 오히려 꿈이라고는 믿어지지 않는 묵지근한 체중이 그녀의 몸 위를 압박해 왔다. 조심스레 그녀의 얼굴을 감싸고 있던 뜨거운 손은 어느새 그녀의 티셔츠 아래쪽을 파고들었다.

꿈이라고 하기에는 너무도 생생한 느낌. 지나치게 또렷한 체온과 감촉.

그녀는 고개를 틀어 상대의 입술에서 벗어났다.

인장처럼 달구어진 뜨거운 입술은 목표물이 벗어나자 희고 여린 목덜미로 입맞춤을 이어 갔다. 예민한 귓불에 데일 듯 뜨거운 숨결이 쏟아졌다. 못지않게 뜨거운 입술이 그녀의 목덜미를 빨고 물었다. 커다랗고 뜨거운 손이 그녀의 젖가슴을 감싸 쥐었다. 희열에 찬 남자의 떨리는 탄성이 귓전을 때렸다.

그녀의 몸이 순간 얼었다.

이건 꿈이 아닌 것 같아!

그녀는 힘껏 눈을 떴다. 잠과 함께 나른하게 퍼져 있던 사지의 근육들 역시 빠르게 잠에서 깨어났다.

꿈이 아니다.

그녀의 귓불을 부드럽게 빨아들이는 입술도, 그녀의 가슴을 자극하는 뜨거운 손길도, 그녀의 얼굴에 닿는 욕망 어린 숨결도, 그 어느 것도 꿈이 아니다.

뭐지?

꿈에서 본 놀이터가 아니었다. 그녀는 자신의 방, 침대에 누워 있었다. 누군가 그녀의 몸을 누른 채 정신없이 그녀를 탐하고 있었다. 은서는 있는 힘껏 상대를 밀어젖혔다. 그리고 벌떡 일어나 웅크리고 앉았다. 상대는 예상치 못한 듯 단번에 떨어져 밀려났다.

"누, 누구야!"

어둠 속에서 상대가 천천히 고개를 들었다. 그 얼굴을 확인한 은서는 벼락을 맞은 기분이었다.

"주, 준희……?"

3

"다음. 사건 번호 2015가단7965."

서울동부지방법원 4호 법정에 앉아 있는 참여관 손대식은 흘끗 판사를 쳐다보고 다음 사건 번호를 불렀다. 다음 기일까지 증인 명단을 제출하기로 한 원고와 피고가 각자 일어서서 뒤로 나가는 사이, 호명 당한 다음 사건 당사자들이 각자 다른 쪽에서 나타나 원고석과 피고석에 앉았다. 서로의 시선을 피한 채 눈도 마주치지 않는 모습에서 보이지 않는 냉랭한 적의가 팽팽하게 그들을 감싸고 있다는 걸 알 수 있었다.

민사 소송에서는 워낙 흔한 광경이라 손대식은 신경 쓰지 않았다. 참여관 일을 시작한 지도 5년이 넘어 간다. 일을 할수록 신입 시절 선배들이 했던 말이 다 구구절절 맞다는 생각만 들었다. 소소한 형사 재판보다 오히려 민사 재판이 더 살벌한 경우가 많다. 서로의 이해관계와 원한이 복잡하게 뒤엉켜 있는 민사 재판은 법정 안에 들어서는 순간부터 보이지 않는 적의와 살기가 가득했다. 원고와 피고가 한마디도 지지 않고 말싸움을 하다가 판사에게 쫓겨나는 경우도 종종 벌어진다.

이번 사건도 만만치 않다. 우회전을 하여 도로에 진입하던 차와 직진으로 지나가던 차가 충돌하여 교통사고를 일으켰는데, 양쪽 차에는 각각 만삭의 임신부와 고령의 노인이 동승하고 있었다. 이미 보험금 수령은 끝났지만, 직진 차가 우회전 차 운전자를 상대로 피해 보상을 청구한 것이다. 직진 차는 우회전 차의 과실을 주장하며 동승한 임신부가 사고 직후 조산을 하였다며 7천만 원의 보상금을 요구하고 있다. 반면 우회전 차는 직진 차의 과속을 주장하며 뒷자리에 타고 있던 74세 노모 역시 골절상을 입었으므로 오히려 피해 보상을 받아야 하는 입장이라고 자신의 과실을 부정하고 있다. 우회전 차는 블랙박스 영상을 증거 자료로 제출한 반면 직진 차는 블랙박스가 없었다.

"더 추가할 증거물은 없습니까?"

배은서 판사의 목소리가 들리자 손대식은 또 한 번 곁눈질로 판사를 쳐다보았다.

이상한 일이다. 평소, 법정에 들끓어 오르는 원고와 피고 들의 적의와 살기를 배은서 판사는 얼음장보다 더 시린 말투로 간단하게 제압하곤 했다. 서로 자신의 억울함이나 무고를 열받쳐 토로하던 사람들도 배 판사를 대하면 얼어붙는 일이 잦았다. 마음을 꿰뚫어 보는 듯 싸늘한 눈초리에 피 한 방울 나올 것 같지 않은 차가움이 말투에서 뚝뚝 묻어났다. 게다가 날카롭게 핵심만 후벼 파는 배 판사의 질문은 참여관들 사이에서도 이미 유명했다. 그런데 그런 배은서가 요즘 이상하다. 아주 많이.

"임신부의 출산이 얼마나 조산입니까?"

저것 좀 보라지. 질문에 벌써 맥아리가 없다.

하지만 평소보다 훨씬 누그러진 말투임에도 배 판사의 질문에 원고는 긴장한 기색이 역력했다.

"4주나 일찍 출산했습니다."

"원고는 조산을 증명할 수 있는 검사 결과와 의사의 진단서를 제출하세요."

"네? 네……!"

판사가 양측의 증거물 불충에 대해 지적하는 사이, 원고와 피고는 조마조마한 얼굴로 가면을 쓴 것 같은 판사의 표정을 살피고 있었다. 하지만 오랫동안 배은서 판사의 재판을 지켜본 사람이라면 뭔가 잘못되었다는 걸 금세 알아차릴 수 있다.

일단 목소리부터 묘하게 달랐다. 기운이 없어 보인달까. 아니, 뭔가 다른 곳에 마음을 빼앗긴 것 같달까. 이번 주 내내 이러는데 더 좋아질 기미나 평소로 돌아올 기미가 보이지 않는다.

"다음 기일은 12월 13일입니다."

평소 같으면 더 날카로운 질문이 쏟아졌을 법도 한데, 배 판사는 무언가 끄적거리더니 심리를 종료해 버렸다. 손대식은 진심으로 걱정이 되기 시작했다. 그는 금테 안경 뒤 무표정한 시선으로 노트북 화면을 보고 있는 배 판사를 쳐다보았다.

혹시, 어디 많이 아프신가……?

휘경동 집 안방에서 배은서에게 따귀를 얻어맞고 어느새 일주일이 지났다. 아무것도 생각하고 싶지 않아 내리 잠만 자던 위준희는 결국 더는 버티지 못하고 침대에서 휘청휘청 몸을 일으키고 말았다. 몽롱한 잠기운과 다채로운 꿈으로 싹 지워질 수만 있다면 좋을 텐데.

이놈의 기억은, 아직도 얼얼한 뺨과 함께 쉽사리 수그러들 기미가 없다.

대체 그날은 무슨 정신에 밖으로 뛰쳐나오고 숙소로 돌아왔던 걸까. 기분 좋게 들고 갔던 백 팩 가방도 그대로 두고 왔다. 그냥 무작정 돌아와, 무작정 침대에 몸을 던졌다. 그러곤 자 버렸다. 그렇게 자고 일어나면 모든 게 마치 꿈일 것만 같았다. 다 잊힐 것만 같았다.

"이런, 똥! 된장! 똥! 똥!"

눈을 뜨자마자 그는 머리통을 감싸 쥐고 침대에서 욕설 같은 발악을 내뿜었다.

블랙아웃처럼 잠이 들었고, 아무 꿈도 꾸지 않고 내내 잤고, 깨어났다. 그런데……

아무것도 잊히지 않았다. 잊힌 게 하나도 없었다.

은서에게 얻어맞은 왼쪽 뺨을 만져 보았다. 물리적인 흔적이야 이미 사라지고 없겠지만, 그 감촉이며 통증은 마치 어젯밤 일어난 일 같았다. 어둠 속에서 경악한 얼굴로 그를 쳐다보던 눈동자에 어려 있던 배신감과 분노가 손에 잡힐 듯 생생했다. 무엇보다도, 다른 무엇보다도…….

젠장!

그 입술, 그 감촉, 그 헐떡임…….

"빌어먹을! 된장! 된장! 빌어먹을!"

금단의 열매를 맛보아 버렸다.

늘 상상만 하던 그녀의 입술이 어떤지, 그녀의 감촉이 어떤 느낌인지, 진짜로 알아 버렸단 말이다!

아, 망했어! 망했어!

한차례 발광을 하고 나니 기막힌 한숨이 흘러나왔다.

미친 새끼. 이제 은서를 어떻게 볼 거냐. 무슨 낯짝으로 집에 갈 수 있겠냐. 그 상처 받은 눈초리를 보고도, 따귀까지 얻어맞고도!

"아아악! 위준희! 죽자! 차라리 죽어!"

벌컥, 문이 열리고 구 실장이 들어왔다.

"넌 일주일 내내 처자고, 발광하고, 또 자고, 발광하고. 뭐하는 짓이냐? 구경꾼 노릇도 지긋지긋하다, 이제. 얼른 일어나. 정신 좀 차리고. 오늘은 같이 나가자."

준희는 이불 속으로 쑥대밭이 된 머리를 도로 집어넣었다.

"가긴 어딜 가. 형, 내일까지 쉬는 날이잖아요."

구 실장이 침대에 걸터앉았다.

"니가 일주일 내내 이렇게 지랄 발광 하는데. 나한테 쉬는 날이 어딨냐? 이제 그만 정신 좀 차려. 너 이러다 정신 병원 끌려간다. 윗집, 아랫집에서 항의 들어왔단 말 못 들었냐? 집에만 갔다 오면 매번 이 지랄이야. 너 이러다 정신 병원 끌려가겠어. 미친놈을 누가 좋아할 수 있다던?"

이불 속에서 머리통을 비비던 위준희가 멈칫 얼어붙었다.

"……모른 척 좀 하지."

"너 자는 동안 공민수랑 통화했거든."

이불 속에서 준희는 들리지 않는 욕설을 있는 대로 퍼부었다. 반은 멍청하기 짝이 없는 자칭 베프 공민수에게, 나머지 반은 꼬리 아홉 개 달린 여우 열 마리쯤 잡아드신 듯 얍삽한 구장철에게로.

"너 이번엔 좀 심해. 시체 놀이 며칠 해서 끝날 것 같지 않다. 딱 봐도 3개월짜리야. 안 돼, 안 돼. 너 기억하고 있지? 마감 날 얼마 안 남았어."

구 실장은 모른다. 아니, 아무도 모른다. 이건 겨우 몇 달 시무룩할 수준의 문제가 아니다. 당장 혀를 깨물고 죽어도 모자랄⋯⋯.

'철썩!' 소리와 함께 구장철의 손바닥이 준희의 등짝을 야무지게 갈겼다.

"새꺄! 헛생각하지 말라고!"

결국 위준희는 이불을 내던지고 일어나 앉았다.

"신경 좀 꺼요. *끄라고.*"

"어떻게 내가 신경을 안 쓰냐? 내가 니 매니전데."

"이건 사생활이잖아!"

"사생활이 잘 풀려야 일도 잘되는 거지. 너님은 원래 태생적으로 웃는 척, 행복한 척, 그 '척'이 안 되는 님이시잖아."

구장철의 말에 틀린 건 하나도 없다. 위준희는 본래 그 '척'이 안 되는 인간이다. 그 '척'이 안 되는 인간이 오랫동안 품은 감정을 꽁꽁 숨기고 억누르고 있으려니 이 모든 사달이 벌어진 것이다.

구장철이 바짝 다가앉았다.

"공민수가 다 불었다. 너, 남자라는 거 증명하러 갔다며? 마누라님한테 들이대고 고백했냐? 진짜로 덮쳤어? 그런데 왜 이래? 아! 까였구나? 왜? 테크닉이 부족했어? 그럼 가서 연습을 더 해! 그럼 되지, 이게 웬 산송장 놀이야!"

위준희는 허연 이를 드러내며 으르렁거렸다.

"공민수, 이 미친 변태 새끼!"

'들이댄다'는 말이 이처럼 귀에 거슬릴 수가 없다.

"얀마. 열 번 찍어 안 넘어가는 나무 없다는 말도 모르냐? 너랑 나이 차이가 그렇게 있는데 어떻게 한 번에 '좋아요' 하겠냐? 포기하지 말고 계속 들이대."

구장철은 진지한 표정으로 자신을 향해 날아오는 베개를 척 받았다.

"말이라고 막 던지지 좀 말아요. 아무것도 모르면서."

짜증 나서 얼굴을 손으로 비비는 척, 준희는 새빨개진 얼굴을 가렸다.

"그니까. 얼른 일어나. 씻고 나가자. 기분 좀 풀어야지."

"가긴 어딜 가요."

위준희는 기다란 다리를 궁상맞게 끌어안고 침대로 다시 쓰러졌다. 구장철이 다가와 발로 준희의 엉덩이를 툭 찼다.

"썩겠다, 썩어. 그만 좀 씻어라, 얀마. 오늘 기태 생일이잖냐. 사장님이 금일봉 쏘셨다. 일본에 있는 안혁이 빼고 다 왔어. 이럴 때 신나게 먹고 놀아 주다 보면 기분이 한결 나아지고, 그러면 긍정적인 생각이 들고, 또 그다음 길도 보이는 법이다."

잊고 있었다. 오늘이 성기태 생일이었다.

성기태라면 사장님이 금일봉을 쏘고도 남겠지. 덕분에 멤버들이나 직원들이 다 간만에 즐겁게 놀 수도 있는 거고……. 하지만 기태 생일이니 기태 스타일로 놀겠지?

순간 준희는 눈살을 찌푸렸다.

성기태가 어디서 어떻게 노는지 너무도 잘 알고 있다. 평소 취향이 비슷한 편도 아니었지만 오늘은 더더욱 그런 자리에 껴 있고 싶은 기분이 전혀 아니었다.

"위준희."

준희를 노려보고 있던 구 실장의 말투가 딱딱해졌다. 말투만 들어도 딱 견적이 나온다. 불길한 예감이 스멀스멀 위준희를 덮쳤다.

"너, 지금 기태 취향대로 노는 거 별로라고 생각하지? 어떻게 하면 기태랑 사장님 기분 안 상하게 핑계 대고 안 나가 볼까 생각도 했지? 일주일 드러누운 김에 그냥 아프다고 하면 딱이라고 믿는 거지? 너, 인마. 오늘 안 나가면 내가 다 까발릴 거야. 사장님이랑 직원들이랑 멤버들에게. 위준희가 사실은 유부남이고 와이프가 열 살이……. 흡!"

사용할 수 있는 모든 종류의 무력을 동원하여 위준희는 속사포처럼 떠벌리는 구 실장의 입을 간신히 틀어막았다.

"알았어. 간다고, 간다고요!"

구장철이 음흉하게 씩 웃었다.

"그래. 진작 그럴 것이지."

"아, 진짜! 형! 비밀 지키기로 한 거면 좀 지켜요!"

구 실장이 순진무구한 표정으로 눈을 동그랗게 떴다.

"내가 언제 한마디라도 누설했냐?"

쌍욕이 튀어나오는 걸 준희는 간신히 삼켰다.

처음부터 위준희의 모든 비밀을 알고 있던 구장철은 단 한 번도, 그 누구에게도 누설한 적이 없었다. 다만, 그 비밀을 미끼로 지금까지 위준희를 철저히 원하는 대로 부려 왔을 뿐이다. 성질 뻣뻣하고 쇠심줄보다 더 질긴 고집의 소유자인 위준희가 순순히 이 일을 하고 있는 것도 다 구장철에게 치명적인 약점이 잡혀 있기 때문이었다.

재판을 마치고 자신의 방으로 돌아온 은서는 책상 앞에 무너지듯 주저앉았다. 한 주가 어떻게 지나갔는지 기억도 나지 않았다.

모든 것이 엉망이 되었다. 최대한 평상심을 유지하려고 몸 부림쳤건만, 서류도 심리도 뜻대로 되는 것이 없었다. 뭐 하나 제대로 읽히고 뭐 하나 제대로 들리는 것이 없었다. 지난 6년 동안 매일 반복했던 그대로, 눈을 뜨면 출근하고 출근하면 서류를 읽고 시간이 되면 법정에 들어가 재판을 했다. 하지만 이번 주에 무슨 재판을 했고 누굴 만났는지 누가 물어본다면, 배은서는 제대로 대답할 수 없을지도 모른다.

"아……. 죽겠다."

의미 없는 금테 안경을 벗어 놓고 은서는 굳어진 얼굴을 두 손으로 감쌌다. 몸도 무겁고 머리도 아픈 것 같은데 정확히 어디가 어떻게 아픈지 모르겠다. 뭔가 얼얼한 것 같기도, 따끔한 것 같기도 하다. 사실 아픈 감각마저도 남의 일인 양 아득하게 느껴졌다. 마치 깊은 수조 안에 갇혀 있는 기분이다. 시간은 예전처럼 흘러가고 세상은 쳇바퀴처럼 돌고 있지만 그 어떤 것도 예전 같지 않았다.

그녀는 손가락 끝으로 양쪽 관자놀이를 꾹꾹 눌렀다.

재판을 마치고 걸어오던 길에 괜찮냐고 묻던 참여관의 얼굴이 떠올랐다.

'판사님, 몸이 많이 안 좋으신 것 같아요. 오늘은 일찍 퇴근해서 병원에 가 보세요.'

손대식 참여관의 표정은 진지했다. 여전히 멍한 기분으로 은서는 대답했다.

'아뇨. 요즘 잠을 좀 못 자서 그래요. 걱정 마세요.'

그래. 잠을 못 자서 그런 것뿐이다.

그녀는 습관처럼 책상 위에 놓여 있는 서류를 집어 들었다. 이번 주는 일도 속도가 나지 않아, 주말이 되었지만 읽어야 할 서류들이 아직 잔뜩 밀려 있었다.

지지지징.

어디선가 진동이 울렸다. '부르르' 책상도 따라서 떨었다. 이상하게도 눈앞에 어떤 장면이 떠올라 은서는 흠칫 놀라고 말았다.

그녀가 속해 있던 온전하고 완벽한 세상에 미세하게 균열이 일기 시작한다. 그리고 균열로 갈라진 화면이 산산조각 부서지며 세상이 무너지기 시작하는 것이다. 영화에서 본 장면이었던 것 같다. 어떤 영화에서였더라. 주인공이 꿈속에 있다는 걸 깨달은 순간 완벽한 현실 같았던 꿈 세계는 붕괴하기 시작한다. 탈출하지 못하면 꿈에 갇혀 영원히 나올 수 없다.

지지지징. 지지지징.

책상을 뒤덮고 있는 종이 더미를 치우자 진동의 원인이 모습을 드러냈다. 종일 잊고 있었던 핸드폰이 요란하게 몸을 떨고 있었다.

정말 말도 안 되지만, 순간 그녀는 다행이란 생각을 했다.

이것은 꿈도 아니고, 현실이라 믿고 있던 세계가 무너지려는 전초전도 아니다. 그냥 전화가 온 것뿐이다. 그녀는 핸드폰을 집어 들고 발신인을 확인했다.

낯선 번호다.

이상하게도 배 속이 꽉 조이는 기분이 들었다. 오랫동안 그녀를 철저하게 지배해 온 이성은 이번에도 변함없이 또박또박 외쳤다. 이건 틀림없이 오늘 있을 연수원 동기 모임 때문에 온 전화일 거라고. 이번 주 내내 동기들이 돌아가면서 전화를 했고 개중엔 그녀의 핸드폰에 저장되어 있지 않은 번호도 있을 거라고. 혹시 이 번호가 지난 7년간 절대 알 수 없었던 녀석의 번호일까 긴장할 필요는 없는 거라고.

위준희일 리가 없다. 절대로.

녀석을 떠올리자마자 한 주 내내 애써 잊고 있던 금지된 기억이 스멀스멀 떠오르기 시작했다.

아냐. 지금 생각하면 안 돼. 여긴 사무실이야. 정신 차려, 배은서!

고개를 흔들며 스스로를 다잡으며 그녀는 그칠 줄 모르고 집요하게 울리는 핸드폰을 노려보았다.

이 정도 받지 않으면 적당히 포기할 법도 한데, 상대는 포기할 줄 모르고 계속 전화를 걸고 있다. 왠지 상대가 누군지 대충 알 것도 같았다.

은서는 한숨을 쉬었다.

차라리 이럴 땐 정신을 딴 데로 돌리는 게 나을 수도 있다. 한때 그녀를 버리고 도망치듯 미국으로 떠나 버렸다가 이혼하고 돌아온 첫사랑을 상대하는 쪽이 나을 수도 있다. 그날 밤 경황없는 중에 맞닥뜨렸던 녀석의 낯선 뜨거움을 떠올리며 답도 없는 고민을 무기력하게 되새기는 것보다는 백번 나을지도 모른다.

은서는 결정을 내리고 핸드폰을 집었다.

"네."

— ……은서?

역시나, 낯선 전화번호의 주인은 정경민이었다. 지난주 토요일 새벽 뺨을 맞고 말없이 사라져 버린 위준희가 아니었다.

— 김지영! 그 자리에 왜 니가 끼려고 그래? 참아. 좀 참으라고.

지영은 자동차 스피커를 통해 들려오는 경원의 목소리를 들으며 키득거렸다.

"몰랐으면 모를까, 언제 어디서 만나는지 다 알게 되었는데 왜 나보고 참으래? 그럼 애초에 얘길 해 주지 말지 그랬어?"

— 야. 거기 니가 낄 자리 아니야. 나도 강 변호사한테 우연히 들었어. 아직 늦지 않았다. 참아, 응?

지영은 고개를 빼고 앞쪽에 줄지어 서 있는 차들을 흘끗 보았다.

"이미 늦었어. 난 벌써 청담동 출구 방향으로 줄 서 있다고. 차 돌릴 수 없음이야. 엄청 밀린다. 금요일 밤이잖아."

— 그니까. 금요일 밤인데……. 오후 내내 쇼핑해 놓고 피곤하지도 않냐? 너 오늘 득템했다며?

저도 모르게 지영은 해죽 웃었다.

"그니까! 나 드디어 8개월 넘게 웨이팅 하던 '머큐르' 가방

샀잖아! 완전 기분 째진다구."

— 그니까. 부가세 포함해서 정확히 36,875,000원짜리. 그거 웬만한 국산 차 한 대 값 아니냐?

"야! 너 이게 어떤 가방인 줄 알아? 서호주에서 유기농 사료를 먹여 애지중지 키운 악어를 생명 친화적인 방법으로 잡아서 프랑스 장인의 숙련된 손길로 1년에 딱 열 개 만드는 명품 중의 명품이야! 이 색깔에 이 무늬는 전 세계에서 나 하나만 가지는 거라고! 근데, 지금 너 나한테 돈 아깝다고 그러는 거냐? 천하의 주경원이, 쩨쩨하게 고작 가방 하나 가지고?"

지영의 언성이 높아지자 경원은 바로 꼬리를 내렸다.

— 누가 너한테 돈이 아깝다고 했냐. 그렇게 힘들게 득템했으니 오늘은 이만 집에 돌아가서 좀 쉬는 게 어떤가, 물어보는 거지. 종일 백화점 훑고 다니느라 다리도 붓고 피곤할 거 아니야.

"흥! 직접 주물러 줄 것도 아니면서 입 닥치시지?"

경원의 목소리가 한결 더 부드러워졌다.

— 지영아. 너의 새 가방에게 앞으로 머물게 될 보금자리를 먼저 보여 주는 게 예의가 아닐까? 이 늦은 시간에 웬 청담동이냐. 그것도 배은서 누나랑 정경민 형이 7년 만에 재회하는 자리에.

"내가 알아서 할 테니 관심 끄세요."

달래도 통하지 않으니 경원의 목소리가 다시 강경해졌다.

— 아니, 넌 당사자도 아니고. 정경민이랑 아는 사이도 아니고. 호기심이 너무 과한 거 아니야? 너 이거 미친 오지랖이야!

가로등 불빛 아래 빨갛게 번질거리는 입술을 비죽거리며 지영이 말했다.

"나 정경민 얼굴 알아. 예전에 한 번 본 적 있어. 그리고 따지고 보면 내가 원래부터 이런 캐릭터는 아니었거든? 이 미친 오지랖 생긴 거 다 너 때문이다. 넌 말야, 주경원 여자 친구로 산다는 게 얼마나 힘든지 생각도 안 해 봤지?"

말이 끝나자마자 오래전 기억의 한 장면이 빛바랜 사진처럼 머릿속을 스쳤다.

그 옛날, 우상이던 배은서 누나가 사라져 버렸을 때, 바보 같은 주경원은 좋아하는 밥도 먹지 않고 울기만 했다. 하지만 이내 경원의 황당한 발언이 아련한 기억을 싹 몰아내 버렸다.

— 김지영 남자 친구로 산다는 것만큼 힘들겠냐.

지영은 버럭 소리쳤다.

"뭐어!"

— 김지영. 이건 상식적으로 용납해 줄 수 있는 오지랖의 범위를 넘어선 짓이야. 니가 은서 누나랑 무슨 사이냐? 따져 봤자 중학교 후배, 이거밖에 갖다 붙일 게 없는데. 그 자리가 어떤 자리라고 니가 껴들어? 아무리 정경민이 7년 만에 돌아와 은서 누나 찾아가는 게 요즘 이 동네 탑 가십이라고 해도 그렇지. 그건 두 사람 문제야. 그 사람들 사적인 문제라고. 거길 니가 왜 끼냐. 무슨 자격으로?

멀리 신호등이 초록으로 바뀌었지만 빽빽이 밀려 있는 자동차 행렬은 도무지 움직이려고 하지 않는다. 슬슬 짜증이 치밀어 올라 지영은 기다란 손톱 끝으로 핸들을 탁탁 쳤다.

"나 중학교 후배밖에 안 되는 거 아니야. 초등학교도 언니랑 같은 데 나왔어."

— 야, 김지영!

"꼭 무슨 자격이 돼야 하는 거야? 방해 안 하고 그냥 몰래 구경만 할 테니 걱정하지 마. 난 그냥 두 사람 감정을 좀 확인하고 싶은 것뿐이야."

— 야! 그걸 왜 니가 해. 자기들이 알아서 하겠지. 너, 은서 누나 모르냐? 하늘이 두 쪽 나도 한번 아닌 건 아닌 사람이야. 그 누나 독종인 거 어디 하루 이틀 일이냐?

배은서가 독종이긴 하지. 하지만 그건 공부할 때나 판사 노릇 할 때고.

하지만 지영은 소리 내어 말하지 않았다. 대신 무적의 코맹맹이 소리를 시전하기 시작했다.

"주경원님? 오늘 바쁘시다면서요? 퇴근도 못 하셨는데……. 황금 같은 금요일 밤에 남친이 바쁘셔서 만나지도 못하고. 님여친은 심심해서 미칠 지경이거든요. 님의 일터로 쳐들어가서 난장판 만드느니, 그냥 혼자 놀게 내버려 두세요. 이 몸이 직접 확인해야, 적극 밀어붙일지 도시락 싸 들고 다니며 뜯어말릴지 노선을 정하지요."

갑자기 경원의 목소리가 음산해졌다.

— 너, 그거 다 핑계지? 혹시, 오늘 거기서……. 딴 거 뭐 있지? 내가 황 사장한테 전화해서 물어보면 다 나온다.

순간 뜨끔한 양심을 지영은 요염한 웃음소리로 덮었다.

"오호호호. 무슨 소리야. 니가 정경민 도와줬잖아. 오늘 거기 통으로 빌리게 힘 좀 써 줬다며. 난 그냥 몰래 살짝 보고 올 거야. 다른 데도 아니고 청담동 페르젠이잖아. 거기 사장 오빠랑 놀구 있으면 아무도 이상하게 생각 안 할걸."

하지만 지영의 작전은 엉뚱한 방향으로 불똥이 튀었다.

— 사장 오빠……? 야! 너 내 허락도 없이 페르젠 황창규랑 언제 오빠 동생 먹었어?

순식간에 지영의 표정이 돌변했다. 목소리도 싸늘해졌다.

"시끄럽구. 가서 일이나 해. 허구헌 날 여친이랑 통화질이라고 옆에서 욕들 안 하니? 끊어!"

— 김지영, 너, 수상해…….

지영은 단호하게 통화를 끊어 버렸다. 그러곤 씩 혼자 웃음을 지었다.

어쭈! 주경원, 제법인데. 감이 좋아.

멀리 빨간 신호등이 다시 초록으로 바뀌었다. 지영은 액셀에 발을 올리고 최대한 빨리 갈 궁리를 하기 시작했다. 정경민과 배은서의 재회를 놓치고 싶지 않았고, 황 사장이 '의리' 때문에 차마 취소하지 못했다는 누군가의 비밀 회식도 슬쩍 껴들 생각이었다. 좋은 게 좋은 거라잖은가. 꿩 먹고 알 먹고. 님도보고 뽕도 따고.

멀리서 쿵쿵 비트가 들려왔다. 청담동 구석에 위치한 '페르젠'은 전용 회원만을 위한 프라이비트 클럽이라 시설도 좋고 방음도 잘되어 있지만 금요일 밤을 불사르고픈 사람들의 열기까지 차단할 순 없었다.

차라리 잘됐다고 생각했다. 조용하고 차분한 분위기에서 단둘이 만나자면 오히려 어색하고 불편한 마음이 더 컸을지도 모른다. 일부러 그 때문에 경민은 굳이 동기들을 불러 모으고 남들이 함부로 드나들 수 없는 클럽을 택한 것이다. 모임을 핑계로 엑스트라로 부른 동기들에겐 신나게 마시고 놀 수 있는 장소를 제공해 주고, 배은서와 조용히 따로 마주 앉을 기회를 잡기 위해서.

주변을 둘러보는 은서의 시선을 경민의 눈길이 조용히 뒤좇았다.

"전체를 다 빌리고 싶었는데, 그렇겐 안 됐어. 여기 룸이 모두 일곱 갠데 두 개는 다른 선약이 있었대. 그게 죽어도 취소가 안 된다더군. 나머지 다섯 개는 내가 전부 빌렸어. 어쨌든 여긴 철저하게 회원제로 운영되고 이곳에서의 일은 완벽히 함구하는 곳이야. 쓸데없는 말이 나가거나 소문이 돌거나 하진 않을 테니 걱정하지 않아도 돼."

"응."

은서는 고개를 끄덕이고 건너편에 앉아 있는 경민을 바라보았다. 그리고 인정할 수밖에 없었다. 7년 만에 만났는데도 경민은 변한 게 없다. 서글서글한 웃음에 따뜻한 눈빛. 햇볕 아래 많이 다닌 듯 피부색은 더 짙어졌고 나이 먹은 햇수만큼 눈가에 잔주름이 살짝 잡혔지만, 오히려 그녀를 바라보는 눈빛은 더욱 깊어져 있었다. 7년 전 봄 햇살 같은 따스함으로 그녀를 보았다면, 지금의 눈빛은 풋내 나는 열매를 빨갛게 익히는 초가을 완숙한 볕 같다.

"은서, 넌 정말 변한 게 없구나."

멍하니 그녀를 쳐다보던 경민이 저도 모르게 덧붙였다.

"여전히…… 아름답네."

순간 어디선가 두통이 몰려와 은서는 눈살을 찌푸렸다.

7년이란 세월이 지났는데도 여전히 이런 눈빛으로 쳐다봐 주는 경민에게 고맙고 기분이 좋아져야 정상일 텐데. 남자의 칭찬에 으쓱한 마음보다 헤아릴 수 없는 착잡함이 먼저 몰려왔다.

연수원 시절, 처음 정경민을 만났을 때가 떠올랐다. 반짝반짝 빛나던 밝은 눈동자. 어딜 가도 그의 시선이 따라붙었다. 수업 시간에도, 스터디에도, 식사 시간에도, 언제나 그녀의 뒤통수에는 따뜻한 경민의 눈빛이 머물러 있었다. 그런 그를 몹시 좋아했다. 봄날의 햇볕 같은 사람을 어떻게 돌아보지 않을 수 있었을까.

그와 함께라면 눅눅한 마음이 보송보송하게 마를 수 있을 것 같았다. 잘생긴 데다 영특하고 성실하기까지 해서 언제나 모든 과목의 A 플러스를 독차지했는데 질투조차 나지 않았다. 그녀는 진심으로 함께 기뻐했고 축하해 주었다. 인생의 모든 밝음, 모든 따스함, 모든 축복을 다 갖춘 사람. 정경민은 그런 남자였다. 그를 사랑했다. 아주 많이.

"너도 여전하네."

쓸쓸히 웃으며 은서가 입을 열었다.

그를 마주 보고 있자니 똑같은 빛깔의 밝은 눈동자를 가지고 있던 정경민의 어머니가 떠올랐다. 냉랭한 말투로 '너같이 구질구질한 애한테 내주려 키운 아들이 아니다'라며 딱 자르던 여인.

다시 머리가 찌리릿 아팠다. 아니, 온몸이 아파 오는 것 같았다.

은서는 탁자 위에 있는 글라스에 얼음을 채우고 위스키를 부었다. 그런 그녀를 약간은 놀란 시선으로 경민이 보고 있었다.

"술이 늘었구나."

은서의 쓸쓸한 미소가 더욱 커졌다.

"덕분에."

그녀의 말에 경민은 그대로 얼어붙었다. 그녀가 잔을 돌려 얼음을 녹이고 그대로 들이켜는 모습을 보고도 아무 말도 하지 못했다.

같은 시간, 같은 장소 반대쪽 방문을 성기태가 왈칵 열고 들어오며 큰 소리로 투덜거렸다.

"아, 오늘 여기 왜 이래. 이상해."

룸 구석에서 호태가 준희의 옆구리를 툭 쳤다.

"야, 근데 기태 여친, 그때 걔 아니지 않냐?"

구석에 앉아 핸드폰으로 게임을 하고 있던 준희는 고개도 들지 않았다. 오늘은 기태 생일이라 대부분 기태의 지인들이다. 정 많고 눈물 많은 기태를 좋아하긴 하지만 그 주변에 말 많고 쓸데없는 관심 많은 종자들과는 별로 섞이고 싶지 않다. 기태 여자 친구를 따라 몰려온 계집애들의 넋 빠진 시선만으로 이미 충분히 짜증 났다.

"몰라."

극심하게 낯을 가리는 위준희의 성격이야 이미 모르는 사람이 없다. 하지만 그렇다고 기태의 생일 분위기를 망칠 순 없었기에 상준이 큰 소리로 분위기를 띄워 주었다.

"왜? 우리 기태가 있는데. 그럼 오늘 페르젠의 수질은 최상급인 거 아니야? 뭐가 더 필요해?"

기태 여친이 주먹으로 기태의 팔을 팡팡 쳤다.

"어머! 오빠! 그럼 오빠가 정수기야? 저 구정물들 다 일급수 되게?"

상준의 멘트에 안색이 밝아지던 기태의 눈썹 끝이 다시 축 쳐졌다.

"아. 우울하려고 해."

이번엔 왼편에 붙어 앉은 호태가 준희에게 속삭였다.

"저 지지배, 분위기 파악 못 하는데? 기태 타입 아니지 않냐?"

하지만 대구는 준희의 오른쪽에 앉아 있는 상준에게서 나왔다.

"기태 타입이 어딨냐. 일단 이쁘게 생기고, '오빠 좋아' 하면 금방 넘어가는데."

핸드폰을 들고 있는 준희를 가운데 두고 양쪽에서 호태와 상준이 속닥거렸다.

"성기태. 쉬워, 쉬워도 너무 쉬워."

"오빠들! 지금 내 얘기 해?"

놀라서 찔끔한 호태와 달리 상준은 능청스럽게 받아쳤다.

"당연하지. 기태랑 앉아 있으니 그렇게 잘 어울리는데. 그럼 우리가 딴사람 누구 얘길 해야겠니?"

여자는 기분이 좋아져서 해죽 웃었다.

"그니까. 기태 오빠랑 나랑 있으면 완전 안구 정화인데. 근데, 스테이지는 막 우중충해. 어디서 이상한 아줌마, 아저씨 들만 잔뜩 몰려와서. 춤도 못 추고 흐느적거리고. 우리 보고 지들끼리 막 수군거리고."

그러더니 기태 팔짱을 끼고 어깨에 얼굴을 비볐다.

"오빠. 우리 그냥 여기서 놀자. 여기 오니까 비주얼 숨통이 트인다."

곁에서 호태가 입술을 움직이지 않고 말했다.

"어디서 저런 얼빠를 데려와선……."

육감 좋은 계집애의 날카로운 시선이 닿는 걸 느낀 상준이 큰 소리로 물었다.

"원래 여기 회원제 아냐? 어디서 그런 사람들이 왔지?"

마침 화장실에서 돌아온 여직원들도 연달아 투덜거렸다.

"오늘 여기 좀 이상해요. 룸이 다 텅텅 비었어."

"어디서 저런 사람들이 왔지? 야, 난 양복 입고 온 사람도 봤다."

"뭐? 대박."

이때 얼음 버킷을 챙겨 들고 들어오던 웨이터가 정보를 흘렸다.

"오늘 여기 빼고, 나머지 룸 저쪽 팀에서 몽땅 빌렸어요."

"누구? 양복쟁이가?"

호태의 한쪽 눈썹이 비죽 치솟아 오르자 상준이 일부러 큰 소리로 물었다.

"대체 그 누구가 누구야? 누군데 여기 물 다 버려 놓은 거야!"

갑자기 웨이터가 난처한 듯 외쳤다.

"형! 형! 목소리 낮춰요!"

"왜? 뭐? 조폭들이야?"

"에이. 무슨……!"

건너편에서 기태가 피식 웃었다.

"그런데 왜 이렇게 호들갑?"

웨이터가 우쭐대며 답했다.

"저분들이요. 그냥 양복쟁이가 아니고, 무슨 판사, 검사, 변호사 들이더라구요. 괜히 찍히기라도 하면 곤란하지 않겠어요?"

"헐. 그런 분들도 청담동 클럽에서 춤추고 놀아?"

상준이 핸드폰에서 눈을 떼고 되물었다.

"같이 놀아서 영광이라고 해야 되는 거냐, 망했다고 해야 되는 거냐."

그러자 기태 옆에 있던 여자애가 입술을 비죽거렸다.

"뻥치시네. 검사랑 변호사가 어떻게 같이 놀아. 서로 반대편 아니야? 그치, 오빠?"

테이블에 놓인 지저분한 것들을 쟁반에 담아 들고 일어서며 웨이터가 발끈해서 말했다.

"제가 사장님 말씀하시는 거 들었거든요. 무슨, 동기래요. 연수원 동기……? 암튼 서로 엄청 친하던데?"

"연수원? 사법 연수원 말이야? 자기들 연수원 동기 모임 하려고 여기를 통으로 빌려? 우와, 돈 진짜 잘 버나 보네."

저녁나절 내내 핸드폰 게임만 하고 있던 위준희가 처음으로 고개를 들고 반응을 보였다.

"무슨 모임이라고?"

왈칵 문이 열리고 한수영이 들어왔다.

"야, 나 좀 전에 누구 봤는지 알아? 알면 기절할걸!"

호들갑스러운 수영의 등장으로 조용한 룸 안, 은서와 경민 사이에 떠돌던 어색하고 불편한 기류가 요란하게 깨져 버렸다. 눈치라곤 한 톨도 없는 사람인 양, 수영이 천연덕스럽게 웃으며 은서의 곁에 철퍼덕 앉았다.

"정경민. 너 설마, 오늘 여기 누가 와서 노는 줄 알고 빌린 거야?"

은서는 살짝 비켜 앉으며 건너편에 있는 경민을 쳐다보았다.

경민은 미소를 지은 채 가만히 고개를 가로저었다.

조금 전 냉정하게 거절당한 사람이라곤 믿어지지 않는 온화한 표정이었다. 그녀의 거절을 짐작했다는 듯, 아무리 거절당해도 절대로 물러나지 않을 거라는 듯, 인내심을 가지고 언제까지나 그녀를 기다리겠다는 듯, 따뜻한 시선을 보내고 있었다.

은서가 느끼는 두통의 강도가 점점 심해졌다.

아무래도 수영이 룸으로 들어온 타이밍이 기가 막히다. 경민이 단칼에 거절당하고 은서가 자리에서 일어나려는 순간, 딱 그 순간 방으로 들어와 은서의 곁에 눌러앉은 거다. 마치 밖에서 듣고 있다가 들어온 사람처럼 공교롭지 않은가. 그나마 수영의 질문에 경민이 매끄럽게 대답하지 못하는 걸 보면 서로 손발이 딱딱 맞는 작전은 아니었나 보다.

"으, 응? 누, 누가 있다고?"

경민의 얼뜬 반응에 수영이 한심한 듯 한숨을 쉬고 입을 다물었다. 그런 수영이 괘씸하지 않은 건 아니었지만, 그렇다고 뭐라고 할 순 없다. 그녀는 어쨌건 경민과 그녀를 다시 붙여 주고 싶은 것이다. 어쩌면 더 이상 예전처럼 순수한 의도가 아닌지도 모른다. 법으로 먹고사는 인생들이니, 미래 대한민국 법조계를 주무르게 될 정경민의 눈치를 보는 건지도 모른다.

"은서야. 너 괜찮아? 얼굴이 창백해."

배은서의 기색을 살피던 수영이 깜짝 놀라 외치듯 말했다. 진심으로 놀라고 걱정하는 표정이다.

은서는 이미 두개골이 깨질 듯한 통증에 식은땀까지 흘리고 있었다.

"야, 정경민. 뭐하냐. 은서 데리고 나가라, 얼른. 머리 아픈데 이렇게 시끄러운 데 있으면 더 힘들다구. 얘기는 다음에 해. 오늘만 날인 건 아니잖아."

수영의 말이 끝나자마자 경민이 벌떡 자리에서 일어섰다.

"그, 그래!"

"얼른 데리고 가. 약도 사 주고 집에도 데려다줘."

거절의 말을 뱉어야 하는데 날카롭게 머리통을 파고드는 격한 통증에 은서는 아무 말도 하지 못하고 손으로 머리를 감쌌다. 그사이 경민이 그녀의 곁으로 다가와 부축했다.

"은서야. 일어날 수 있겠어?"

그녀는 손을 저었다.

"나 혼자 갈게."

"너, 정말 안 좋아 보여."

몸 뒤로 등을 감싸 안는 경민의 손길을 은서는 신경질적으로 뿌리쳤다.

"괜찮아. 혼자 갈 수 있어."

감전이라도 당한 듯 잠시 얼어붙었던 경민이 쪼그리고 앉아 그녀를 마주 보았다.

"배은서. 나 니 말 다 알아들었어. 알았으니까 부담 갖지 마. 우리 서로 좋은 동기로 지낼 순 있잖아. 집에 데려다주는 게 부담스러우면 안 할게. 그치만 택시 타는 데까진 데려다주게 해줘. 오늘 나 때문에 모였는데 먼저 가는 친구를 모른 척하게 하진 마라."

은서는 말없이 경민의 얼굴을 쳐다보았다. 머리가 더욱 심하게 아파 왔다.

확실한 건, 이곳을 빨리 뜨고 싶다는 거였다.

"그래."

말이 떨어지기가 무섭게 듬직한 경민의 손이 그녀의 팔을 부축했다.

"여기. 은서 겉옷이랑 가방도 챙겨 가. 핸드폰도 넣었어."

한수영이 적극적으로 은서의 물건을 챙겨 경민에게 내밀었다.

"배은서. 내가 나중에 전화할게. 어서 들어가서 푹 쉬어, 응?"

은서는 고개도 끄덕이지 못하고 경민의 부축을 받으며 룸을 나섰다.

복도로 나오자 시끄러운 음악 소리가 더욱 커졌다. 누군가가 그녀의 머리통을 잡고 좌우로 흔드는 것처럼 골이 흔들렸다. 은서는 저도 모르게 끙 소리를 내며 어금니를 깨물었다. 소심하게 그녀의 팔을 붙잡고 있던 경민이 자세를 바꿔 적극적으로 그녀의 몸을 부축해 안았다.

"괜찮아? 걸을 수 있겠어?"

"응. 얼른 나가. 그게 좋겠어."

낮은 조명이 켜진 어둑한 복도를 지나고 나니 환한 입구 라운지가 나타났다. 스테이지 쪽에서 거리가 떨어진 곳이다 보니 비교적 덜 시끄러웠다. 밝은 곳에 다다르자 경민이 걸음을 멈추고 그녀를 돌려 세워 안색을 살폈다.

"여기 잠깐 앉아서 기다릴래? 일단 내가 두통약부터 구해 올게."

은서는 힘겹게 고개를 저었다. 얼른 집으로 돌아가, 바로 잠들고 싶은 마음뿐이었다.

"그냥, 집에…… 갈래."

무언가 말을 하려다 경민은 입을 다물고 고개를 끄덕였다.

"그래. 일단 가 보자."

한쪽 팔로 그녀의 등을 감아 부축하고 다른 팔로 손을 이끌었다.

"자, 천천히 걸어 봐."

"그래."

출구로 향한 낮은 계단에 발을 올리는데 세상이 기우뚱 흔들렸다. 은서는 저도 모르게 자신을 붙들고 있는 경민의 어깨에 머리를 살짝 기댔다. 잠시 움찔하더니 경민이 그녀가 머리를 완전히 기댈 수 있도록 품에 고쳐 안았다.

"좀 낫지……?"

뭐라고 거절을 내뱉을 짬도 없이 불쑥 뒤쪽에서 날 선 목소리가 채찍처럼 그녀의 의식을 후려쳤다.

"배은서!"

그녀는 얼어붙고 말았다.

언제 어디에서든, 결코 못 알아들을 수 없는 목소리.

위준희.

깜짝 놀란 은서는 머리가 깨질 듯 아프던 것도 잊고 홱 고개를 돌아보았다.

틀림이 없었다. 이상하게도, 너무나 말이 안 되게도, 아무나 못 들어온다는 프라이비트 클럽 라운지에 위준희가 서 있었다. 너무도 눈에 익은 위준희가, 너무도 낯선 차림을 하고. 그 어느 때보다 험상궂은 표정으로 그녀를 잡아먹을 듯 노려보고 있었다.

은서는 휘둥그레 눈을 떴다.

이, 이게, 어떻게 된 거지?

마침 지영은 키를 발레파커에게 던져 주고 막 '페르젠'으로 들어가려던 참이었다. 그때 클럽 앞에서 멱살잡이를 벌이는 사람들이 눈에 들어왔다. 원래 주말 저녁 클럽 근처에서는 이런 모습이 왕왕 눈에 띄는 법이니 이상할 건 없다. 하지만 '페르젠'이라면 좀 다르다.

철저한 회원제로 럭셔리 프라이비트 클럽을 표방하는 곳에서 저게 웬 보기 흉한 광경이람.

들어가서 황 사장에게 관리 좀 하라고 잔소리라도 해야겠다 싶었다. 그러다 문득 걸음을 멈췄다.

잠깐. 오늘 여기는 딱 두 팀밖에 안 받은 걸로 아는데?

하나는 정경민과 배은서의 재회 팀. 그리고 또 다른 하나는……

잠깐, 잠깐. 양측은 물과 기름처럼 절대 어울리지 않고 상대

하지도 않는, 완전히 다른 차원의 인간들인데 저건 무슨 사건
이지?

몹쓸 호기심은 절대 나이 먹는 법이 없다. 잠깐 구경만 하고
누군지 얼굴만 보고 들어간다고 해서 뭐 크게 해가 되진 않을
것 같았다. 그래서 입구로 들어가는 대신, 흘끗 고개를 내밀고
서로 멱살을 붙들고 있는 남자들을 들여다보았다. 그런데 남
자들 옆에 창백한 얼굴로 서 있는 낯익은 여자가 보이는 건 또
뭐람.

"은서 언니……?"

은서의 얼굴은 이미 종잇장처럼 하얬다. 두 남자에게 시선
이 박혀 지영의 목소리를 알아듣지도 못한 듯했다.

이건 뭔 상황이지? 누가 배은서에게 시비라도 걸었나?

아니, 누가? 감히, 현직 판사에게?

"언니?"

지영은 오늘 어렵사리 득템한 고가의 악어가죽 가방을 가슴
팍에 끌어안고 서로의 멱살을 움켜쥔 채 씩씩 거친 숨을 몰아
쉬고 있는 남자들에게 다가갔다. 캐주얼한 재킷 차림의 젊은
남자는 아마 정경민일 것이다. 화가 나 잔뜩 구겨진 얼굴이 시
뻘겋게 달아올라 있긴 했지만 언젠가 한 번 보았던 훈훈한 인
상의 정경민이 맞는 것 같았다.

지영의 두 눈이 휘둥그레졌다.

정경민이라면 예전부터 유명한 엄친아에다 폭력을 혐오하
는 점잖은 성격으로 유명한데. 지금 저 표정은 마치 상대를 목

조르지 못해 당장이라도 폭발할 것 같은 얼굴이잖아?

오오! 이거야말로 진짜 탑 가십인데? 정경민이 여자 때문에 주먹질을……?

오늘 절대 이곳에 가지 말라는 경원의 말을 듣지 않기를 정말 잘했다고 생각하며 지영은 본격적으로 구경꾼 모드로 접어들었다. 언뜻 불빛에 드러난 경민의 팔뚝에 불끈불끈 솟아 있는 힘줄을 보니, 나이 서른을 훌쩍 넘었어도 평소 운동으로 다져진 몸이 틀림없다. 그런데 재밌는 건 마주 보고 멱살을 잡고 있는 길쭉하고 호리호리한 체구의 남자를 힘으로 이기지 못하고 있다는 사실이었다. 아니, 엄밀히 말하자면 밀리고 있는 중이었다. 그래서 얼굴이 저렇게 검붉어진 채 죽을힘을 다해 버티는 중이었다. 여기서 조금만 더 밀렸다간 그대로 시멘트 바닥에 내팽개쳐질 테니까.

저 상대가 누구길래?

가죽 재킷에 스키니 진 차림의 상대는 딱 봐도 몹시 마르고 가냘프기까지 한 몸매의 소유자였다. 그런데도 자신보다 1.5배는 더 무거워 보이는 정경민을 힘으로 제압하고 있었다.

지영은 잠시 고개를 갸웃거렸다.

이상하게도 그녀에게 등지고 서 있는 뒤통수며 널찍한 어깨, 늘씬한 허리와 길쭉하게 뻗은 다리 라인이 몹시, 아주 몹시 낯이 익었던 것이다.

뭐지? 어디서 봤지? 내가 아는 사람인가?

지영은 거친 숨을 몰아쉬며 무식하게 힘으로 대치하고 있는 두 남자의 주위를 살금살금 지나갔다. 불빛을 등지고 상대의 얼굴을 확인하기 위해서였다. 얼음 조각처럼 굳은 채 서 있는 은서의 곁으로 가니, 경민을 죽일 듯 잡아채고 있는 상대의 얼굴이 똑똑히 보였다. 순간, 지영은 주변 공기를 모조리 빨아들일 듯 숨을 들이 삼켰다.

"헉!"

세, 세상에, 마, 말도, 아, 안······.

말도 나오지 않고 생각조차 제대로 튀어나오지 않아 지영은 손가락 끝으로 그를 가리킨 채 말을 더듬기 시작했다.

"위······ 위······ 위······!"

말도 안 돼. 왜, 왜? 왜, 정경민이랑?

평소 팽팽 잘만 돌아가는 김지영의 두뇌가 버벅거렸다.

훤칠한 키에 황금 비율 몸매, 그림 같은 외모. 절대로 잘못 본 게 아니다. 오늘 페르젠에서 회식이 있다고 했으니 다른 닮은 사람일 수도 없다. 다른 사람도 아니고 김지영이 절대 몰라볼 수가 없었다. 아무리 미친 듯이 화가 나 있고, 정경민에게 목이 졸려 얼굴이 시뻘게져 있고, 레이저 광선이 튀어나올 듯 상대를 노려보고 있다고 해도······.

자, 잠깐. 지금, 정경민이 멱살을 잡고 목을 조르고 있는 거 잖아······?

감히······? 감히 지금 누굴······!

1년 365일, 하루 24시간, 복잡하고 섬세하게 돌아가는 김지영의 계산기가 순간 작동을 멈췄다. 대신 본능에서 우러난 분노, 순도 100퍼센트 폭력 충동이 그녀를 집어삼켰다. 지영은 손에 들고 있는 유일한 물건을 휘두르며 정경민에게 돌진했다.

"야아아아아! 어디다 손을 대! 떨어져!"

일생을 유기농 식단을 먹고 친생태적으로 생을 마쳐 명품 가방이 된 악어의 아름다운 가죽은 어느새 흉악한 둔기가 되어, 정경민의 신체 각종 부위를 무자비하게 구타하고 있었다.

정경민은 깜짝 놀라 바닥으로 나뒹굴었다. 어쩌면 지영이 그의 체면을 세워 준 것인지도 몰랐다. 그녀가 가방으로 때리지 않았어도 한참 어린놈에게 힘으로 밀리고 있던 판이다. 머잖아 볼썽사납게 바닥에 밀려 쓰러질 운명이었다. 그것도 배은서 앞에서.

경민이 가방에 맞은 부위를 감싸며 분통을 터뜨리는 사이, 지영의 이성이 돌아왔다. 그녀는 바닥에 쓰러진 정경민을 보고, 제 손에 들려 있는 찌그러진 가방을 보았다.

"어어……! 내 가방……!"

그런 지영은 안중에도 없이, 경민의 상대는 얼음처럼 서 있는 배은서의 손목을 가로챘다.

"배은서, 가."

기다란 다리로 겅중겅중 걸음을 재촉하자 은서는 얼이 빠진 사람처럼 맥없이 따라갔다.

"은서야!"

휘청거리며 경민이 자리에서 몸을 일으키자 지영은 저도 모르게 경민의 팔목을 잡으며 매달렸다.

"잠깐만……. 잠깐만요!"

경민은 버럭 화를 내며 지영을 뿌리쳤다.

"아가씨 누구예요? 왜 사람을 다짜고짜 때리고 그래요? 저 자식이랑 아는 사이야?"

얼이 빠지긴 지영도 만만치 않았다. 그녀는 울음을 터뜨리지도 못한 채 엉망으로 찌그러진 가방을 품에 움켜 안았다.

"아니, 방금 누구 목을 졸랐는지 모른단 말이에요? 이 아저씨 큰일 날 사람이네!"

"누군데? 저 자식이 뭐, 대통령이라도 돼?"

순간, 골목 한쪽에 세워져 있던 검정색 람보르기니가 그들 앞을 스쳐 지나갔다. 조수석에 앉아 있던 배은서를 확인한 경민은 입을 꾹 다물었다. 지영도 꼭 뭔가에 홀린 기분이었다. 하지만 틀림없다. 잘못 본 게 아니다. 꿈도 아니고 잘못 본 것도 아니고 잘못 안 것도 아니다. 순간 김지영의 두뇌가 정상 가동하며, 머릿속에 퍼즐처럼 맴돌던 여러 개의 조각들이 하나씩, 하나씩 맞춰지기 시작했다. 그러자 상상도 할 수 없었던 낯선 그림이 완성됐다.

은서 언니의 꼬맹이.

배은서는 항상 그 집 꼬맹이를 '우리 준희'라고 불렀다. 그리고 그녀가 본 얼굴은 틀림없이 위준희다. 그 위준희가 몹시 친숙한 태도로 배은서의 손목을 낚아채 가 버렸다.

'우리 준희', 그리고 위준희.

"헉!"

소스라치는 깨달음이 찾아오자 김지영은 제 손으로 자기 입을 틀어막았다.

납작하고 날렵한 2인승 차는 조용히 서울의 밤거리를 가로질렀다. 운전도 할 줄 모르고 차에 관심 없는 배은서라도 이런 스포츠카가 아무나 몰 수 없을 정도로 비싸다는 것쯤은 알았다. 공상 과학 영화에 등장하는 우주선 계기판처럼 푸른빛이 맴도는 자동차 계기판을 은서는 싸늘한 시선으로 훑어보았다. 운전대를 잡은 커다란 손의 손목에는 은은한 광택이 감도는 고급 시계가 휘감겨 있다.

어두운 강물이 흘러가는 다리 위를 지나는 동안, 준희는 굳은 얼굴로 정면을 주시했다.

그에 못지않게 굳은 얼굴로 은서는 준희를 쳐다보았다.

지난 주말 이마를 부스스하게 덮고 있던 밝은 색깔의 머리칼은 도저히 흉내도 내지 못할 솜씨로 멋진 웨이브를 그리며 뒤로 넘어가 있다. 이렇게 보니 머리칼에 살짝 구릿빛이 도는 것도 같다. 웬만한 여자보다 더 뽀얀 준희의 피부색과 잘 어울렸다. 예쁜 이마가 드러나자 그림처럼 쭉 뻗은 콧날이 훨씬 도드라져 보였다. 시원하게 뻗은 짙은 눈썹은……. 가만, 눈썹을…… 손질했나?

여자처럼 눈썹을 손질했어?

휘둥그레진 은서의 시선이 녀석의 턱 밑으로 움직였다. 몸에 달라붙는 얇은 가죽 재킷과 브이넥 티셔츠도 예사 제품으로 보이지 않았다. 늘씬하게 쭉 뻗은 허벅지와 다리를 감싼 청바지 역시 마찬가지였다. 액셀과 브레이크를 연달아 밟고 있는 화려한 검정색 운동화에는 크리스털 큐빅이 잔뜩 박혀 있다. 이렇게 화려하고 이렇게 눈에 띄는 위준희를 본 적이 없다.

감히 상상해 본 적도 없다.

도저히 답을 알 수 없어 포기하려던 문제에 새로운 힌트가 줄줄이 나타난 것만 같았다. 새벽 이후로 엄두도 내지 못하던 '생각'에 봇물이 터졌다. 종일 그녀를 괴롭히던 두통은 어느새 잊혔다. 지난번 녀석이 비춘 적나라한 욕망이 떠올랐다. 클럽 라운지에서 마주쳤던 녀석의 낯선 모습도 떠올랐다. 작은 괴물처럼 서울을 질주하는 비싼 스포츠카에, 명품 시계며 이 야릇한 차림새······.

괴로운 심정을 가누지 못하고 은서는 눈을 감았다.

지난 6년간 다루었던 수많은 사건과 판례가 뇌리에 쏟아져 들어왔다. 그 어떤 사건에도, 어떤 판례에도 속하지 않는 일이어야 하는데······. 이런 일은 있을 수도 없고, 있어서도 안 되는데······.

배은서는 괴로운 마음에 눈을 질끈 감아 버렸다.

있다.

이런 사건을 다룬 적이 있었다.

일명 강남 스폰서 사모님과 꽃제비 소년단 사건.

일상에 지치고 싫증 난 부유층 사모님들이 예쁘고 잘생긴 어린 청소년들에게 집과 유흥비를 대주고 함께 섹스와 마약을 즐겼다. 처음엔 쉬쉬거리며 시작했던 일이 점점 규모가 커졌고, 나중엔 사모님 취향에 맞는 꽃미남을 연결해 주는 전문 브로커까지 등장했다.

은서는 눈을 뜨고 위준희를 다시 훑어보았다.

어려서부터 눈이 번쩍 띄게 '예쁜' 얼굴을 가졌고, 스스로 '예쁘다'는 말이 듣기 싫어 눈에 쌍심지를 켜고 자랐던 아이. 오똑하고 날렵한 콧날에 길고 빽빽한 눈썹을 깜빡이면 끝이 살짝 올라간 눈매가 '요염하다'는 느낌까지 주는 아이. 이런 아이라면, 집을 나가 한 푼도 없이 떠돌던 이 아이가 그런 종류의 브로커 눈에 띄었다면……

불길한 예감으로 은서의 심장이 벌렁거리기 시작했다.

맙소사.

그녀의 심중은 상관도 없이 어느새 차는 어울리지 않는 낡은 아파트에 도착했다. 시동을 끄고 운전석에서 내린 위준희가 뚜벅뚜벅 돌아와 보조석 문을 열었다.

"내려."

하지만 은서는 움직일 수 없었다.

조금 전, 머릿속에서 꿰맞춰진 결론을 도저히 똑바로 직면할 수가 없었다.

"내려. 일단 올라가자."

배신의 아이콘 정경민이 돌아온 것쯤은 이제 아무것도 아니었다. 지난 16년 동안 착실히 쌓아 만들어진 그녀의 세계가 흔들리는 이 순간, 이혼하고 돌아온 첫사랑 같은 건 아무런 고민

거리도 되지 못했다.

"배은서."

녀석의 커다란 손이 거칠게 그녀의 손목을 당겼다. 그 어느때보다 냉랭하고 날이 선 말투.

은서는 감히 눈을 뜰 수가 없었다.

아저씨의 마지막 눈빛이 아른거렸다. 마지막 숨이 넘어가는 순간까지도 녀석을 부르던 그 목소리가 아직도 귀에 생생했다. 이제 차에서 내리고 집으로 올라가면 도저히 인정하고 싶지 않고 감당할 수 없는 현실과 마주해야 하는데, 그럴 만한 용기가 나지 않았다.

그래서 그냥 눈을 감은 채 은서는 녀석의 손을 뿌리쳤다.

갑자기 그녀의 등과 다리 밑으로 양팔이 쑥 들어왔다. 이윽고 기우뚱, 몸이 허공으로 떠올랐다. 깜짝 놀라 눈을 떠 보니 얼음장처럼 차가운 위준희의 얼굴이 코앞에 있었다. 그는 꼼짝도 하지 않는 그녀를 이렇게 상대했다. 두 팔로 번쩍 안아 든 것이다.

"내, 내려 줘."

하지만 녀석은 이를 앙다물고 받아쳤다.

"입 다물어."

그리고 성큼성큼 주차장을 가로질러 엘리베이터로 향했다.

꽤 무거울 텐데. 업는 것도 아니고, 여자를 가로로 안고 걸으려면 팔 힘이 보통 필요한 게 아닐 텐데. 하지만 가냘프리만큼 마른 체구의 위준희는 가쁜 숨 한 번 쉬지 않고 집으로 걸었다. 은서의 마음에 시베리아 한풍이 불었다.

이 녀석, 역시 한두 번 해 본 게 아닌 거다.

조금 전까지 그녀의 심장을 옭아맸던 두려움은 배신감이 되었고 배신감은 어느새 노여움으로 변했다. 녀석이 익숙한 현관문을 열고 집 안으로 들어가 그녀를 내려놓은 순간, 그녀의 노여움은 소리 없이 폭발했다.

"너, 여태 이러고 살았어?"

차마 준희의 얼굴을 보지 못하고 등을 돌린 채 은서는 이를 악물고 마음속 질문을 던졌다. 하지만 녀석은 대답 대신 질문으로 맞섰다.

"넌 거기서 뭐 하고 있었는데?"

그녀의 관심을 돌려 넘어가려는 수작인 것 같았다.

위준희가 이제 이런 수작도 부린다!

배은서는 최대한 감정을 억누르며 두 주먹을 꽉 움켜쥐었다.

"니가 뭐가 부족해서……. 니가 뭐가 아쉬워서!"

녀석은 되레 버럭 외쳤다.

"너야말로 뭐가 아쉬워서 그 자식을 다시 만나!"

어디서 이런 것까지 배웠을까. 어쩌다 이 지경까지 된 걸까.

눈시울이 뜨끈해지며 분한 눈물이 솟았다. 하지만 은서는 아랫입술을 깨물었다.

지금은 울 때가 아니다. 보호자가 아닌가. 지금은 울고 야단치고 화낼 때가 아니다. 어떻게든 이 생활을 청산시키고 다시 집으로 돌아오게 하는 게 더 급선무다.

손등으로 눈시울을 훔치고 은서는 천천히 돌아섰다. 마음속 회오리바람을 애써 누르며 남은 이성을 동원해 최대한 상냥한 표정을 지었다.

"내가 도와줄게. 준희야, 지금이라도 그만두자. 집으로 돌아와. 응?"

노기등등한 녀석의 눈에 어리둥절한 빛이 스쳤다.

"무슨 소리야?"

얼마 전만 같았어도 이처럼 순진한 표정이라면 깜빡 넘어갔을 것이다. 하지만 이젠 너무도 명백했다. 이성을 잃고 눈에 뵈는 것도 없이 분출한 성욕, 비싼 차, 비싼 옷. 이렇게 곱상하고, 이렇게 매끈하고, 이렇게 섹시한 녀석이라면 보통 사람보다도 유혹이 더 많았을 거다. 그래서 그런 유혹에 넘어갔다고 녀석을 쉽게 탓할 수는 없다. 아무것도 모르는 어린 나이에 집을 나갔는데, 누가 붙들어 주고 누가 지켜 줬을까.

은서는 힘겹게 침을 삼키고, 준희의 손을 잡았다.

"다 돌려주자. 돈이 더 필요한 거라면 내가 어떻게든 마련해 줄게. 응?"

위준희가 그녀의 손을 뿌리치고 퉁명스럽게 물었다.

"너, 지금 뭔 소릴 하는 거야?"

결국 살얼음판 같던 그녀의 평정심은 견디지 못하고 박살나 버렸다. 은서는 그만 울음을 터뜨렸다.

"뭔 소릴 하긴! 아저씨가 하늘에서 다 보고 계셔! 잡아떼면 내가 끝까지 모를 줄 알았어? 니 나이에 할 일이 얼마나 많은데……. 하필 몸을…… 팔다니! 몸을 팔다니! 위준희!"

그녀는 무너지듯 주저앉아 눈물을 흘리기 시작했다.

"뭐, 뭐어?"

녀석이 이를 악무는 소리가 들렸지만 은서의 정신은 딴 데 팔려 있었다. 일주일 전 있었던 일이 떠올랐다. 그날 그녀를 덮친 녀석은 아무리 생각해도 평소 위준희가 아니었던 것이다. 다시 벌떡 일어선 은서는 준희에게 덤벼들어 녀석의 팔뚝을 가리고 있는 옷자락을 밀어젖혔다.

그 옛날, 증거 자료로 보았던 사진이 떠올랐다. 혈관마다 촘촘히 주삿바늘로 퍼렇게 멍이 들었던 청년의 팔뚝.

"너……! 마약도 한 건 아니지? 아니라고 말해! 빨리!"

미친 사람처럼 그의 팔을 붙들고 소맷부리를 걷으려는 그녀에게 위준희가 오히려 소리쳤다.

"배은서! 정신 차려!"

어느새 그녀의 양쪽 손목이 나란히 녀석의 손에 붙들리고 말았다.

"놔…….'

힘껏 뿌리쳐 보았지만 돌덩이처럼 꼼짝도 하지 않았다.

"이거, 놔!"

위준희는 그녀의 손목을 풀어 주는 대신 그녀를 한 걸음 뒤쪽으로 밀었다. 불도 켜지 못한 집 안에는 어둠이 깔려 있었고, 그나마 밝은 창을 등지고 있어 준희의 표정은 보이지 않았다. 하지만 꼭 잠긴 목소리가 가느다랗게 떨리고 있다.

"마, 마……약? 너…… 나를……."

차마 말을 끝내지 못하고 잇새로 뭉개 삼킨다.

"배은서……. 너, 나를……. 대체……. 어떻게……!"

상처 가득한 녀석의 말투가 그녀의 심장을 후려쳤다. 하지만 은서는 아픈 심장을 믿을 수 없었다. 직접 보고, 듣고, 판단했던 사건이, 피해자들의 눈빛이 바로 어제 일처럼 생생하게 떠올랐다.

그렇지 않은가. 그게 아니면 도저히 설명이 되지 않는다. 갑자기 덤벼든 그날 밤이나 갑자기 돈을 몸에 휘두르고 나타난 오늘이나. 그렇지 않으면 도저히 아귀가 맞질 않았다.

은서는 마음을 독하게 먹었다. 이렇게 마음이 약해져 버리면 녀석을 영원히 갱생시킬 수 없을 것이다.

"그럼 설명해 봐. 저 차, 이 시계, 니 옷. 이 많은 돈이 다 어디서 났어?"

녀석의 힘에 한 걸음씩 벽으로 밀려나면서도 은서는 최대한 냉정하게 말했다.

위준희는 설명하기도 싫다는 투로 답했다.

"내가 번 거야."

"벌어? 뭘로? 뭘 해서 벌었는데?"

대답 대신 이번에는 빈정거리는 말투로 녀석이 되묻는다.

"그래서 넌 지금, 내가 돈 많은 여자한테 몸을 팔았다는 거야?"

한 걸음 더 밀려나자 그녀의 등에 딱딱하고 차가운 벽이 닿았다.

더 이상 밀려날 곳이 이제는 없다.

"실제로 그런 사건들, 나 봤어. 너처럼 젊고 예쁜 애들이, 돈에, 마약에 쉽게 무너지는 거 봤다구. 그런 게 아니라면 설명이 안 되잖아. 그날 밤, 너……. 인정해. 네 정신이 아니었던 거잖아. 그렇잖아! 약 때문에 환각 상태였던 거지? 그렇지 않고서 니가 어떻게, 어떻게 나를……. 흡!"

열심히 따져 묻던 은서의 말은 이어지지 못하고 뚝 끊어졌다. 어둠 속에서 위준희의 입술이 내리 꽂히며 그녀의 입술을 무섭게 집어삼켰던 것이다.

4

지난번과는 전혀 다른 키스였다. 조심스러움이나 부드러움은 찾아볼 수가 없었다. 단번에 잇새를 열고 입술 안쪽으로 침범해 온 그는 무서운 기세로 그녀의 호흡을 빼앗았다. 난폭하게 혀를 빨아들이고 이 끝으로 입술을 깨물었다. 입맞춤이라기보다는 차라리 징벌에 가까웠다. 숨을 쉴 틈조차 주지 않고 집요하게 파고드는 입술을 피해 은서는 고개를 좌우로 틀었다. 하지만 어느새 그의 손에 턱이 잡혀 꼼짝도 할 수가 없었다. 있는 힘껏 그의 가슴을 밀어 보았지만 돌덩이처럼 꿈쩍도 하지 않았다.

연약한 입술은 금세 부풀어 올랐다. 숨을 쉴 수가 없었다.

그녀는 주먹을 쥐고 준희의 가슴팍을 미친 듯이 때렸다.

호흡 부족으로 머릿속이 하얗게 물들기 시작할 무렵 비로소 그의 입술이 물러났다. 아프게 그녀의 턱을 쥐고 있던 커다란 손도 풀어졌다. 가쁜 숨을 몰아쉬며 은서는 바닥으로 천천히 주저앉았다.

어둠에 익숙해진 시야에 달빛을 등진 위준희가 보였다. 거칠게 숨을 몰아쉬며 그는 무릎을 꿇고 앞으로 다가왔다. 저도 모르게 은서는 손등으로 입술을 가렸다.

"배은서."

그녀는 고개를 홱 돌렸다.

"날 봐."

준희의 손이 그녀의 얼굴을 감쌌다. 한결 부드러워졌지만 도망갈 여지를 주지 않는 완강한 손길로.

"날 똑바로 봐."

어쩔 수 없이 은서는 위준희를 똑바로 쳐다보았다. 바깥에서 비춰 오는 불그스름한 빛을 등진 시커먼 실루엣이 보였다. 그 안에 분노와 안타까움과 답답함이 가득한, 아니, 전율을 일으키는 낯선 갈망이 소용돌이치는 눈동자가 보였다. 이 순간, 은서는 똑똑히 깨달았다.

남자, 그리고 여자.

불편한 깨달음이 소름과 전율이 되어 온몸으로 퍼져 나갔다.

"너, 내가 약에 취해서 제정신이 아닌 것 같아?"

떨리는 목소리를 애써 가다듬고 은서는 최대한 냉랭하게 되물었다.

"그럼, 다 설명해 봐. 내가 본 이것들은 다 뭐야?"

그는 아무 대꾸가 없었다. 낮고 거친 숨소리뿐.

"위준희. 나 바보 아냐. 내가 납득하게 다 설명해 봐."

알고 있었다. 위준희는 어렸을 적부터 어떤 변명도 핑계도 대지 않는 녀석이다. 어떤 상황에서도 맹목적인 신뢰와 이유 없는 애정을 당당히 요구하던 아이. 억울할수록 입을 꾹 다물고 한마디도 하지 않았다. 하지만 이번엔 다른 건지도 모른다. 위준희가 입을 열었던 것이다.

"나, 니가 생각하는 이상한 짓 해서 돈 벌지 않아."

은서는 본능으로 알았다. 녀석이 아니라고 하면 아닌 것이다. 마음 한쪽에서 안도의 한숨이 밀려 나오는데, 다른 쪽에서는 여전히 풀 수 없는 여러 가지 의혹과 질문이 맴돌았다.

"그럼……."

"담배는 피워. 마약 같은 건 안 해. 그런 게 필요할 턱이 없잖아."

그녀의 얼굴을 감싸 쥔 커다란 손길이 한결 부드럽게 풀어졌다. 그의 엄지손가락이 그녀의 뺨을 천천히, 조심스럽게 쓰다듬었다.

"배은서. 모르겠어? 나에게 넌 언제나……."

떨리는 숨을 집어삼키고 은서는 황급히 그의 손을 내쳤다.

머릿속에서 이성이 경고등을 울렸다. 다음 말은 듣지 말라고, 듣지 않는 게 좋을 것 같다고. 피하라고.

크게 호흡을 들이쉬고 은서는 몸을 일으켜 세웠다.

"아님 됐어. 내가 잘못 알았으면 다행이고 난 그냥……."

자리에서 일어서려 했지만 일어설 수 없었다. 은서는 다시 털썩 주저앉고 말았다. 그녀의 시선이 어깨를 붙들어 누르는 손으로 떨어졌다. 마치 유리 새장에 갇힌 작은 새가 된 기분이었다. 캄캄한 가운데서도 그녀를 향한 준희의 적나라한 욕망이 손에 잡힐 듯 또렷이 느껴졌다. 지금까지 그 어떤 순간에도 느낀 적이 없던 연약함과 무력함이 거대한 파도처럼 그녀를 덮쳐 왔다. 녀석의 손끝이 살짝 부어 있는 그녀의 입술을 천천히 쓰다듬었다.

　은서는 겁이 났다.

　어둠 속에 토해 내듯 그녀가 절박하게 속삭였다.

　"안 돼……."

　꽉 잠긴 준희의 목소리가 들렸다.

　"왜……? 왜, 안 돼?"

　몸부림치듯 이성의 방벽을 두르고 남아 있는 위엄을 그러모아 그녀가 대답했다.

　"너와 나는……. 준희야, 너와 나는."

　그녀의 말을 끊고 위준희가 답했다.

　"남편과 아내지. 혼인으로 묶여 있는 남자와 여자."

　그의 얼굴이 어느새 바짝 다가와 있었다. 은서의 심장은 튀어나올 것처럼 뛰었다. 손발이 차가워지고 식은땀이 배어났다.

　"헷갈리면 안 돼. 그건 진짜가 아니야. 너도 알잖아. 그건 어디까지나 아저씨가……."

　"헷갈리는 거 아니야."

위준희의 입술이 배은서의 입술 바로 앞에서 속삭였다.

"널 원했어. 오랫동안."

녀석을 밀쳐 내려 앞으로 내밀었던 손의 장벽이 꿈쩍도 하지 않는 단단한 가슴팍에 낙엽처럼 힘없이 무너졌다. 이성의 경고가 제공한 저항과 항의는 부드럽지만 단호한 입술 아래 묻혀 버렸다. 지난밤과도, 조금 전과도 전혀 다른 입맞춤이었다. 그저 조심스럽고, 한없이 부드럽고, 어딘지 모르게 애절하기까지 했다. 폭발할 것 같은 욕망을 꼭꼭 억누른 채 위준희의 입술이 배은서에게 애타게 속삭이고 있었다.

날 봐 줘. 나에게 와 줘.

은서야…….

멘탈의 붕괴.

폭풍과 소용돌이의 바닷속을 몇 번이나 헤맨 끝에 깨어난 아침, 배은서의 하얀 머릿속에는 '멘붕'이라는 단어밖에 떠오르지 않았다. 그녀는 퀭한 눈으로 햇빛이 쏟아져 들어오는 방 안을 둘러보았다. 책 더미가 여기저기 쌓이듯 꽂혀 있고, 옷가지가 던져져 있는 자신의 방이다.

무의식중에 그녀는 자신의 입술을 매만졌다. 여전히 부어 있는 것도 같고 조금 아픈 것도 같다. 간밤의 기억이 밀물처럼 밀려 들어오자 그만 눈을 질끈 감았다.

시원한 물. 얼음처럼 차가운 물이 필요하다.

그녀는 비틀거리며 부엌으로 걸어갔다. 냉장고에서 물을 꺼내 벌컥벌컥 들이켰다. 머릿속을 점령하고 있는 멍한 느낌을 조금은 물리친 것도 같다. 무심코 거실을 둘러보다, 외투와 핸드백이 내팽개쳐져 있는 현관 앞에 시선이 멎었다. 그러자 꿀꺽꿀꺽 잘 넘어가던 물이 식도에서 역류했다.

"콜록! 콜록! 켁! 켁!"

바닥에 뿜은 물을 닦고 엉망으로 젖어 있는 입가도 닦았다. 그제야 핸드백에서 밤새 울리던 핸드폰 소음이 귀에 들어왔다. 무려 스물다섯 통의 부재중 전화. 68개의 채팅 메시지.

한숨을 쉬며 내용을 확인하려는데 전화가 울렸다. 김지영이다.

그나마 지영이라서 다행이다.

"그래, 지영아."

— 여보세요? 아, 드디어 받네! 언니! 언니이이이!

지영의 목소리는 잔뜩 흥분해 있었다.

— 언니! 연락 안 돼서 밤새 미치는 줄 알았어. 나 지금 언니네 집 가는 길이야.

시계를 확인해 보았다. 오전 7시 15분.

"이 시간에……? 왜?"

— 언니! 언니네 그, 그, 만년 질풍노도 꼬맹이가, 혹시, 그 애 이름이, 설마 위준희야? 언니네 아저씨가 위 씨였어?

은서는 힘없이 두 눈을 깜빡거렸다.

"응. 니가 우리 준희 이름을 어떻게 알았어?"

무심코 되물었다가 귀가 떨어질 것 같아 전화기를 얼굴에서 떨어뜨렸다. 김지영이 미친 듯이 비명을 지르고 있었다.

— 꺄아아아아악! 역시 그랬어! 역시 그런 거였어! 진짜 이럴 수가! 말도 안 돼! 말도 안 돼! 언니이이이이이이!

얘가 왜 이러지?

— 언니 바보 아니야? 걔가, 위준희가 누군지, 진짜 몰라?

위준희가 위준희지, 위준희가 누구냐니?

어리둥절한 기분에서 헤어나지 못하고 은서가 물었다.

"무슨 소리야? 준희가 누구냐니?"

— 아, 미치겠다. 우리 배은서 씨 고지식한 것도 알고 일 중독 판사님인 것도 알았지만, 이 정도일 줄이야.

은서는 얼굴을 찌푸렸다.

"무슨 소리야?"

— 언니. '플래닛식스' 몰라?

플래닛식스? 대한민국에 플래닛식스를 모르는 사람도 있나?

"알아. 유명한 아이돌 그룹이잖아."

— 미쳐! 미쳐! 플래닛식스 멤버가 누구누구인지도 알아?

은서는 순순히 떠올려 보았다.

"그, 드라마로 뜬 애……. 중국에서 남신이라는 걔 이름이…….."

— 성신.

"그래, 성신. 또, 춤 잘 추는 애……."

— 비에이.

"응. 맞아, 걔."

― 또?

은서는 열심히 머릿속을 굴려 보았다. 하지만 생각나는 얼굴도, 이름도 없다.

― 플래닛식스가 여섯 명인 건 알지?

식스니까 여섯 명이겠지?

― 언니. 플래닛식스 멤버는 성신, 비에이, 호태, 프렛, 곤, 위준, 이렇게 여섯이야.

순간, 은서는 아무 말도 할 수 없었다.

― 걔네 본명이 성기태, 박안혁, 김호진, 표상준, 고형곤, 그리고……

위준.

설마……?

홀린 듯, 은서가 속삭였다.

"위준……희……?"

전화기 너머에서 지영이 꽥꽥 소리쳤다.

― 그래! 위준희! 위준희! 언니네 그 꼬맹이가 플래닛식스 위준희라고! 어젯밤에 언니 끌고 간 그 사람이 바로 위준이었잖아! 정경민이랑 싸우고 언니한테 화내면서 끌고 간 그 애가 언니네 꼬맹이 맞지? 그 애가 위준이라고! 와, 말도 안 돼! 언니네 질풍노도 꼬맹이가 세상에, 세상에, 위준이라니. 세상에 어떻게 이런 일이 있을 수가 있지? 어, 진짜 말도 안 돼. 말도 안 돼. 어떻게 이런 일이 있을 수 있지? 어떻게 언니는 여태 그걸 감쪽같이 몰랐어? 응?

툭, 손에 들려 있던 핸드폰이 무릎 위로 떨어졌다.

세상에, 어떻게 이런 일이 있을 수 있지?

— 여보세요? 언니? 언니, 듣고 있어?

떨어진 전화기에서 지영이 고래고래 외치는 소리가 들렸다. 하지만 아무 대꾸도 할 수 없었다. 아무 말도 떠오르지 않았다. 은서는 떨리는 두 손을 들어 얼굴을 감싸고 말았다.

맙소사……!

플래닛식스. 한류 정상에 우뚝 서 있는 아이돌 그룹.

혜성처럼 나타나 대한민국을 비롯, 아시아 수많은 소녀들의 마음을 단번에 사로잡았다. 이후 '마인'을 국민 송으로 히트시키며 정상의 자리에 올랐다. 그 무렵 드라마 '꽃보다 왕자'로 연기를 시작한 성신은 연달아 '상속의 게임', '달에서 온 그대'를 히트시키며 최고의 한류 스타가 되었다.

타고난 춤꾼이자 래퍼인 비에이는 일본에서 벌어진 댄스 배틀에서 우승을 하며 이름을 알렸고, 댄스 영화의 조연으로 할리우드에 진출하는 데 성공했다. 메인 보컬 호태는 예능 '추억의 명곡'에서 연이어 우승하며 가창력을 인정받아 성공적인 솔로 데뷔를 하였다. 이후 성신이 출연하는 드라마 삽입곡과 여자 아이돌과의 듀엣을 히트시키며 최고의 보컬로 인정을 받고 있다.

말재간은 없지만 엉뚱한 프랫은 우연히 출연한 예능 프로 피디의 눈에 들어 리얼 예능 '러시맨'의 멤버가 되었고, 전무후

무하고 독특한 캐릭터를 굳히는 데 성공하여 우리나라는 물론 중국에서도 최고의 인기를 누리고 있다.

리드 보컬 곤은 드라마 몇 편에 조연으로 출연하다 최근 뮤지컬에서 블루칩이 되었다. 처음에는 아이돌에게 편견이 있던 뮤지컬계에 적응하기 쉽지 않았다. 하지만 곤이 출연하는 뮤지컬에는 언제나 플래닛식스 멤버들이 한 명씩 객석에 앉아 있다는 소문이 퍼지며 중국과 일본에서 팬들이 대거 몰려오기 시작했다. 심지어는 상하이에서 인천으로 오는 비행 편 한 대를 플래닛식스 중국 팬들이 대절하는 사건까지 벌어졌다. 어느새 서울은 아시아의 브로드웨이가 되었다. 뮤지컬계는 기쁨의 환호성을 질렀고, 곤은 순식간에 귀하신 몸이 되었으며, 타고난 가창력과 성실함으로 2년 연속 뮤지컬 대상 남우주연상을 수상했다.

그리고 마지막으로 가장 뛰어난 외모를 가졌지만 가장 노출이 적은 멤버 위준은…….

"그래. 위준이 워낙 노출이 적긴 하지. 방송에 나와도 말도 없는 편이고……."

플래닛식스의 골수팬인 김지영도 어쩔 수 없이 인정했다.

"아무리 그래도 그렇지. 어떻게 몰라볼 수가 있냐."

지영이 내민 태블릿 화면으로 플래닛식스와 멤버들 자료를 보며 은서는 땅이 꺼져라 한숨을 쉬었다.

"상상도 못 했어, 진짜."

"위준은 어떻게 보면 가장 실속형이지."

지영이 계속 설명했다.

"처음 작곡한 곡이 바로 플래닛식스 히트 곡 '마인'이거든. 다른 곡들도 많아. 호태 솔로 곡도 위준이 준 것들이 히트했고, 의외로 걸 그룹 히트 곡들도 위준 게 많아. 언니도 들으면 바로 아는 노래들일걸."

은서가 눈을 동그랗게 뜨고 지영을 쳐다보았다. 지영의 손가락이 움직이며 나타나는 화면에는 정말 은서도 잘 아는 노래들 목록이 주르륵 나타났다. 평소 플래닛식스 골수팬인 지영은 스스로 흥에 겨워 노래를 흥얼거리기 시작했다.

"어떤 프로에서 나왔잖아. 작년, 재작년 저작권 수입 1위 찍었다고. 플래닛식스도 대박이지만, 사실 위준은 저작권으로만 버는 수입도 어마어마할 거야. 백억대라는 말도 있고."

"백, 백억?"

은서의 입이 저절로 떡 벌어졌다.

"에휴. 그것만 있는 게 아니야. 위준이 방송 노출은 잘 안 하지만 패션 업계에서는 유명한 패션 리더야. 원래 패션의 완성은 얼굴이라잖아. 물론 센스도 좋아. 우리나라뿐 아니라 중국 명품족들은 위준 따라쟁이가 많거든. 얘가 문 열고 나와서 파파라치 컷 하나라도 찍히면 매출이 장난 아니래. 우리 제품 한 번 입어 주세요, 하는 협찬 광고가 줄을 서 있지."

결국 배은서는 욱신거리는 머리를 꾹꾹 누르기 시작했다.

도저히 현실이라고 믿을 수 없는 꿈같은 현실이 눈앞에 있었다. 원래는 너무 기뻐야 하는데, 항상 걱정하던 준희가 이렇게 어마어마한 성공을 거뒀다니 뛸 듯이 기뻐야 하는데, 준희에게 했던 자신의 말이 떠올라 웃을 수가 없었다. 이런 애한테 당당히 물었다. 몸 팔았냐고.

"언니는 전생에 나라를 구했나 보다. 이런 위준희랑 같이 컸다니. 아니지. 혼인 신고가 돼 있으니 부부인 거잖아? 오 마이 갓! 그리고 보니 우리 위준이 유부남인 거네? 엄마야! 대박, 대박, 대박 사건!"

스스로 흥분을 숨기지 못하고 앉은 자리에서 방방 뛰는 지영에게 은서가 손을 뻗었다. 누군가 쇠공이로 그녀의 두개골을 신나게 두드리는 것만 같았다.

"자, 잠깐······. 지영아, 나, 막 울, 울렁거려."

김지영이 딱하다는 눈길로 은서를 보았다.

"그래. 언니 입장에서 이게 어디 보통 충격이겠어······. 어라."

멍한 눈으로 정면을 응시하고 있는 배은서의 얼굴이 이상하리만치 붉었다.

"언니. 얼굴이 왜 그래? 열 나는 거야?

지영은 은서의 이마를 짚어 보았다.

세상이 기우뚱, 옆으로 기울어졌다.

"언니!"

비명에 가까운 지영의 외침을 들으며 은서는 자신이 방금 쓰러졌다는 걸 깨달았다.

프랑스를 대표하는 세계적 명품 '채널'의 플래그십 스토어는 청담동에 있다. 청담동 명품 거리에 가장 먼저 자리를 잡은 터줏대감답게 건물부터 남달랐다. 검정색 강화 유리로 지은 사각형 건물은 금빛 입구에 커다란 '채널' 로고가 박혀 있어 '채널'의 대표 핸드백을 떠올리게 한다. 신상과 한정판 제품 위주로 디스플레이 된 1층을 지나 전용 엘리베이터를 타고 꼭대기로 올라가면, VIP 접대실이 나온다. 루이 18세풍 가구와 풍성한 라난큘러스 장식이 어우러져 있는 응접실에선 커다란 유리 통창 아래 청담동 일대가 한눈에 들어온다. 평일 낮 시간인데도 도로는 벌써부터 자동차 행렬이 꽉 물려 있었다.

"1년 365일, 매일 12시간, 꽉꽉 밀리는 곳이죠."

채널 한국지사 부사장인 유미리는 위준희의 시선이 닿는 곳을 흘끗 쳐다보며 상냥하게 말을 걸어 보았다. 하지만 위준희가 말없이 속눈썹을 내리깔며 시선을 테이블 위에 놓인 서류로 되돌리자, 어쩔 수 없이 구 실장에게로 고개를 돌렸다. 유미리의 얼굴에 무안한 빛이 또렷이 남아 있었다.

"위준 씨는 낯을 많이 가리시나 봐요."

위준희란 놈을 데리고 일하다 보면 자주 있는 일이다. 구 실장은 대뜸 싹싹하게 유미리에게 맞춰 주었다.

"워낙 대중없이 많은 사람들에게 노출되다 보니, 더 그런 것 같습니다. 하하하!"

"아, 아무래도 그렇겠네요."

유미리는 이해한다는 투로 대꾸했지만 못내 아쉬운 듯 시선이 자꾸 위준희에게로 흘렀다.

구 실장은 웃었다.

사실, 이 유미리라는 여자는 패션계에서도 유명한 인사였다. 본사에서 파견한 프랑스인 지사장이 웃는 얼굴로 한국에 적응해 가는 사이, 야무지게 경쟁 브랜드들을 밀쳐 내고 '채널'의 입지를 확고하게 다진 실세가 부사장이라는 의견이 업계에 지배적이다. 할리우드 탑스타, 세계 탑 모델과 주로 작업하는 '채널'의 유미리라면 한류 아이돌쯤이야 그리 대단하지 않을 수도 있다. 그런데 그런 부사장이 자꾸만 위준희를 흘끗거리고 있다.

그게 놈의 마성이지. 눈을 뗄 수 없게 만드는 실물.

구장철 실장은 눈을 내리깔고 서류를 노려보고 있는 위준희를 보았다.

붓으로 그려 놓은 듯한 짙은 눈썹 아래 끝이 살짝 들린 요염한 눈매. 속을 쉽게 알 수 없는 검은 눈동자는 완고한 빛이 가득하지만, 아래쪽 속눈썹 밑 작은 점 위로 당장이라도 눈물이 떨어질 것 같다. 오뚝하게 쭉 뻗은 콧날은 시원한 느낌을 주는 반면 그 밑에 작고 얇은 입술은 새초롬하게 다물어져 있다. 무표정하게 있으면 냉랭하고 음울한 조각 같지만, 한번 웃음 지으면 생각지도 못한 순수한 반짝임이 흘러넘치는 반전의 얼굴. 남자도 여자도, 눈을 뗄 수 없게 만드는 마성의 얼굴.

그뿐이랴. 183센티의 키에 호리호리하고 늘씬한 체형, 길쭉한 다리의 걸음걸이에는 고양잇과 육식 동물 같은 타고난 우아함이 있다. 순수함과 섹시함, 아름다움과 강함이 묘하게 공존

하는 그의 외모를 팬들은 '미친 미모'라고 부른다.

하지만 팬들은 위준에 대해서 아는 것보다 모르는 게 더 많다. 이 곱상하고 호리호리한 겉모습의 위준희가 사실은 운동 마니아라는 사실을, 니트와 스키니 진으로 둘러싸인 저 야윈 몸이 뛰고 움직일 때마다 온몸의 자잘한 근육이 물결친다는 사실을 아는 사람은 거의 없다. 아무튼 위준희란 녀석은 이래저래 반전 캐릭터이다.

처음 길거리에서 우연히 마주쳤을 때, 구장철은 단번에 알아보았다.

하늘이 내린 얼굴. 탑 아이돌의 조건을 무작정 타고난 놈.

하지만 정작 녀석은 아이돌에 관심이 없다며 딱 잘라 거절했다. 오히려 성격은 곱상한 겉보기와는 전혀 판판이었다. 무뚝뚝한 데다 고집이 셌고 좋고 싫은 게 지나치게 분명한 성격이었는데, 하필이면 하늘이 내려준 제 얼굴을 정작 본인은 몹시 싫어하고 있었다. '계집애 같다'는 말은 싫어하다 못해 병적으로 혐오하는 수준이었다. 다행히 바로 그 점 덕분에 녀석은 구장철과 인연이 닿았다. 녀석이 일하던 곳에서 누군가 '계집애 같은 얼굴'이라고 했고, 그 말에 이성을 잃은 녀석이 주먹을 날렸단다. 폭행 시비로 경찰에 끌려갔지만 녀석에겐 도와줄 사람이 아무도 없는 모양이었다. 궁지에 몰린 녀석은 구장철에게 전화를 했다.

뛸 듯이 기뻐하며 구장철은 녀석의 보호자를 자처했고 녀석을 데리고 연습실로 왔다. 마침 뭔가 허전하다며 멤버 구성을 고민 중이던 '플래닛식스 프로젝트'에 마성의 외모를 가진 녀석은 하늘이 내려준 선물이었다. 카메라 테스트를 하던 사장이 너무 기뻐 구장철을 끌어안고 눈물까지 흘렸으니까. 하지만 녀석은 결코 쉽지 않았다. 사람들 앞에서 춤을 추고 노래를 불러야 한다는 말에 심하게 거부감을 보였던 것이다. 그나마 녀석이 남달리 '성공'에 대해 집착이 있어 다행이었다. 어르고 달래고 녀석의 안무를 수정해 가며 간신히 데뷔를 준비할 수 있었다. 하지만 아슬아슬한 나날이었다. 결국 사건은 터지고 말았으니, 데뷔를 얼마 남기지 않았을 때였다. 안무가가 만들어 온 골반 춤을 보더니 녀석은 그만 숙소에서 사라지고 말았다. 온 회사 직원들이 흩어져 서울을 뒤지고 뒤졌지만, 녀석을 찾을 수가 없었다. 그야말로 해운대에서 모래알 찾기였다.

그렇게 속수무책으로 시간이 흘러 어쩔 수 없이 포기해야겠다 느낄 때 즈음, 플래닛식스를 5인 체제로 갈 것이냐 새 멤버를 충원해야 하느냐 의논하기 시작할 때쯤, 녀석에게서 전화가 왔다.

— 우리 성공할 수 있을까요? 진짜 돈 많이 벌 수 있어요?

'성공? 너만 오면 무조건 성공이야. 돈도 당연히 벌지! 열심히 하면 할수록 더 많이 벌 수 있어.'

— 그, 요상한 춤. 그런 것도 꼭 해야만 하는 거죠?

'준희야. 너도 알잖아. 요즘 아이돌은 섹시가 생명이야. 그건 요상한 게 아니고 섹시한 거라고 해야지.'

녀석은 잠시 뭔가를 억누르는 듯했다.

— 실명은 절대 안 돼요. 절대루요.

'그래, 그래. 다들 예명이잖아. 싫으면 실명 같은 거 안 밝혀도 되지. 실명 같은 예명 하나 더 만드는 방법도 있을 거고.'

— 다른 애들처럼 리얼 예능 이런 거 안 해도 되죠?

'너 싫으면 그런 건 안 해도 된다고 했잖아. 형이 다 보장할게.'

그런데 이내 대꾸가 없었다.

'야! 준희야! 너 지금 어디야? 형이 갈게. 당장 간다고!'

— 저기…….

녀석은 평소답지 않게 머뭇거렸다.

'뭐? 저기, 뭐? 너 뭔 사고 쳤어?'

— 저……. 근데, 혼인 신고 해도 아이돌 할 수 있어요?

한 시간 뒤, 강남역 앞 어느 커피숍에서 구장철은 오매불망 찾아다니던 위준희를 다시 만났다. 그리고 그 손에 들려 있는 종이를 보았다. 열 살이나 더 많은 생년월일에 '배은서'라는 여자 이름이 녀석의 이름 옆에 나란히 올라 있었다. 상대의 이름과 생년월일을 가만히 훑어보던 구장철이 고개를 들자, 녀석이 태양처럼 눈부시게 웃으며 대뜸 말했다.

'판사님이에요. 우리 은서, 대단하죠?'

배은서. 서울대를 장학생으로 다녔고 사법 연수원을 2등으로 졸업했다고 했다. 위준희보다 열 살이 더 많은데 혈연으로는 아무것도 얽힌 것이 없는 관계였다. 그런데 오랫동안 남매처럼 같이 살았다고 했다. 어느 날 위준희의 아버지가 죽은 친구 딸을 집으로 데려왔고, 마치 친자식처럼 공부 뒷바라지를 하며 키웠다고 했다. 혼인은 그런 준희 아버지의 유언에 가까운 부탁이었다고. 그 부탁 때문에 배은서는 5년을 기한으로 위준희와 혼인 신고를 했다고 했다.

앞뒤는 물론 부가 설명은 모조리 싹둑 잘라 버린 녀석의 이야기였지만, 눈치 빠른 구장철은 바로 알아차렸다. 이 종잇장에 적혀 있는 이름의 소유자가 위준희의 아킬레스건임을. 갓 스무 살밖에 안 된 어린 녀석이 저보다 열 살이나 더 많은 그녀를 미친 듯이 사랑하고 있음을.

그래서 녀석은 제 발로 뛰쳐나간 '플래닛식스'에 되돌아온 것이다. 5년 안에 돈을 벌고 남부럽지 않은 '남자'가 되고 싶어서. 그녀 앞에서 당당하고 싶어서. 5년 뒤에는 그 혼인을 진짜로 만들고 싶어서.

아무도 몰랐다. 사장도, 멤버들도, 세상도.

누가 상상이나 했겠나. 이제 갓 스물 넘은 초절정 꽃미남 아이돌이 사실은 누군가의 남편이라니.

구장철은 순간 삐져나오는 웃음을 꾹 눌러 참았다.

바로 그 어처구니없는 '팩트' 때문에 위준희는 몸서리를 치던 골반 춤을 춰야 했다. 그것도 아주 열심히. 순순히 염색도 하고 분장을 했다. 반짝거리는 립글로스도 발랐다. 카메라를 향해 남녀노소 구분 없이 시선을 잡아끄는 요염한 눈빛으로 섹시한 표정을 지었고 천진난만한 윙크도 날렸다. 그렇게 여심을 단번에 사로잡았고 '플래닛식스'는 정상에 올랐다. 어린 여학생도, 직장 여성들도, 아줌마에 할머니까지, 여자라면 그 누구도 위준에게서 눈을 뗄 수가 없었다. 모두 구장철이 예상한 그대로였다. 단 한 가지. 천하의 구장철도 예상치 못한 게 있었다. 무뚝뚝하기 그지없고 자나 깨나 운동밖에 모르는 놈에게 하늘이 내려준 게 단지 '미친 미모'만이 아니었다는 사실! 녀석이 어설픈 비음으로 흥얼흥얼 녹음했던 '마인'의 데모 곡을 처음 들었을 때의 전율은 길거리에서 녀석의 얼굴을 처음 마주쳤을 때의 충격을 능가하는 것이었다.

5

　길쭉한 대리석 탁자를 사이에 두고 한쪽에는 '채널' 한국지사의 부사장과 홍보 담당자가, 건너편에는 '탑 ENT'의 법무 담당인과 플래닛식스 매니저인 구 실장, 그리고 위준희가 앉아 있었다.

　이미 회사에서 몇 번이나 검토를 마치고 조율을 끝낸 계약서지만 조 상무가 마지막으로 훑어본 후 계약 당사자인 위준희에게 건네주었다. 조 상무의 눈짓을 받은 위준희는 펜을 꺼내 들고 특유의 무심한 표정으로 사인을 하기 시작했다. 유미리는 체면을 생각해 태연하게 미소 짓고 있었지만, 안경 밑 시선이 자꾸 위준을 향해 돌아갔다. 그러다 구 실장에게 시선이 붙들리자, 천연덕스럽게 웃음을 흘렸다.

　"지금 바깥에 사인 한번 받겠다고 기다리고 있는 직원들이 있거든요. 오늘 위준 씨 직접 오신다고 해서 며칠 전부터 기다렸답니다."

"어이구. 사인이야 다 해 드려야지요."

구 실장이 수더분한 웃음을 터뜨리며 고개를 끄덕거렸다.

"플래닛식스가 워낙 대단한 분들이시기도 하지만, 유난히 위준 씨는 만나기가 힘들다고 하더라구요."

"뭐, 자랑이라면 자랑이지만, 우리 플래닛식스 친구들이 재주가 좀 많아서요. 워낙 바빠야 말이죠. 위준, 이 친구는 곡 쓰느라 정신이 없거든요."

조 상무가 팔짱을 끼며 웃었다.

"작업실이 방배동에 있지요? 작년에 작업실에서 잠깐 나오셨을 때 저희 패딩 재킷 걸치고 있던 파파라치 컷이 화제가 됐었지요?"

유미리가 자랑스럽다는 듯 말했다.

"그 사진 때문에 그 제품이 바로 품절되었거든요. 우리나라, 일본, 중국뿐 아니라 프랑스에서도 제품이 품절되어서 난리였답니다. 요즘은 중국분들이 현지 매장에 물건이 없으면 바로 유럽으로 가서 구매를 하니까요."

구 실장은 조 상무의 눈짓을 보며 히죽 웃었다.

모를 리가 있나. 바로 그 '위준 패딩' 덕분에 오늘의 계약도 있는 것이다. 청담동 작업실에서 모 걸 그룹 앨범 작업을 하던 위준희가 커피 한잔 사 오느라 후줄근한 트레이닝 바지 위에 대충 걸치고 나갔던 패딩 재킷이었다. 사실은 녀석의 옷도 아니었다. 작업실에 방문했던 아트디렉터가 벗어 놓은 것을 급한 대로 입었는데, 밤새 진을 치고 있던 사생에게 찍혔던 것이다.

저 얼굴에, 저 기럭지는 뭘 걸쳐도 패션의 끝판 왕이다.

살짝 무릎이 나온 트레이닝 바지에 무심한 듯 걸친 '채널'의 패딩은 남의 눈을 피해 눈썹을 내리깐 위준의 얼굴과 말로 형용할 수 없는 묘한 조화를 이루었다. 속된 것에 무관심한 듯, 편안함을 즐기는 느낌에 극도의 세련된 분위기가 더해졌다. 머리끝부터 발끝까지 잘 연출된 공항 패션과는 차별되는 신선한 충격이었다. 덕분에 '채널'의 남성 패딩 재킷은 반나절 만에 동이 났고, 비슷한 라인의 여성 재킷까지 불티나게 팔렸다. 400만 원에 육박하는 가격은 문제가 되지 않았다. 작년 겨울, '채널'의 패딩 재킷은 패밀리 세일에서도 제외되었다. 세일하지 않아도 물량이 부족해 더 못 팔았다.

정작 위준희 본인은 '채널' 패딩 재킷을 가지고 있지 않았지만, 아무도 몰랐다. '위준'은 없는 '위준 패딩' 사태에 직면하여 잠깐 고민에 빠진 구 실장이 하나 구해다 줄까 물었을 때 녀석은 이렇게 답했다.

'미쳤어? 돈 아깝게.'

통장에 셀 수도 없는 돈을 쌓아 놓은 녀석이지만 말도 못하게 인색하다. 협찬이 아니면 절대 제 돈으로 옷 한 벌 사 입는 꼴도 못 봤다. 이번 '채널'과의 계약도 계약금과는 별도로 1년 동안의 모든 패션 제품을 품목별로 독점 제공하겠다는 '채널'의 파격 조건 때문이었다.

구장철은 가끔씩 궁금했다.

대체 이놈은 얼마를 벌어야 '그녀' 앞에 당당히 커밍아웃 할 수 있다고 믿고 있는 걸까?

위준희가 두꺼운 서류 더미에 사인을 마치자 유 부사장은 만족스러운 얼굴로 서류를 챙겨 들었다. 서류를 손에 든 그녀의 얼굴에서 아쉬움은 사라졌다. 순식간에 '채널'지사의 부사장답게 프로페셔널한 태도로 돌아갔다.

"마지막으로 확인하겠습니다. 이번 컬래버레이션은 내년 '채널'의 WF와 SS 시즌 메인 캠페인이 될 것입니다. 디자이너들이 영감을 얻어야 하니까, 위준 씨는 일주일 동안 파리에서 생활하시게 될 거구요. 수석 디자이너와 콘셉트 회의에 최소 3회 참여하시게 될 겁니다. 캠페인 기간 동안 패션쇼 무대나 화보 촬영은 요구하신 대로 없습니다. 대신, 파파라치 컷 스타일의 스틸과 동영상 촬영이 있을 겁니다. 그 외에 플래닛식스의 공식 무대에 저희 제품을 착용하시면 되구요. 나머지 공식 이벤트 일정은 첨부 서류를 확인하시면 되겠습니다."

"네. 부사장님께서 중간에 수고 많으셨습니다."

조 상무가 싹싹하게 손을 내밀었다.

유 부사장은 웃으며 조 상무와 구 실장과 차례로 악수를 했다. 그리고 슬쩍 위준희를 쳐다보았다. 아무래도 포기가 되지 않는 눈치였다. 유 부사장의 시선을 눈치챈 구 실장이 위준희의 옆구리를 툭 쳤다. 위준희가 본능적으로 눈살을 찌푸리며 매니저를 쳐다보았다. 그러더니 이내 얼굴을 펴고 유 부사장을 향해 하얗고 기다란 손을 내밀었다. 유 부사장은 터져 나오는 웃음을 간신히 억누르며 위준의 손을 잡았다.

"아무튼, 잘 부탁드립니다."

손을 맞잡고 흔드는데 유미리는 내심 의아한 생각이 들었다. 위준의 얼굴이나 분위기와는 전혀 다른 느낌의 손이었다. 그녀의 손을 맞잡은 위준의 손은 일반 남자들의 손보다도 컸다. 손아귀가 크고 손가락도 길었지만 마디가 유난히 튀어나온 손이었다. 가볍게 맞잡은 단순한 악수였지만 그의 손은 단단하다 못해 딱딱하다는 느낌까지 들었다.

어라.

악수를 풀며 유미리는 배시시 웃었다. 웬만한 여배우 따귀 열세 번쯤 치고도 남을 듯 곱고 예쁜 얼굴에 요염하기까지 한 이 꽃미남이 사실은 '근육돌'에 상남자일지도 모른다는 생각이 스쳤던 것이다.

나오는 길 내내 위준희는 불편한 얼굴로 입을 꾹 다물고 있었다.

꽉 밀리는 도로를 이리저리 뚫고 차를 몰던 로드 매니저 방열이가 룸미러로 흘끗 쳐다보더니 알 만하다는 듯 웃었다.

"왜요? 또 위준 형, 여자랑 악수했어요?"

방열의 말이 끝나자 위준희는 무의식적으로 손을 이리저리 닦았다.

"아이고, 여자가 한 명만 있었겠냐. 이건 원, 악수인지 더듬는 건지. 이 회사에 여자들이 저렇게나 많을 줄 누가 알았겠냐."

"아줌마들이 또 입 떡 벌어졌나 봐요?"

구 실장이 오만상을 찌푸리며 투덜거렸다.

"그, 아줌마들이 더 문제야. 평소엔 플래닛식스 위준이 누구야, 이러다가 아주, 실물만 보면 저렇게 눈앞에서 대놓고 침을 질질 흘린다니까."

"형이 워낙 실물이……. 음, 훌륭하죠. 다른 형들 보러 팬 미팅에 왔다가 위준 형 실물 보고 무릎 꿇은 애들이 어디 한둘이에요?"

"실제 성질부리는 거 보고 욕하는 애들도 많잖냐."

"그래도 위준 형 팬들이 제일 충성도가 높아요. 사생도 제일 많고."

"이놈이 너무 노출을 안 해서 그런 거지."

"지금 우리 차에도 위치 추적기 달렸을지 몰라요."

구 실장은 편안하게 머리를 뒤로 젖혔다.

"쫓아오라고 해. 위준이 놈 눈 한번 부라리면 겁나서 가까이 오지도 못하는 것들이 무슨 사생이라고."

방열이 킬킬 웃었다.

"형이 무섭긴 무서운가 봐요. 다른 형들은 사생 때문에 미치려고 하는데, 위준 형 사생들은 쫓아만 다니고 가까이 접근은 못 하는 걸 보면."

"지금은 이놈, 진짜 사람 된 거다. 너 입사하기 전에는 진짜 끝내줬어."

"아, 그 얘기는 저도 알아요. 숙소로 몰래 숨어든 사생 애 발견하고 그 애 집까지 뒤쫓아 가서 부모 불러내고 각서 받아 낸 얘기."

"야, 야. 말도 마라. 그 각서도 혈서로 받아 냈잖냐."

"덕분에 팬들 사이에서 불문율이잖아요. 위준 5미터 이내 접근 금지. 아무도 건드리지 말 것."

구 실장이 구시렁거리며 껌 봉지를 뜯었다.

"이왕 불문율 만든 거, 다른 애들한테도 좀 지켜 주지. 사생 때문에 기태는 동네 편의점도 못 가잖아. 맨날 울고, 아주 죽겠다."

"성신 형은 대부분 중국 사생들이죠?"

"사생 반은 다 중국 애들이야."

"중국 팬들이 유난히 적극적인가 봐요."

구 실장이 지긋지긋하다는 투로 말했다.

"야, 너 그거 모르지?"

"네? 뭐요?"

"중국 웹사이트에서 우리 애들 이름 치면 연관 검색어로 같이 뜨는 문장."

"문장이오?"

"그래. 요컨대 '성신'이라고 검색어를 넣으면 연관 검색어로 뜨는 문장이 있어. 뭔 줄 알아?"

"뭔데요?"

"성신이랑 잘 수 있는 방법."

도로를 주시하고 있던 방열의 눈동자가 휘둥그레졌다.

"네에? 정말이에요?"

"그럼, 정말이지. 내가 비싼 밥 먹고 쓰잘 데 없는 소릴 왜 하냐."

"그럼 다른 형들도 다 그래요?"

구장철은 씁쓸한 투로 말했다.

"그게, 어처구니가 없긴 한데, 나름 아티스트 인기를 알 수 있는 척도야. 그 문장이 연관으로 뜨지 않는 사람은 중국에서 그렇게 탑은 아닌 거지."

"허얼. 그럼 우리 형들은요? 다 있어요? 다른 형들은요? 위준 형도 있죠?"

바로 뒷자리에 위준이 앉아 있다는 사실도 깜빡 잊고 방열이 흥분해서 물었다.

"아. 성신이 다음으로 생긴 게 위준이야."

"와. 무서워서 어디 중국 가겠어요?"

"그건 사실 애교야. 진짜 무서운 건 집으로 쳐들어오고 호시탐탐 달려드는 불나방 같은 애들이지. 회사 들를 때마다 성신이 놀라서 우는 거 어디 한두 번이냐. 방열이 너도 봤지?"

"아……. 네."

"그게 어디, 사람이 살 노릇이냐. 걔는 청심환을 달고 살잖아. 그러니까 성기태는 숙소에 안 들어오는 거야. 걔네 집 주소는 회사에서도 절대 기밀인 거고."

"저……. 들었어요. 예전에 성신 형 사생에게 쫓겨서 죽을

뻔한 적도 있다고. 그래서 형들이 슈퍼 카를 모는 거라면서요?
쫓아오는 미친 사생들 따돌리려고."

"에휴, 말도 마라. 교통사고도 났었지. 차가 전복돼서 애가
간신히 기어 나왔는데 상처 나고 피 흘리는 모습 섹시하다며
사진 찍고 있더라. 완전 미친것들이야."

"근데 위준 형은요? 중국에 그런 검색어까지 뜨는데 위준 형
은 왜 안 덮쳐요?"

"말했잖아. 위준이는 함부로 못 건드린다고."

"위준 형이 중국 사생들한테도 혈서 받았어요?"

"아니."

"그럼 왜 위준 형만 안 건드려요?"

"너 진짜 몰라서 묻는 거냐?"

"네?"

"얘는 우리나라 사생들이 철벽 쳐 주고 있잖아. 중국 사생들
한테서."

방열은 또 한 번 눈이 휘둥그레졌다.

"네엣?"

구 실장은 고개를 저었다.

"지들이 못 찌르는 감을 남의 나라 것들이 찌르게 가만 보고
만 있을 것 같냐? 사생들 심보에?"

그제야 방열은 조금 이해가 가는 듯 고개를 끄덕거렸다.

"아아. 그런 거군요."

"덕분에 이놈은 운동도 하고 쇼핑도 하고 여행도 하고 그러

는 거야. 나도 어디서 들었는데 위준 사생은 무슨 비밀 결사 조
직이래."

"와! 그, 그런 걸 뭐라고 하죠? 손 안 대고 코 푼다……?"

"옛말에도 있지. 오랑캐를 이용해서 오랑캐를 친다고."

구 실장은 일부러 보란 듯이 몸서리를 쳤다.

"흐이그. 하여튼 독한 새끼야, 이놈은."

그러면서도 시선은 말없이 창밖을 응시하고 있는 위준희에
게서 떼지 못했다.

얼추 일주일이 되어 간다. 성기태 생일 파티가 열렸던 '페르
젠'에서 말없이 사라졌다가 새벽녘에 숙소에 돌아온 이후, 녀
석의 분위기가 심상치가 않았다. 차라리 발광을 하면 더 쉬울
텐데. 이렇게 무작정 입을 꾹 다물고 있으니 물어볼 수도 없다.
오랫동안 녀석을 곁에서 지켜본 까닭에, 녀석을 이처럼 어둠의
오라로 물들인 장본인이 서류상의 아내로 올라 있는 그 판사라
는 것만 혼자 짐작하고 있을 따름이다.

— 그게, 그게 말이죠. 집이 계속 비어 있어요. 제가 확인한
것만 해도 오늘이 사흘째거든요. 누님이 어디 가셨나 봐요.

두드려 볼 정보원이라곤 위준희의 친구이자 탑 ENT의 전속
트레이너인 공민수밖에 없다. 배 판사와 같은 아파트에 산다는
공민수지만 이번에는 별 도움이 되지 않는다. 위준희의 연락을
받고 집에 가 봤지만 집은 비어 있었고 사흘째 배은서는 집으
로 돌아오지 않았다.

— 어디 출장 간 거 아닐까요?

판사도 출장을 가나?

구 실장은 고개를 갸웃거렸다.

— 그 누님, 완전 일 중독인데. 이런 평일에 어디 여행 갔을
리는 없어요.

공민수와의 통화를 떠올리며 구 실장은 말없는 위준희를 바
라보았다.

약속한 날짜가 코앞으로 닥쳤는데, 녀석은 아직 아무것도
시작하지 못하고 있다. 하지만 지금은 그 무엇도 재촉할 수가
없었다. 잘못 건드렸다간, 문자 그대로 '폭발'할 것 같았다.

"야, 준희야."

운전석에 있는 방열이 듣지 못하게 목소리를 낮추고 구 실
장은 입을 열었다. 물론 녀석은 아무런 대꾸가 없다.

"전화도 안 받는 거지?"

비로소 위준희가 돌아보았다. 무언가 텅 비어 버린 듯한 녀
석의 눈빛이 단도 날처럼 구 실장의 가슴을 찔렀다. 이상한 일
이었다. 아니, '큰일'이라고 해야겠다.

"니 전화만 안 받는 거냐? 내가 한번 해 볼까?"

구 실장은 자신의 핸드폰을 꺼내 들었다. 재촉하듯 물끄러
미 쳐다보자, 녀석은 천천히 자신의 전화를 꺼내 '배은서' 세 글
자를 화면에 찍었다. 반들반들한 액정에 커다랗게 떠 있는 숫
자를 입으로 중얼거리며 구 실장은 자신의 전화 화면에 하나씩
찍어 눌렀다. 그러곤 통화 버튼을 눌렀다.

연결 음이 몇 번 가더니 상냥한 여자 목소리가 들려왔다.

— 지금은 전화를 받을 수 없으니…….

"흠흠."

구 실장은 전화를 끊고 목을 가다듬었다. 잠시 기대의 빛이 스쳤던 녀석의 눈동자가 다시 텁텁한 색으로 잠겨 들었다.

"아니, 잠깐만."

구 실장은 녀석의 귓가에 속삭였다.

"직장에는? 직장으로 연락해 봤어?"

근 며칠 만에 처음으로 위준희가 입을 열었다.

"아니."

구 실장은 의기양양하게 자신의 핸드폰을 다시 쳐들었다.

"어디야? 어디 법원이야?"

"동부지법."

"잠깐만. 내가 해 볼게. 기다려 봐."

원래가, 목마른 놈이 우물을 찾아 땅바닥을 파헤치는 법이다. 구 실장은 귀신같이 빠른 솜씨로 동부지법 대표 번호를 찾아내 전화를 걸었다.

"아, 수고하십니다. 거기 판사님들 중에 혹시 배은서 판사님 통화할 수 있을까요?"

구 실장이 화통하게 전화기에 대고 외치자 위준희의 눈이 동그래졌다.

"아, 예? 무슨 일……이냐면요. 아, 그런 거 아닙니다. 그니까, 가족이죠. 급히 연락할 일이 있는데 판사님 핸드폰이 연락이 안 돼서요. 혹시 재판 중이십니까? 네, 네. 연결해 주시면 감사하죠."

모처럼 혈색이 도는 얼굴의 위준희를 보며 구 실장은 찡긋 윙크를 날렸다.

"여보세요? 배은서 판사님 통화 좀 할 수 있습니까? 에, 저요? 가족입니다, 가족. 결국 다, 판사님 가족 문제 때문인 거죠. 하하."

갑자기 구 실장의 얼굴색이 싹 변했다.

"네? 뭐라구요?"

당황한 빛으로 전화를 끊은 구 실장이 위준희를 돌아보며 말했다.

"야. 판사님 병가 중이시라는데?"

지영은 조용한 입원실이 즐비해 있는 여산 병원 내과 병동 복도를 종종 지나쳐 비상구 출입문을 열고 계단으로 나갔다. 그리고 꽉 움켜쥔 핸드폰을 향해 소리 내어 성질을 부렸다.

"아 씨! 뭐 이래! 지가 무슨 대통령이야? 연락을 할 수가 없잖아."

은빛 화면이 번쩍번쩍 전화가 왔음을 알렸다. 지영은 반짝이는 손톱으로 화면을 툭 치며 전화를 받았다. 경원이었다.

"어떻게 됐어?"

수화기 너머에서 난감한 목소리가 들려왔다.

— 우리 제품 광고 모델 건으로 핑계 대고 소속사에 연락 넣었는데 그쪽 담당자와 연락하면 된대. 본인 연락처는 절대 알

려 줄 수 없다는데?

뭐, 대충 그럴 거라고 예상은 했지만.

지영은 아랫입술을 깨물었다.

"짜증 제대로야. 그럼 어떻게 연락을 하라는 거야, 대체!"

— 은서 누나는 왜 걔 연락처를 몰라?

너무도 당연한 질문이 들려오자 지영은 더욱 짜증을 냈다.

"그러니까! 어떻게, 언니한테 전화번호도 주소도 아무것도 없냐고! 지가 무슨 홍길동이야? 오고 싶으면 오고 가고 싶으면 가고, 바람과 같이 사라지게?"

— 누나도 참. 전화번호는 받아 놓지…….

은서에게 들었던 얘기를 떠올리며 지영은 미간을 찌푸렸다.

"처음 집 나갔을 때 전화번호 알려 줬는데, 한번 바뀐 다음에는 알려 준 적이 없대."

— 그럼 어떻게 연락을 해?

"그니까 웃기지. 그냥 자기가 오고 싶을 때 집에 들어왔거든. 하긴, 자기 아버지 임종 때도 연락이 안 닿아서 언니 혼자 장례 치렀잖아. 너두 기억나지?"

— 아, 그래. 너랑 갔었지.

"그니까. 무슨 이런 개똥 같은 경우가 있어. 아니, 언니는 아파서 저렇게 누워 있는데. 알아야 할 거 아냐."

— 우리 지영이, 플래닛식스 팬 아니었어? 그런데 막 디스하네? 하긴, 워낙 돼먹지가 못한 상황이니. 그니까, 니 나이가 몇 갠데 이미지로 먹고사는 아이돌을 좋아하냐?

몹시 즐거운 주경원 목소리가 유난히 귀에 거슬렸다.

김지영의 목소리가 순식간에 싸늘해졌다.

"주경원."

경원의 목소리가 경직되었다.

— 응?

"너 지금 즐겁냐?"

— 아니! 그럴 리가! 작금의 사태에서 내가 어떻게 감히 즐거워할 수가……. 앗! 지영아! 비상이래! 긴급회의. 끊는다. 미안!

바람처럼 전화는 끊어졌다.

"야! 주경원!"

아무리 비상계단이라도 병원은 병원인지라 차마 평소처럼 버럭 하지 못하고 지영은 연결이 끊어진 액정 화면을 노려보았다.

두고 보자, 주경원. 내가 지금 플래닛식스 위준을 디스한다고 신이 나셨어?

지영은 전화기를 카디건 주머니 속에 넣고 다시 은서의 병실로 돌아갔다.

1인실 침대에 환자복을 입고 누워 있는 배은서는 아직도 깊이 잠들어 있다. 지영은 보호자용 의자에 앉아 차갑게 식은 일회용 컵 안의 커피를 들이켰다. 참으려고 해도 어쩔 수 없이 한숨이 터져 나온다. 그녀는 침대 가장자리에 턱을 괴고 잠들어 있는 은서에게 중얼거렸다.

"언니. 무슨 잠을 이렇게 오래 자. 아니, 그동안 얼마나 잠을 못 잔 거야?"

그날, 지영과 함께 플래닛식스와 위준의 행적을 살펴보던 날, 배은서는 두통을 호소하며 자리에서 쓰러졌다. 그러더니 고열이 치솟았고 뺨에 갑자기 붉은 발진이 돋아나기 시작했다. 급기야 지영의 차로 응급실로 향하던 도중 은서는 열을 이기지 못하고 아예 의식을 잃어버렸다.

병명은 급성 대상포진. 포진이 뇌로 번지면 목숨도 위험하다며 조금만 늦게 도착했어도 손을 쓸 수 없었을 거라고 했다. 응급실에 도착하자마자 급하게 처치를 받았고 연달아 주사를 맞았다. 곧바로 입원 수속을 밟았고 직장에 병가도 냈다. 이 모든 것을 지영이 혼자 다 처리했다. 세상에 배은서의 가족은 없다는 걸, 너무도 잘 알고 있었기 때문이다.

16년 전, 분당 배꽃마을에 살았던 사람이라면 모를 수가 없었다. 배은서 부모의 음독자살 사건은 메가톤급 충격이었으니까. 당시 중학생이었던 지영도 엄마와 이웃들이 하는 얘기를 들어 잘 알고 있었다.

배은서의 아버지 회사는 나름 잘나가던 중견 기업이었지만 사금융 연쇄 부도 앞에 무너진 거라고 했다. 순식간에 돈줄이 막혔고 회사는 공중분해되었다. 분당 큰 아파트에서 남부럽지 않게 살던 가족도 하루아침에 살인적인 빚더미에 올라앉았다. 결국 은서의 부모가 택한 것은 다 함께 죽는 길이었다. 여행을 가자며 외동딸을 꼬드겼다고 훗날 소문이 돌았다. 하지만 그

와중에도 1등을 놓치고 싶지 않았던 배은서는 영어 듣기 평가를 치려고 도중에 학교 앞에 내렸단다. 시험만 치고 조퇴를 한 뒤 금세 나오겠다며 부모를 설득했다고 했다. 하지만 배은서가 교문 밖으로 뛰어나왔을 때, 기다리겠다던 부모는 보이지 않았다. 대신 아무 연고도 없는 인천의 어느 외진 국도에 버려진 차 안에서 나란히 죽은 채 발견되었다. 차에는 배은서의 부모가 나란히 소주에 타 마신 청산가리와 하나밖에 없는 딸에게 남긴 유서가 발견되었다고 했다.

다른 사람도 아닌 배은서였다. 배꽃고등학교 전교 회장 배은서. 초등학교 시절부터 단 한 번도 전교 1등을 놓친 적이 없는 수재. 공부만 잘하는 게 아니었다. 훤칠한 키에 예쁘장한 얼굴, 게다가 성격마저 좋았다. 소위 엄친딸 중의 엄친딸. 비교적 여유 있는 사람들이 모여 사는 배꽃마을에서도 배은서는 모든 여자아이들의 '워너비'였고 남자아이들에게는 빛나는 첫사랑이었다.

그런 배은서가 하루아침에 집이 망하고 부모도 잃었다. 죽은 부모의 막대한 빚을 떠안지 않으려 일가친척이 전부 배은서를 외면했다고 했다. 그리고 어느 날 배은서는 소리 소문도 없이 사라져 버렸다. 어디서도 배은서의 흔적을 찾을 수가 없자 당시 주경원은 식음을 전폐해 버렸다. 그때만 해도 주경원은 오로지 '은서 누나'밖에 모르는 순둥이 중학생이었다.

'야! 남자가 울어서 되는 게 뭐가 있냐?'

연락을 받은 지영이 달려가 욕도 해 보고, 때려도 보고, 달래도 보았지만 소용없었다. 평소 자기주장이라곤 없는 녀석이 그렇게까지 고집이 셀 줄은 몰랐다. 결국 지영은 학교도 빼먹고 직접 배은서를 찾아 나섰다. 그렇게 일주일을 찾아 헤맸나? 그토록 빛이 나던 배은서 언니를 다시 만난 곳은 상상도 하지 못한 동네 허름한 골목에서였다. 은서는 낯선 교복을 입고 낯선 표정으로 서 있었다.

주머니 안에 있던 핸드폰이 부르르 떨었다. 지영은 회상을 멈추고 주머니에 손을 넣어 전화기를 꺼냈다. 친구 수란이었다.

"여보세요."

지영이 목소리를 낮춰 전화를 받자 수란이 대뜸 물었다.

— 너 아직도 병원이야?

지영은 시무룩해서 답했다.

"그래."

— 보호자는? 그 언니 남편 있다면서?

"연락이 안 돼."

— 앗! 그 언니 남편도 혹시 바람났니?

지영은 쓰게 입맛을 다셨다. 사실대로 말할 수도 없고, 죽을 맛이다.

"아니. 그런 건 아니야. 그냥, 말할 수 없는 사정이 있다고 해 두자."

— 야. 그래도 그건 좀 아니다. 너 거기서 며칠째야? 니가 가족도 아닌데 너무한 거 아니야?

"경원이가 간병인 보내긴 했어. 그래도 이건 진짜……."

수란에게 푸념을 막 털어놓을 찰나, 누군가가 병실 문을 똑똑 두드렸다.

"네에……."

누군가 올 거라는 기대라곤 터럭만큼도 없었으므로 지영은 무표정한 얼굴로 전화기를 귀에 댄 채 고개를 돌렸다. 간호사나 병원 직원일 거라고 생각했다.

"들어오세……."

그러곤 그만, 돌처럼 굳어져 버렸다.

— 야! 김지영! 너 왜 그래?

전화기 너머에서 밀린 수다를 풀고 싶은 수란이 재촉해서 불렀지만 얼어 버린 목소리가 입 밖으로 나오질 않았다.

"어……. 어……!"

지영은 아무 말도 못 하고 전화기를 끊었다. 문이 열리고 들어온 홀쭉한 사람이 푹 눌러쓰고 있던 검정색 야구 모자를 벗었던 것이다. 지영의 눈이 휘둥그레졌다.

"여기, 어, 어떻게…… 알고……? 위준!"

인터넷 연예 전문지 '디스뱃지'의 기자 홍미란은 마침 폐렴 증세로 입원해 있는 할머니를 문병하던 참이었다. 외근으로 근처에 왔다가 할머니가 단팥빵을 드시고 싶어 한다는 엄마 전화에 한 봉지 사서 달려왔지만, 할머니는 주무시고 계셨다. 결국 빵 봉지만 놓고 조용히 병실 문을 닫고 나가려던 차, 어디서 많이 본 몽타주를 발견하고 눈이 번쩍 뜨였다.

절대 잘못 볼 수 없는, 육중한 몸매와 밝은 색 곱슬머리. 바로 탑 ENT의 구장철 실장이다.

말이 실장이지, 실제론 사장과 함께 탑 ENT를 시작했고 회사에서의 지분이나 영향력 역시 사장 못지않다고 들었다. 탑 ENT의 보배, 플래닛식스를 직접 관리하기 위해서 책임 매니저 자리인 '실장' 직함을 놓지 않는 것뿐이라고 들었다. 바로 그 구 실장이 서글서글한 얼굴로 병동 데스크에 음료수 상자를 들이 밀며 간호사와 무언가 얘기 중이었다.

뭐, 구 실장도 친인척 병문안을 왔을 수 있지. 하지만…….

홍미란은 검정 뿔테 안경을 손등으로 추켜올렸다.

뭔가, 촉이 온다.

단순히 친인척을 보러 온 것 같은 분위기가 아니란 말이지.

미란은 본능적으로 기둥 뒤로 몸을 숨겼다. 그리고 가만히 구장철을 주시하기 시작했다. 뭔가 한참 동안 간호사와 이야기를 나누던 그는 양손을 바지 주머니에 넣고 휴게실로 너털너털 걸어갔다. 잠시 망설이던 홍미란은 등에 짊어지고 있던 백 팩에서 벙거지 모자를 꺼내 머리에 눌러썼다. 그러고는 두근거리는 가슴을 억누르며 휴게실로 가만히 들어갔다. 마침 구 실장은 핸드폰으로 누군가와 채팅 하느라 바빠, 곁을 조용히 가로질러 뒷줄 빈 의자에 자리 잡고 앉는 홍미란을 신경 쓸 겨를이 없었다.

누구와 무슨 채팅 중일까?

궁금증을 참지 못하고 빼꼼 고개를 들어 구장철의 어깨 너머를 엿보려는데, 누군가가 휴게실 안으로 들어섰다. 처음 보는 젊은 여자다. 밝게 염색한 머리에 늘씬한 몸매, 딱 봐도 고급스러워 보이는 옷차림. 나이는 20대 후반?

구장철이 자리에서 벌떡 일어섰다.

"아, 판사님 돌봐 주신 분이시죠?"

또렷한 눈매를 가진 여자가 구장철을 위아래로 훑어보았다.

"그쪽은……. 매니저님?"

구장철은 유난히 여자에게 굽실거렸다.

"네. 탑 ENT 구장철이라고 합니다. 여기, 제 명함 받으시죠."

구장철의 명함을 받아 든 여자는 예의 바르게 미소 지었다.

"저는 지금 명함이 없네요. 김지영입니다. 그러니까, 음, 후배예요."

"예. 그러시군요. 어쨌든 정말 감사드립니다."

구장철은 몸에서 쓸개라도 다 빼 줄 기세였다.

"좀 전에 다 들었습니다. 판사님 직접 병원으로 모시고 오셨다고. 내내 곁을 지키며 간병해 주시고."

의자에 앉아 있던 홍미란의 귀가 쫑긋해졌다.

판사? 판사가 입원해 있는 거야? 그런데 왜 구 실장이 이렇게 굽실거리는 걸까?

여자의 목소리에 별안간 노기가 서렸다.

"아니, 사람이 어떻게 그렇게까지 연락이 안 될 수 있어요? 초면에 화내고 따지는 거, 저 싫은데요. 그래도 좀 여쭤 봐야

156

할 것 같아요. 제가 진짜, 할 수 있는 모든 인맥은 다 풀었거든요. 사람이 저 지경으로 쓰러져 누워 있는데, 소식 아셔야 할 것 같아서요. 그런데 다 블록당한 거, 아시죠?"

구 실장이 쩔쩔매며 양손을 비볐다.

"저희 사정도 좀 이해해 주십시오. 워낙, 입장이……. 아시다시피, 그래서 말이죠."

고개를 처박고 핸드폰을 들여다보는 척하던 미란은 눈살을 찌푸렸다. '저희'는 누구고, '입장'이란 뭘까. 탑 ENT의 구 실장이 '저희'라고 부른다면 누굴 가리키는 걸까?

"다행히 저희도 계속 확인은 하고 있었거든요. 판사님이 며칠째 집에 안 들어오신 거 알고, 걱정이 돼서 수소문하다 보니……. 이렇게, 여기까지……. 하하. 그래도 이렇게 직접 뵈니 안심이 될 겁니다. 암요, 안심하고 말구요."

순간 여자의 언성이 커졌다.

"안심이오? 누가 안심이 되면 뭐 어쩔 건데요? 아무리 그래도 엄연히 부부인데 연락처도 모른다는 게 말이 된다고 생각하세요?"

단 한마디가 홍미란의 귀로 쏙 들어왔다.

부부?

여자의 말이 떨어지기가 무섭게 구장철은 주변을 둘러보며 목소리를 낮추고 더욱 굽실거리기 시작했다.

"예에에. 저희가 잘못했습니다. 바로 판사님께 저희 직통 연락처를 알려 드리겠습니다."

"사람이 지금 혼수상태인데 연락처 알려 줘서 어디다 쓰게요? 저한테 주세요."

구장철이 화들짝 놀랐다.

"예에? 하지만 그건……."

여자는 짜증 난다는 투로 말했다.

"쓸데없이 전화도 안 할 거고 주변에 유포도 안 할 거니까 걱정은 마시고. 이런 일이 또 있으면 안 될 것 아니에요."

여자의 단호한 태도에 구장철은 어쩔 수 없이 여자가 내민 핸드폰에 전화번호를 찍어 주었다.

"혹시 모르니 매니저님 전화번호도 찍어 주세요."

"아, 예. 그러죠."

구장철은 한시름 놓은 투였다.

"그냥, 무슨 일이 있으면, 바로 저한테 연락하심 됩니다."

바짝 날이 서 있던 여자의 말투가 전화번호를 받자마자 언제 그랬냐는 듯 금세 사근사근해졌다.

"매니저님, 커피 한잔 드실래요? 병실 지키느라 저도 밖에 나가질 못해서요. 사람 있을 때, 저도 먹을 것도 좀 사 오고 해야겠어요."

"아, 그러실까요?"

두 사람은 어깨를 나란히 하고 휴게실을 빠져나갔다. 하하호호 유쾌한 여자의 웃음소리도 점점 멀어졌다. 홍미란은 쥐고 있던 핸드폰을 내려놓고 고개를 번쩍 들었다. 방금 김지영이라는 여자와 탑 ENT 구 실장의 대화에 중요한, 아주 중요한 뭔가

가 있다는 강력한 예감이 쓰나미처럼 덮쳤다.

가만 있자. 그게 뭘까? 조금 전 두 사람은 누구에 대한 얘기를 나눈 걸까?

판사, 매니저, 부부, 위치, 연락이 통 안 되는 '저희'?

대체 누구지?

잔뜩 얼굴을 찌푸리며 두 사람의 대화를 곰곰이 더듬어 보던 미란에게 스치는 기억이 있었다. 그 여자가 분명 '사람 있을 때'라고 했다. 그 판사 곁에 지금 구장철과 함께 온 누군가가 있는 것이다.

탑 ENT의 누구지? 설마 플래닛식스?

홍미란은 벌떡 일어나 휴게실을 뛰쳐나갔다. 이 휴게실로 나란히 들어왔으니 이곳에 있는 병실 중 하나인 게 확실했다. 누군가가 분명히 구장철과 이곳에 왔다. 왜 병원에 오는지, 판사는 또 누구인지 알 수 없지만, 대박이 될 조짐이 있는 뭔가가 있다는 사실만큼은 확실해 보였다. 그녀는 자신이 서 있는 11층 병동과 병실들을 죽 둘러보았다.

도대체 어느 병실일까?

6

웅웅웅. 아귀가 맞지 않는 창틈을 통과할 때마다 음산한 바람이 울었다. 바람이 조금이라도 거세질 때면 창틀에 두껍게 붙여 놓은 청 테이프가 타닥타닥 요란한 소리를 내며 떨렸다. 하얗게 성에가 가득한 창문 너머 나풀나풀 눈송이가 떨어지고 있었다. 기억 속에 몹시 익숙한 공덕동 집이다.

은서는 주변을 둘러보았다.

여기는 왜 왔을까.

지나간 시간, 과거와 또 과거. 크리스마스 악몽에 갇힌 스크루지 영감처럼, 꿈속에서 그녀는 지나간 시간과 기억들을 끝없이 여행했다.

어째서 이런 꿈을 계속 꾸는 걸까. 무엇을 마주하고, 무엇을 찾아야 하는 걸까? 이 기억은 또 언제 적이지?

은서는 창문 건너편으로 고개를 돌렸다. 아저씨가 항상 달력을 걸어두던 자리다.

12월 24일.

아. 생각이 날 것 같다. 처음으로 2차 시험을 치던 해다.

그러니까, 대학교 3학년 때. 사법 고시 1차는 붙었고 2차는 떨어졌다. 처음이라 괜찮다고, 시작한 지 얼마 안 되어 1차 붙은 것도 대단하다고 아저씨가 덩실덩실 춤을 추었던 기억이 난다.

오랜만에 홀가분한 심정으로 집으로 돌아왔을 때. 그때 외풍을 막기 위해 창틀에 붙인 테이프 위에 덧붙여 놓은 청 테이프를 보았던 기억이 난다. 그 사이를 비집고 바람이 새 들어오는 걸 봤던 기억도 난다. 부엌이 붙어 있는 큰방 하나, 작은방 하나, 좁은 욕실이 전부이던 연립에서 23평짜리 휘경동 아파트로 옮겨 가기로 한 날이 얼마 안 남은 시점이라, 수리를 포기한 낡은 집은 곳곳이 누덕누덕했다.

따르릉 전화가 울렸다. 저도 모르게 은서는 전화기를 집었다.

'여보세요.'

— 은서니? 아이고, 다행이다. 은서, 니가 집에 벌써 왔구나!

아저씨 목소리다.

'아저씨……?'

반갑기만 한 아저씨 목소리는 어딘지 모르게 다급했다.

— 준희는 좀 어때? 열 좀 떨어졌니?

은서는 저도 모르게 홱 돌아보았다. 상세한 기억이 물밀 듯이 밀려 들어오며, 아까는 보이지 않던 광경들이 눈앞에 펼쳐졌다. 이 집의 유일한 안방이자 거실인 큰방 아랫목에 준희가 누워 끙끙 앓고 있다.

은서가 모처럼 고시원에서 집으로 돌아온 크리스마스이브 저녁, 열두 살 위준희는 화장실 바닥에 잔뜩 토해 놓고 몸을 덜덜 떨며 쓰러져 있었다. 깜짝 놀라 따뜻한 바닥에 눕히고 이불을 덮어 주었다. 입술이 마른 것 같아 물을 좀 먹였는데, 이불에 또 토해 놓았다. 그때다. 준희가 아파서 들쳐 업고 달렸던 크리스마스이브. 그때의 기억이다.

'열도 그대로고, 계속 토하고 있어요.'

— 내가 빨리 가려고 했는데 오늘이 크리스마스이브인 데다 눈까지 내리니, 길이 꽉 막혔다. 아무리 기다려도 버스가 오질 않네.

'택시는요?'

— 택시는 보이지도 않아. 눈이 안 내려도 오늘 같은 날은 택시 잡을 수가 없거든. 아, 진짜 죽겠네. 마음은 급해 죽겠는데, 방법은 없고. 미치겠다, 아주.

'아저씨, 걱정 마시고 천천히 오세요. 제가 있잖아요. 준희, 괜찮을 거예요.'

은서의 말에 아저씨는 조금 안심이 되는 눈치였다.

— 조금만. 은서야, 조금만 버티고 있어라. 아저씨가 금방 갈게.

'네. 아무 걱정 마세요.'

전화를 끊고 은서는 준희가 토해 놓은 이불을 치웠다. 준희의 하얀 얼굴은 고열로 불그스름하게 물들었다. 그녀는 준희의 이마를 짚어 보았다. 뜨겁다.

'준희야. 좀 어때? 정신 좀 차려 봐. 누나 왔어. 준희야?'

준희가 힘겹게 기다란 속눈썹을 들어 올렸다. 열에 들뜬 얼굴이 순간 더욱 붉어지는 것 같았다.

'니가 왜…… 누나야.'

그러더니 이내 다시 눈을 감는다.

'준희야. 준희야? 위준희!'

준희의 뺨을 탁탁 쳐 보았다. 뭔가 이상했다. 조금 전까지도 오한으로 덜덜 떨던 아이의 몸이 일순 축 늘어진다. 불안한 감정이 확 덮쳤다. 의학적 지식이라곤 한 톨만큼도 없지만 본능으로 알았다. 아이가 늘어진다는 건 좋지 않은 신호다.

'준희야! 준희야!'

저도 모르게 목소리도 커지고 아이의 뺨을 두드리는 손바닥에 힘도 들어갔다.

위준희가 힘겹게 눈을 떴다. 은서를 보려고 나름 애쓰는 것 같았다.

'어…… 배은…….'

툭, 떨어지듯 눈이 다시 감겼다.

조금 전까지도 불그스름하던 준희의 얼굴에 아예 얼룩덜룩 붉은 반점이 번지기 시작했다. 은서는 벌떡 일어섰다.

병원에 가야 한다. 뭔가, 잘못됐다.

그녀는 울음과 같은 비명을 터뜨렸다.

'위준희!'

기억 속 장면이 순식간에 바뀌었다.

조금 전까지 나풀나풀 예쁘게 떨어지던 눈은 어느새 눈보라가 되어 무서운 기세로 쏟아졌다. 인적 없는 거리와 도로는 어느새 하얀 눈 세계가 되어 있었다. 하얗게 쌓인 눈을 밟을 때마다 뽀드득 소리가 울려 퍼졌다. 은서는 160센티미터에 육박하는 준희를 들쳐 업고 땀을 비 오듯 쏟으며 눈 쌓인 골목길을 걷고 있었다. 열두 살 위준희는 아직 은서보다 8센티가 작았지만, 고열로 의식 없이 늘어져 있는 데다 기본적으로 사내아이였기 때문에 참을 수 없을 정도로 무거웠다. 한 발, 한 발 내디딜 때마다 무릎 아래쪽이 후들후들 떨렸다. 어깨 앞쪽으로 늘어진 아이가 숨을 내쉴 때마다 비정상적으로 뜨거운 열기가 느껴졌다.

'준희야, 좀만 참아. 저기까지 나가면 택시 타자. 응?'

헉헉, 턱에 닿는 숨을 몰아쉬며 열심히 말을 걸어 보지만 대답은 없다. 대답이 없는 아이가 불안해서 잠깐씩 돌아보면 '쌕쌕' 숨소리가 들렸다. 그 숨소리에 마음을 놓고 은서는 다시 걸었다. 머리 위로 눈이 쌓이고 등에 업은 준희의 몸에도 눈이 쌓였다. 하지만 그녀의 얼굴에는 땀이 비 오듯 쏟아지고 있었다. 제 키만 한 소년을 옮기느라 열이 나는 것인지, 고열에 시달리는 준희에게 떨어진 눈이 녹아서 젖어드는 건지 알 수 없었다. 그저 한시라도 빨리, 병원에 데리고 가야겠다는 일념뿐이었다.

그렇게 초인적인 힘으로 제 덩치만 한 아이를 들쳐 업고 큰

사거리까지 걸어 나갔다. 잠깐이라도 멈추면 아이를 업은 채 무너질 것 같아서, 걸음을 멈출 수가 없었다. 반면 심장은 불안하게 요동쳤다. 제때에 병원에 도착하지 못할까 봐, 그래서 준희가 잘못될까 봐 두려워 미칠 것만 같았다.

준희를 잃을 수는 없었다.

아저씨도 잃을 수 없었다.

은서는 눈보라가 몰아치는 밤거리를 응시하면서, 큰소리로 준희에게 말을 걸었다.

'준희야, 조금만 버텨. 택시가 금방 올 거야. 준희야, 위준희? 듣고 있지?'

대답은 여전히 없다. 숨소리도 약해지는 것 같다.

안 돼.

'준희야! 정신 차려! 위준희!'

비 오듯 떨어지는 땀방울 사이로 불안과 두려움이 범벅이 된 눈물이 터져 나오던 순간, 기적과 같이 택시가 나타났다. 원래 쉬는 날인데 혹시나 싶어 나와 봤다는 택시 기사는 고열에 신음하며 하얀 눈에 덮인 준희와 당장이라도 고꾸라질 듯 환자를 들쳐 업고 있는 은서를 본 순간 눈이 휘둥그레졌다.

'병원? 여기서 제일 가까운 데는 서울역 뒤편, 소화 아동 병원이지. 어서 가 보자고.'

택시가 엉금엉금 눈길을 달려 병원 응급실에 도착했다. 택시 기사와 병원 직원의 도움으로 준희를 데리고 안으로 들어갔다. 의료진이 달려와 준희의 상의를 벗겼다. 열을 떨어뜨리기 위해 얼음 마사지가 시작되었고 주삿바늘을 통해 수액이 들어 갔다. 피검사가 이루어졌고 엑스레이도 찍었다.

눈과 땀에 흠뻑 젖은 채, 은서는 자신이 덜덜 떨고 있다는 것도 알아차리지 못했다. 보다 못한 누군가가 담요를 한 장 가 져다 걸쳐 주었다. 당장이라도 쓰러질 것 같지만 도저히 긴장 을 늦출 수가 없었다. 이를 악물고 준희의 곁에서 아저씨가 도 착하기만을 기다렸다.

그사이 피검사 결과가 나왔다. 살모넬라 장염.

아이가 뭔가 균에 감염된 음식물에 노출된 거라고 했다. 한 동안 입원을 해야 하고, 입원 치료를 받고 나면 괜찮아질 거라 고 했다. 아저씨가 뒤늦게 달려왔을 때 준희는 열이 한풀 떨어 졌고 막 입원실로 옮긴 후였다.

'은서야!'

아저씨의 목소리를 들었을 뿐인데, 그녀는 정신이 다 번쩍 들었다. 병원 복도 끝에서 걸어오는 아저씨의 모습이 눈에 들 어왔다.

'아저씨!'

반가움과 안도감이 확 몰려들었다. 코끝이 찡해지며 눈시울 이 붉어졌다. 아니, 그것은 단순히 기다렸던 아저씨가 도착한 것에 대한 안도감이 아니었다.

'아저씨!'

성큼성큼 다가오는 아저씨는 그녀의 기억 속에 아프게 남아 있는 마지막 모습이 아니다. 투병하기 전, 훨씬 더 젊고 활기

넘치던 때의 모습. 언제나 유니폼처럼 입고 있던 낡은 오리털 점퍼를 입고, 걱정과 불안과 안도가 뒤섞인 눈을 빛내며 그녀를 향해 걸어오고 있었다.

'왜 울어? 준희 장염이라면서? 아저씨가 응급실에 먼저 들렀거든. 얘기 다 들었어. 은서야? 은서야? 아저씨 왔는데 왜 울어? 이제 안심해도 되는데.'

뜨거운 눈물이 방울방울 연달아 떨어졌다.

'이 자식, 많이 놀랐구나. 그렇지?'

아저씨가 한 팔로 그녀를 안아 주었다. 담배 냄새와 소주 냄새가 뒤섞인 아저씨 특유의 냄새가 났다.

아, 진짜 아저씨다. 아저씨, 아저씨! 얼마나 보고 싶었는데, 얼마나 보고 싶었는지 모르는데.

'왜…… 이제야 오신 거예요.'

'미안하다. 마음 같아선 막 날아서 오고 싶었지. 니가 고생이 많았구나. 그런 거지?'

은서는 아저씨의 팔을 붙들고 펑펑 눈물을 쏟았다. 한 번도, 단 한 번도 다른 사람 앞에서 이처럼 울어 본 적이 없었다. 아저씨는 조금 놀란 눈치였다.

'은서야. 무슨 일이 있었니? 준희 때문이야?'

네, 맞아요. 준희, 준희 때문이에요.

서러움에 복받쳐 은서는 고개만 끄덕거렸다.

'아, 이 녀석. 어디서 뭘 먹었길래. 아무튼, 왜 저렇게 매사 속을 썩이는지 모르겠다.'

하얗게 군은살이 박인 두툼한 손으로 아저씨가 그녀의 머리를 쓰다듬어 주었다.

'내가 다 안다. 니가 저놈 때문에 많이 참고 많이 고생한 거. 내가 안다, 은서야.'

아저씨의 손길이 따뜻할수록 그녀의 눈물은 더 뜨거워졌다.

'아저씨……. 준희가 우릴 속였어요. 아저씨도, 저도 아무것도 몰랐어요.'

'이 자식, 내가 가만두지 않을 거야. 어디서 감히 우리를 속여!'

'우리 준희가 한류 스타래요, 아저씨. 세상이 다 아는 유명한 아이돌이래요. 저만 몰랐어요. 저만 아무것도 몰랐어요.'

'지 놈이 작정하고 입을 다무는데 니가 무슨 수로 알아. 니 잘못이 아니다. 은서 넌 잘못한 거 하나도 없다!'

'아저씨, 전 그것도 모르고 준희를, 그 애를…… 형편없는 애로 오해했어요. 믿어 주지 않았어요. 몸 팔고 마약하는 줄 알고…….'

'그러니까 평소에 지가 똑바로 했어야지. 한두 살 먹은 어린애도 아니고, 쫓아다니면서 챙겨 줄 수도 없잖니?'

눈물이 끊임없이 흘러내렸다. 은서는 아저씨의 팔을 붙들고 어리광을 부리듯 매달렸다.

'아저씨, 왜 여태 한 번도 안 오셨어요? 너무 보고 싶었어요. 너무너무 보고 싶었는데 왜 한 번도 안 오셨어요?'

아저씨가 말을 멈추고 그녀의 얼굴을 쳐다보았다.

이 순간, 그녀는 너무도 잘 알고 있었다. 아저씨는 이미 죽은 사람이다. 폐암으로 고통스럽게 투병하다 그녀의 손을 잡고 세상을 떠났다. 지금 눈앞에 있는 사람은 이 세상 사람이 아니다. 진짜 아저씨지만, 진짜 아저씨가 아니다.

그렇다고 무섭거나 두려운 건 아니다. 어느 세계에 있는 사람이든, 어떤 상태이든, 사람이든 귀신이든, 아저씨는 아저씨다. 세상이 전부 등을 돌린 그 순간에도 배은서에게 손을 내밀어 준 사람. 자신의 모든 것을 희생시켜 가며 그녀를 딸로 받아들여 준 사람. 사람이 사람에게 줄 수 있는 진짜 사랑을 죽는 순간까지 증명해 준 사람. 그 사람이 바로 아저씨다.

아저씨를 떠나보내고 홀로 휘경동 집을 지키며, 사무치게 그리운 순간들이 있었다. 그럴 때면 맥주 한 캔을 마시고 아저씨의 꿈을 꾸자며 눈을 감곤 했다. 하지만 아무리 꿈속을 헤매도, 아무리 시간 속을 헤매도 아저씨는 한 번도 나타나 주지 않았다. 그래서 늘 서운하고, 늘 서러웠는데…….

'아저씨! 그곳은 어때요? 좋아요? 이번엔 좋은 분 만나셨어요? 새엄마 생겨도 준희, 화내지 않을 거예요. 아저씨도 아시잖아요.'

아저씨는 아무 말도 하지 않고 언제나처럼 따스한 시선으로 그녀를 쳐다보았다.

'자주 좀 오세요. 너무나 그립단 말예요. 아저씨 목소리도 너무 듣고 싶었어요. 네?'

다시 한 번 아저씨가 그녀의 머리를 쓰다듬었다. 아저씨의 옷이 바뀌었다는 생각을 했다. 어느새 아저씨는 낡은 오리털 점퍼 대신 편안해 보이는 푸른색 셔츠를 입고 있었다.

'은서야. 할 말이 있다면 다 해. 아저씨한테는 해도 된다. 혼자 삭이지 말고, 다 말하렴.'

언젠가 혼자 웅크리고 있는 그녀에게 아저씨가 했던 말. 그녀는 씁쓸하게 웃었다.

'어떻게 아셨어요. 준희가…….'

'혼자 맘고생하지 말았음 좋겠는데. 나는, 은서야…….'

'아저씨. 준희가 절더러…….'

은서는 차마 아저씨의 얼굴을 볼 용기가 나지 않았다. 고개를 숙이고 아저씨의 소매를 잡았다.

'걔가 저를…… 여자래요, 아저씨.'

아저씨는 대꾸가 없었다.

'어이가 좀 없죠? 그쵸?'

그녀는 여전히 고개를 들지 못했다.

'알아듣게 타이르려고 했는데, 말을 안 들어요. 이젠 걔도 너무 커 버려서…….'

아저씨가 아무 말이 없으니 마음이 불안해졌다. 은서는 고개를 들고 아저씨를 쳐다보았다. 담담히 그녀를 보고 있는 아저씨의 눈빛은 여전히 따뜻했다.

'아저씨가 얘기 좀 해 주시면 안 돼요? 걔가 혼인 관계를 들먹이는데…….'

은서는 아저씨를 똑바로 쳐다보지 못하고 시선을 다시 내리깔았다.

'남자와 여자라고, 걔하고 제가요. 아, 진짜 말도 안 되죠? 그죠?'

잠깐 멈추었던 눈물이 다시 흘러내렸다. 붙들고 있던 아저씨의 소매가 어느새 사라지고 없었다. 은서는 직감으로 알았다. 아저씨는 다시 가 버렸다.

'전, 무서워요. 아저씨…….'

잃을까 봐서요. 아저씨도 곁에 없는데 준희까지 잃게 될까 봐, 무서워요.

무서워요, 아저씨.

"은서야. 배은서?"

잠에서 깨어난 은서는 잠시 어리둥절해졌다.

눈을 떴는데도 하얀 병원 천장과 창문이 보였다. 아니, 꿈에서 봤던 병원이랑은 다른 것도 같다. 꿈에서 보았던 아동 병원이 아니었다. 베이지 색 커튼이 드리워져 있고, 건너편에 입원 시 주의 사항이 적혀 있는 액자가 걸려 있고, 꽃이 놓여 있다. 분홍색, 빨간색, 노란색, 연두색, 하늘색.

가만, 하늘색 꽃도 있나? 아직도 꿈속인가?

"깼어?"

익숙한 목소리가 귓전을 때렸다.

옆으로 시선을 돌리자 걱정스러운 준희의 얼굴이 보였다. 꿈속에서 보았던 소년의 얼굴이 아니다. 아픈 얼굴도 아니다.

확실히 꿈은 아니다. 꿈은 아니지만 그녀는 지금 병원에 있다. 침대에 누워 있고, 손등에 수액이 연결된 주사도 꽂고 있다. 따끔한 주삿바늘의 느낌과 팔의 혈관을 통해 흘러 들어가는 차가운 액체의 느낌이 절대 꿈이 아님을 증명하고 있다.

"내가 왜 병원에 있어? 넌 또 어떻게 여기 있고?"

스스로 생각해 봐도 얼빠진 질문이었다. 분명히 비웃을 거라고 생각했는데, 녀석은 조금도 비웃지 않았다. 대신 진지하게 되물었다.

"무슨 잠을 그렇게 오래 자? 너 평소에 잠이라곤 안 자고 일만 해?"

아주 오랫동안, 헤아릴 수도 없이 많은 꿈속을 헤맸던 느낌만은 생생했다.

"그럼 내가 잠들어 버린 거야? 그래서 여기 데려온 거야?"

준희의 기다란 손가락이 그녀의 이마를 살짝 튕겼다.

"바보야. 잠잔다고 입원하는 사람도 있냐? 너 아팠어. 대상포진이래."

"대상포진?"

은서는 눈살을 찌푸렸다. 그런 병명은 어디서 들어 본 것도 같다.

"어른들이 걸리는 수두 같은 거래. 너 후배, 음, 이름이 김지영? 그 사람이 너 입원시키고, 간병도 오랫동안 했어."

지영이가?

은서는 가만가만 기억을 더듬었다. 지영이 집으로 찾아와 함께 태블릿으로 플래닛식스와 준희를 검색해 보았던 기억이 어렴풋이 떠올랐다.

"지영이가 너한테 연락했구나?"

위준희가 살짝 웃었다.

"아니."

"그럼 어떻게 왔어?"

"너 집에 안 들어온다고 이상하다고 민수한테서 연락 왔어. 그래서 법원에 직접 확인했어."

그녀는 눈을 깜빡거렸다.

"민수?"

"내 친구 공민수. 같은 아파트 살잖아."

난생처음 듣는 얘기였다.

"니 친구가 우리 아파트에 살아?"

어리둥절해서 물어보는데 위준희가 슬그머니 시선을 돌렸다.

"응. 작년에 우연히, 이사 온 거야. 알고 보니 그렇게 되었더라고."

"니 친구가 우리 집에 들렀던 거야? 그런데 내가 집에 없었고?"

"응. 말하자면 그런 셈이지. 참, 너 배 안 고파? 뭐 좀 먹어야지. 아, 먹어도 되나? 맞다. 여태 잠만 자고 이제 막 깨어났는데 의사한테 알려야 하겠지? 잠깐만 기다려 봐."

간호사를 부르러 병실을 나갈 거라고 생각했는데, 위준희는 나가지 않았다. 대신 주머니에서 핸드폰을 꺼내 누군가에게 전화를 걸었다.

"형. 은서 깼어요. 네. 네. 당연하지. 의사 만나 봐야지. 알았어요."

은서는 가만히 준희를 지켜보았다. 누구와의 통화인지 짐작할 수 있을 것 같다.

"매니저?"

"응."

준희는 무심한 표정으로 전화를 다시 주머니에 넣었다.

"그래, 그렇겠구나. 당연히 함께 왔겠지."

모든 게 다 밝혀진 지금이 차라리 편한 모양이다. 녀석은 홀가분한 얼굴로 그녀에게 고개를 끄덕였다.

"응."

"지금 밖에 계셔?"

"응."

"나도 인사는 해야겠다. 그치?"

"응. 너 깬 거 알았으니 안 불러도 올 거야."

가볍게 노크 소리가 들렸다.

"네."

대답이 채 끝나기도 전에 미닫이문이 열리며 귀여운 인상의 간호사가 바람처럼 들어왔다.

"배은서님, 깨셨다구요?"

침대 곁에 앉아 있던 준희가 벌떡 일어나 발치로 비켜났다.

"네."

"체온이랑 혈압 확인 좀 하겠습니다."

말을 하면서도 간호사는 벌써부터 체온을 재기 시작했다. 척척 혈압도 체크하고 능숙한 솜씨로 차트에 무언가를 적었다.

"담당 의사 선생님께 콜 했으니 좀 기다리시면 오실 거예요. 보호자분은……."

야무지게 은서의 이불을 다듬어 주고 발치에 서 있는 준희를 향해 돌아서던 간호사가 갑자기 말문이 막힌 듯 조용해졌다. 마주 보고 서 있던 위준희가 어색하게 미소 지었다.

"제가, 보호자……입니다."

"네? 네! 위, 위준? 위준님. 아!"

간호사의 얼굴이 시뻘게졌다. 그녀는 다리가 풀린 듯 침대 난간을 짚고 90도로 깍듯이 허리를 숙여 인사를 했다. 그러더니 그것이 부끄러워 고개를 들지도 못하고 병실을 빠져나갔다. 그런 모양을 신기한 기분으로 은서는 지켜보고 있었다.

"네 팬인가 봐. 그치?"

"생각지도 못해서 그런 거지. 갑자기 연예인이 있으니까."

"그냥 연예인이 아니지. 너 플래닛식스잖아. 플래닛식스 위준."

준희의 얼굴이 살짝 붉어졌다. 은서를 똑바로 보지도 못하고 오랫동안 마음에 담아 두었던 말을 했다.

"어……. 미, 미안해. 속이고 싶진 않았는데……."

그런 준희의 모습이 진심으로 귀엽게 느껴졌다. 은서는 오랜만에 활짝 웃었다.

"왜 말 안 했어. 진작 말했으면 내가 얼마나 자랑하고 다녔게."

위준희는 계속해서 그녀의 눈길을 피하고 있었다.

"어떻게…… 내 입으로 말 하냐. 쪽, 쪽팔리게."

"뭐가 쪽팔려. 세상에, 그렇게 대단한 스타가 되었는데, 어떻게 나만 딱 몰랐지."

점점 더 붉어지는 얼굴로 위준희가 입술을 비죽거렸다.

"대단하긴 개뿔."

그러더니 고개를 번쩍 들고 은서를 똑바로 보았다.

"봐, 봤어? 다?"

"응? 뭐?"

"그, 뮤직 비디오랑 무대랑……."

은서는 참을 수 없어서 웃음을 터뜨렸다.

"다는 못 봤는데 몇 개는 봤어. 흐흐. 위준희, 대단하더라. 그런 것도 할 줄은 몰랐어."

순식간에 위준희의 얼굴이 조금 전 간호사만큼 빨개졌다.

"웃지 마! 니가 이렇게 웃을까 봐. 그러니까 말을 못 꺼낸 거지!"

"왜, 귀엽던데. 흐흐흐."

"아 씨. 이럴 줄 알았어, 내가."

준희의 얼굴은 붉어지다 못해 흙빛이 되었다. 고개를 홱 돌리고 일어서려는 녀석의 손목을 은서가 다급하게 잡았다.

"준희야."

"왜."

녀석의 말투는 부루퉁했지만 손을 뿌리치진 않았다. 손끝으로 전해 오는 위준희의 온기에 그녀의 마음이 한결 더 편안해지는 것 같았다. 은서는 마음속에 눌러 놓았던 말을 꺼냈다.

"미안해."

"뭐가……."

준희는 돌아보지 않았다.

"내가 널, 음, 오해한 거. 널, 형편없는 사람 취급한 거. 얕본 거 다. 다 미안해."

진심이었다. 그녀는 꼭 사과를 해야 했다.

그깟 고등학교 졸업장이 뭐라고. 고등학교를 졸업하지 못하면 사람 구실을 못 할 거라고 오랫동안 쓸데없는 걱정만 하며 살았다.

"내가, 내가……. 지독한 편견이 있었던 거 다 미안해. 용서해 줘."

녀석은 여전히 볼멘소리였지만, 그래도 그녀가 생각했던 것보다는 너그러운 말투였다.

"됐어. 나도 잘한 거 없는걸, 뭐."

위준희의 말투에 힘입어 은서는 그보다 더 중요한 말을 꺼내기 시작했다.

"그리고, 그거 있잖아."

문득 녀석의 몸이 굳어진다고 느꼈다.

"맘 상하지 말고 들어 줘. 그날 일은 말야. 그니까, 너랑 나는, 준희야……."

녀석이 그녀의 손에 붙들려 있던 손목을 단숨에 뺐다.

"됐어. 그 얘기라면……."

그때 노크 소리가 들렸다.

"의사 왔다!"

위준희가 반색을 하며 한걸음에 달려가 문을 열었다. 덕분에 은서는 말문을 닫았다. 대신 물끄러미 안으로 들어오는 덩치 큰 곱슬머리를 쳐다보았다. 커다란 얼굴에 커다란 웃음이 함박 걸려 있었다. 위준희를 밀치고 들어오자마자 넙죽 허리를 숙이는 폼이 사람 대하는 데 이골이 난 듯 보였다.

"아이고, 판사님! 괜찮으십니까?"

그는 손에 든 명함을 냅다 들이밀었다.

"구장철이라고 합니다. 준희 녀석 매니접니다."

은서는 저도 모르게 엉망일 머리칼을 매만졌다.

"아, 네. 안녕하세요. 초면에 꼴이 이래서……."

"아닙니다, 아닙니다. 말로 듣던 것보다 훨씬 미인이시네요. 이 녀석이 그렇게 자랑한 게 다 이유가 있었네요. 이번에 판사님 병가 소식에 얼마나 사색이 되던지……."

갑자기 위준희의 팔꿈치에 옆구리를 찔린 구장철은 움찔하더니 자연스럽게 화제를 바꾸었다.

"법원에서도 아주 소문이 자자하시더라구요. 우리 배 판사님 성정이 곧으시고 판결이 아주 시원시원하시다고."

은서는 어쩔 수 없이 웃었다. 이런 식의 접대는 통 익숙해지지 않는다.

"형, 그만해. 은서 불편해."

갑자기 커다란 얼굴에서 비굴한 웃음이 싹 사라졌다.

"아, 그러실까? 불편하심 안 되지."

그제야 은서는 진심으로 너털웃음을 웃었다.

"그동안 우리 준희 돌봐 주셔서 고맙습니다."

"아이고, 별말씀을요. 준희 덕분에 저희 회사도 돈 많이 벌었는걸요. 다른 멤버들도 다 보물이지만, 위준 이놈은 재주가 많아서 아주 큰 도움이 됩니다."

위준희가 찢어진 눈 끝으로 구장철을 째려보았다. 그런 시선을 코웃음으로 되받아치며 태연하게 은서를 향해 웃어 보이는 구장철을 보니, 둘이 꽤나 편안한 사이 같아 보였다.

"그럼 그동안 친구랑 살았다는 곳이……?"

은서의 질문에 장황하게 터져 나오려는 구장철의 답을 위준희가 단 한마디로 막아 버렸다.

"숙소."

"아. 다 같이 살아?"

"원래는 그랬는데, 지금은 나가 사는 애들도 있어."

은서가 뭐라고 대꾸하려는 차에 기다렸다는 듯이 구장철이 끼어들었다.

"성신이가 연기 때문에 스케줄이 바빠서 본가로 들어갔습니다. 비에이는 일본 활동이 잦아서 숙소를 비우는 날이 더 많구요. 어쩌다 보니, 요즘 숙소에 눌러사는 놈은 위준이랑 프랫 둘밖에 없네요."

"숙소는 어디에 있나요?"

"청담동에 있는 리버뷰팰리스입니다."

청담동에 있으니 좋은 집인가 보다, 짐작하고 끄덕이는데 은서의 생각을 단번에 읽은 구장철이 웃으며 덧붙였다.

"115평짜리 펜트하우스지요."

은서는 입을 딱 벌렸다.

"와!"

구장철이 뿌듯한 듯 준희를 쳐다보았다.

"원래부터 그런 숙소에서 살았던 건 아니구요. 처음엔 마포에 있는 작은 연립에서 시작했습니다. 플래닛식스가 잘되면서 숙소도 두 번 옮긴 거구요. 애들이 사생 팬이 너무 지독해서 말이죠. 지금 사는 곳은 경비나 사생활 관리가 철저하다 보니, 함부로 사생 팬이 들어오거나 촬영할 수 없지요. 특히, 위준희 이놈이 성질머리도 깐깐하고 언론에 노출도 적어서 사생 팬이 제일 지독했어요."

"원래 낯을 많이 가려서 무대 오르고 티브이에 나오는 거 쉽지 않았을 텐데……."

은서가 중얼거리자 구장철이 코웃음 쳤다.

"판사님 모르셔서 그래요. 카메라 앞에선 완전 딴사람이랍니다. 끼가 아주……."

그러다 준희의 팔꿈치에 옆구리를 찔렸다.

"형, 뭔 말도 안 되는 소릴!"

구장철은 아픈 기색도 못 하고 억지로 웃었다.

"흐흐흐. 판사님 모르게 활동하느라 나름 고생 좀 했습니다."

어딘지 몹시 친근해 보이는 두 남자를 보며 은서는 한결 마음이 더 놓였다.

"제가…… 뭘 많이 몰라서요. 티브이도 거의 안 보고. 참, 우리 준희가 작곡도 한다던데, 그럼 숙소에 작곡 시설도 갖추어져 있나요?"

은서의 질문을 이해한 구장철이 큰 소리로 웃음을 터뜨렸다.

"하하. 숙소에만 있겠습니까. 청담동에 전용 작업실도 따로 마련해 주었습니다. 이놈, 보기에는 무뚝뚝하고 괴팍해 보이는데, 어디에 그런 감성이 있는지 모르겠습니다. 아무튼, 하늘이 내려 준 재주인 건 확실합니다. 보물이죠, 보물. 아하하하."

듣고 있던 준희가 불편한 표정으로 구장철을 노려보았다.

"아무튼 이제 판사님도 다 아셨다니 준희도 속이 편할 겁니다. 그동안 말도 못 하고 얼마나 속앓이했는지 모릅니다. 야, 위준희. 판사님 이렇게 미인이시란 얘긴 왜 안 했냐?"

환자복 입고 며칠 동안 누워 잠만 자던 꼴로 그런 소릴 들으니 무안해서 견딜 수가 없었다. 은서는 자꾸 머리를 매만졌다.

"판사님 똑똑하신 분인 건 알았는데, 이렇게 직접 뵈니 얼굴도 엄청난 동안이시고, 이렇게 예쁘시고, 준희가 와이프라면 쩔쩔맬 만 했네요. 아하하!"

어수선한 머리칼을 매만지던 은서의 손이 멎었다. 구장철 곁에 어색하게 서 있던 위준희의 얼굴도 굳었다. 불안한 눈짓으로 구장철에게 신호를 보내는 준희를 보며 은서는 마음을 단단히 먹었다.

"저기, 매니저님."

"하하, 네에?"

"전 준희 와이프가 아니에요."

구장철의 웃음소리가 뚝 그쳤다.

"예?"

은서는 얼굴에서 웃음기를 지웠다.

"사정이 있어 준희와 혼인 신고는 했지만, 저희는 진짜 부부가 아니에요."

구장철은 아무 말도 못 하고 싸늘한 얼굴의 은서와 돌처럼 굳어 있는 준희를 번갈아 쳐다보았다.

"저는 준희 아내가 아니고……."

순간, 위준희가 지그시 이를 물었다.

"배은서."

돌연 험악해진 준희를 보고 구장철이 깜짝 놀랐다. 하지만 아랑곳 않고 은서는 매니저를 보며 정색하고 말을 이었다.

"저는 준희의 누나……."

"그만해."

무시무시한 말투로 경고를 보냈지만, 배은서는 한 치도 꺾일 기세가 없었다. 조금 전 나긋나긋하고 달콤한 태도는 오간데 없이 사라졌다. 대신 그녀는 태산처럼 완강한 눈초리로 위준희를 노려보고 있었다. 구장철은 내심 놀랐다. 평소 위준희가 독한 놈이라고 생각했는데 이 판사라는 여자 역시…… 만만치 않다. 심하게 아프고 혼절했던 여자에게서 이런 기운이 느껴질 줄은 생각도 하지 못했다.

어느새 위준희의 커다란 손이 경고처럼 희고 가느다란 그녀의 손목을 잡고 있었다.

배은서가 한숨을 내쉬듯 녀석의 이름을 불렀다.

"준희야."

하지만 놀랍게도 녀석의 기세도 꺾일 줄은 몰랐다.

"입 다물어."

그녀는 위준희를 다룰 줄 아는 모양이었다. 자신의 손목을 잡고 있는 녀석의 손에 부드럽게 손을 얹었다.

"준희야. 일단 이거 놓고……."

"입 다물라고!"

자칭 처세의 달인이라는 구장철도 이때만큼은 감히 입을 열지 못했다. 작은 눈을 이리저리 굴리면서, 팽팽하게 대치 중인 위준희와 배은서 사이에서 눈치만 보고 있었다. 뭐가 어떻게 되는 건지 일단 좀 알아야 할 것 같았다.

그때였다. 드륵, 문이 열리고 김지영이 얼굴을 들이 밀었다.

"언니. 경민 오빠 왔는데……?"

일제히 문을 열고 들어오는 손님을 향해 고개를 돌렸다. 언제나 위준희의 기분을 살피는 게 습관인 구장철은 그 짧은 순간에도 놓치지 않고 보았다. 조금 전까지만 해도 버럭 성을 내던 녀석의 안색이 처참한 잿빛으로 물들어 버리는 것을.

7

악어 가방으로 유명한 명품 '머큐르' 매장은 서울에 단 두 개만 운영되고 있다. 하나는 강남 S백화점에, 다른 하나는 소공동 L호텔 아케이드에. 강남 백화점 매장은 패션에 민감한 세대를 위해 신상 위주의 제품이 판매된다면, 소공동 호텔 매장은 주로 상류층 혼수용이라고 볼 수 있다. 명품 시계로 잘 알려진 '필립 빠쉐' 매장과 나란히 붙어 있어, 신랑 예물용 시계와 시어머니 선물용 가방은 혼수를 준비하는 예비 신부들에게 필수 코스였다. 그런 까닭에 제품이 눈에 띄게 배치되어 있는 백화점 매장과는 달랐다. 중요한 제품 몇 개만 진열되어 있고 나머지는 카탈로그를 보고 점원과 상의하여 주문하게 되어 있었다. 그래서 처음 L호텔 머큐르 매장을 방문한 사람은 어리둥절하기 일쑤다. 상품 진열대는 없고 대신 앉아서 기다리고 상담할 수 있도록 푹신한 암체어와 소파가 배치되어 있기 때문이다.

평일 오후 매장은 평화로웠다. 손님 두어 명이 점원과 낮은 소리로 상담을 하고 있었고, 구석에 앉아 카탈로그나 잡지를 뒤적거리며 순번을 기다리는 사람도 있었다. 마침 혼수를 준비하는 듯한 모녀가 사이좋게 매장 안으로 들어섰다. 모녀는 반갑게 맞이하는 점원에게 눈인사를 하고 나란히 소파에 앉았다. 그런데 차례를 기다리며 조곤조곤 얘기를 나누던 모녀의 언성이 별안간 커졌다.

"정말이야? 주경원이 맞선에 나왔다고?"

"그렇다니까. 그렇게 속을 썩이더니 결국엔 맞선 자리에 나왔대."

"오래 사귄 여자가 있다던데? 그 여자 때문에 절대 맞선 같은 거 안 본다고 속 썩인다더니?"

"얘는. 거기 사모님이 어디 보통 사람이니? 뭔가 수를 썼겠지. 아무리 재벌가라도 다 부모가 물려줘야 제 몫 되는 거야. 부모가 시키는 대로 안 하면 어쩔 건데?"

"그냥 맞선 자리에 몸뚱이만 나와 있다 들어가면 뭐해. 그건 그냥 시간 낭비잖아."

"분위기 좋았다더라. 그래서 소문이 난 거야."

"진짜? 누구랑 봤는데? 나도 아는 여자야?"

"왜, 성옥재단 둘째 딸."

"성옥재단?"

"그래. 프랑스에서 미술 전공하고 온 둘째. 큰딸은 성격이 좀 별로인데, 둘째는 인물도 좋고 성격도 나긋나긋하니 딱이라고 그러더라고."

"엄마, 나 걔 알아. 이제 겨우 스물다섯밖에 안 됐잖아."

"남자들은 뭐, 어릴수록 좋아하니까."

"미쳤어? 걔 완전 맹추야. 머리에서 텅텅 소리 난다구. 아무리 족집게 선생을 붙여도 성적이 안 나와서 외국으로 보내 버린 거잖아."

"머리에서 텅텅 소리가 나든 깡깡 소리가 나든 무슨 상관이야. 그 집이 뭐 여자 머리에 든 걸로 기대 살 집안이니? 오히려 그냥 시키는 대로 '네, 네' 하는 애가 훨씬 더 이쁘겠지."

"그래서 둘이, 잘되고 있대? 결혼할 거래?"

"몰라. 여튼 거기 사모님이 기분 좋아서 중간에 소개해 준 송 여사한테 고맙다는 인사를 제대로 했다더라고. 그러니 뭐, 진도가 나가는 거 아니겠니?"

"뭐야, 주경원. 이럴 줄 알았으면 기다려 볼걸. 나한테도 차례가 왔을 줄 누가 알어?"

"애! 너는 지금 그게 할 소리니? 니 신랑 예물 사러 와 놓고 무슨 소리야?"

"엄마는! 어디 비교가 돼? 주경원이랑 걔랑? 에이 씨, 짜증나."

"쉿! 조용해! 누가 들으면 어쩌려구. 애가 미쳤나 봐."

흥분한 딸이 입을 다물며 모녀의 공개 수다도 잦아들었다. 하지만 그들의 대화는 이미 매장 안에 있는 사람들의 귀에 쏙 들어간 후였다. '주경원'은 이 매장 드나드는 사람들에게 잘 알려진 이름이었고 주경원의 맞선 소식이 사방으로 퍼져 나가는 건 이제 시간문제일 뿐이다.

그때 안쪽 사무실 문이 열리고 말쑥하게 차려입은 매니저가 매장으로 걸어 나와, 구석에 앉아 잡지를 읽고 있는 젊은 여자에게 다가갔다.

"김지영님? 오래 기다리셨죠? 본사에서 회신이 도착했습니다."

지영은 이미 안색이 어두웠다.

"네⋯⋯."

아무것도 모르는 매니저는 최대한 상냥하고 정중하게 말했다.

"안타깝지만, 본사에서도 수선은 불가능하다고 하네요. 이게 저희 제품의 문제가 아니라 사용하시다가 발생한 문제라서 말이죠."

지영이 음산한 투로 말했다.

"그러니까, 수선비는 제가 전부 부담하겠다구요."

매니저는 프로답게 조금도 짜증 내지 않았다.

"이게, 수선을 해도 원상태로 복구가 가능하단 보장이 없어서요. 아시다시피 저희 머큐르 상품들은 제품의 완성도에 최고의 자부심을 가지고 있습니다. 본사에서 이 상태로 수선을 해서 어설픈 셰이프를 유지하느니 차라리 새로 만드느니만 못하다는 쪽으로 결론을 내린 것 같아요."

지영은 평소와는 달리 입을 꾹 다물었다. 순간 그녀의 눈이 붉게 충혈되어 있고 살짝 물기가 어린 것 같다는 느낌이 들었지만, 매니저는 잘못 본 것이라고 믿었다. 이 매장의 단골은 명품의 가치를 누구보다 잘 알고 있는 사람들이다. 겨우 비용이나 수선 문제로 자존심 상해 가며 눈물을 비추는 사람은 결코 없었다.

강변을 따라 이어진 도로에는 오늘도 수많은 자동차 행렬이 어디론가 질주하고 있다. 회색 아스팔트로 둘러싸인 강물은 뉘엿뉘엿 넘어가는 햇볕을 받아 금빛으로 찰랑거렸다. 하늘에 떠 있는 구름이 찬란한 오렌지 빛으로 물들어 있는 시간에도 플래닛식스 숙소 구석에 있는 위준의 방은 33시간째 암흑천지였다. 누군가가 깜깜한 방으로 들어와 두툼한 암막 커튼을 젖히자 비로소 황금빛 저녁 햇살이 방 안을 눈부시게 비추었다.

"오빠. 위준 오빠!"

코디 팀 막내 수빈이 흔들어 깨운다. 여태 침대에 널브러져 죽은 척하고 있었지만 사실 준희는 잠들지 않았다. 잠이 오지 않아 술을 좀 마셨고 머리가 아파 두통약을 먹었다. 그래서 그냥 누워서 기다리는 중이었다. 누군가가 깨우러 오지 않을까, 아니면 그냥 잠이 들지 않을까 하고.

"오빠. 구 실장님이 좀 나오시래요. 천 피디님 오셨어요."

천영준. 일류 작곡가. 탑 ENT와 전략 제휴 관계를 맺고 있으며 작년부터 위준희가 작곡한 곡들을 프로듀싱하고 있다.

"수빈아……."

일단 목이 말라 견딜 수가 없었다.

"왜요? 오빠, 또 못 잤어요?"

이제 갓 스물을 넘긴 왕수빈은 또래 아이들과는 달리 눈치도 빠르고 손도 야무졌다. 어느새 다가와 머릿속이 어질어질한 준희를 부축해 일으켰다.

"나, 물 좀……."

"잠깐만요."

수빈이 방을 나가더니 금세 얼음까지 띄운 물컵을 들고 돌아왔다.

차가운 물을 마시자 정신이 좀 들었다. 물컵을 받아 든 수빈이 딱하다는 시선으로 준희를 보았다.

"오빠 금방 씻고 나온다고 전해 드릴게요. 빨리 나와요."

"알았어."

준희는 젖은 솜 자루 같은 몸뚱이를 일으켜 터벅터벅 방에 붙어 있는 욕실로 들어갔다.

도저히 잠을 이룰 수가 없어서 수면 유도제를 먹고 간신히 잠깐 잠이 들었다. 하지만 잠이 들었다고 잠을 잔 것은 아니었다. 종일 머리와 가슴을 무겁게 짓누르는 괴로움은 잠을 자면서도 좀처럼 사라지지 않았다.

직업을 밝혔고, 그래서 다가가 보았지만 은서는 언제나 적당한 선에서 뒤로 물러났다. 그를 향해 밝게 웃었지만 위준희가 원하는 웃음이 아니었다. 그를 향한 눈동자는 따스하게 빛났지만 그가 원하는 감정은 조금도 보이지 않았다. 만날 때마다 구장철이 곁에서 위준이 얼마나 인기가 많은지, 얼마나 돈을 잘 버는지, 얼마나 재주가 많은지, 신나게 떠들어 댔지만, 그러면 은서는 진심으로 기뻐했지만, 딱 거기까지. 준희가 원하는 눈빛으로 그를 보아 주지 않는다.

배은서 앞에서만큼은 언제나, 철저히 남자이고 싶다.

더운 물이 쏟아지는 샤워기 밑으로 들어가며 위준희는 괴로움 가득한 얼굴을 손으로 문질렀다. 문득 궁금해졌다. 그 자식. 그 자식을 볼 때는 남자로 보는 걸까? 어떤 눈으로 그 자식을 쳐다볼까?

자신만만하던 정경민의 얼굴이 좀처럼 눈앞에서 사라지지 않는다.

어디선가 잊고 싶은 기억만 골라서 싹 지워 주는 기술이 개발되었다고 하던데. 이런 날은 딱 그런 도움이 필요하다. 아무리 술을 마시고 약을 먹어도 머릿속에서 좀처럼 지워지지 않는 그런 기억. 열심히 피해 보았지만 결국 병원 복도에서 딱 마주쳤던 정경민, 그 자식이 피우던 더럽게 쓴 담배 같은…….

'그쪽은 '동생' 아니었어?'

어깨를 나란히 하고 건물 비상계단 뒤쪽 베란다로 나가자마자 놈은 눈을 내리깔며 이렇게 도발했다.

'은서는 배은서고 나는 위준흰데, 어떻게 내가 배은서 동생이라는 건지 모르겠네.'

정경민은 재킷 안쪽 주머니에서 담배를 꺼냈다. 세월의 흔적이 고스란히 드러나 있는 은빛 담배 케이스는 준희의 눈에도 낯설지 않았다. 오래전, 은서가 놈에게 선물할 때, 함께 가서 골랐다.

그 사실을 아는 것처럼 놈은 의기양양한 표정으로 케이스에서 담배를 꺼내 불을 붙였다.

'혈연이 아니어도 한번 동생은 끝까지 동생인 거지.'

입에 담배를 물고 들이마시는 놈의 표정이 준희의 신경에 거슬렸다. 마치 '어린애야. 어른들 사이에서 빠져라'라고 말하는 듯했다.

'시간이 지나면 뭐든 다 변하죠.'

준희는 자연스럽게 놈이 쥐고 있는 담배 케이스를 빼앗아 담배를 하나 꺼냈다. 놈이 얼빠진 표정으로 쳐다보는 사이, 놈이 피운 담배 끝에 새 담배를 비벼 불도 붙였다. 최대한 눈꼬리를 추켜올리고 놈을 마주 보았다.

놈의 멀끔한 면상이 마음에 들지 않았다. 결혼도 했고 나이가 들었으면 사람이 추레해질 만도 하건만 오히려 애송이 티를 벗고 완숙해진 듯한 분위기도 마음에 들지 않았다. 변호사라는 직업도, 좋은 집안 아들이라는 것도 마음에 들지 않는다. 은서와 같은 연수원 동기라는 것도, 같은 서울대 출신인 것도 싫다.

다 싫다.

그냥 다 싫다.

배은서가 이놈을 한때 좋아했다는 사실, 그것부터 싫다. 치떨리게 싫다.

멍한 사이 담배를 빼앗긴 정경민은 곧 포커페이스와 미소를 되찾았다.

'배은서가 잘못했네.'

준희의 대꾸에 바짝 날이 섰다.

'뭐?'

'그동안 오냐오냐 다 받아 줘서 그런 거잖아. 처음부터 야멸차게 선을 그었어야지.'

그러더니 재수 없는 면상을 우스꽝스럽게 구겼다.

'그것참, 이상하지? 원래 배은서가 누군가에게 푸근한 캐릭터는 아닌데.'

'뭐라는 거야?'

'은서가 원래, 얼음 공주잖아. 차갑고 도도하고 똑똑한 얼음 공주님. 그게 남자를 안달 나게 하는 매력인데. 그 얼음 한 겹 벗기면 뭐가 있을까, 상상하게 만들잖아.'

결국 참지 못하고 준희는 놈의 멱살을 틀어쥐고 말았다.

'이 자식이, 찢어진 입이라고 다 뱉으면 말인 줄 알아?'

둘의 관계는 결국 다시 원점으로 돌아갔다.

언젠가 클럽 앞에서처럼 서로의 멱살을 붙잡고 잡아먹을 듯이 노려보았다. 얼마나 나이 차이가 나는지, 사회적 지위가 어떤지 따위는 중요하지 않았다. 둘은 그저, 질투에 눈이 먼 두 마리의 수컷일 뿐이었다.

비상구로 이어진 철문이 벌컥 열리고 청소 요원이 버럭 소리를 내지르지 않았다면, 둘은 원초적 본능에 따라 주먹질을 하고 바닥을 구르며 싸웠을 게 뻔했다.

'이 양반들이! 뭐하는 거예요! 여기서 담배를 피우면 어떡해요!'

둘은 서로를 노려보며 황급히 담배를 껐다. 먼저 장소를 떠난 건 정경민 그 자식이었다.

"너 어제 보낸 곡 피드백이 벌써 왔대."

숙소 응접실에는 구장철이 커피를 마시며 최 피디와 한담을 나누고 있었다.

"난 영어 따위 모르니까."

어째 자꾸 자존심이 상하는지 모르겠다. 무심코 툭 던지면서도 마음속으로 정경민 그놈은 영어를 잘할 거라는 생각이 떠올라 더욱 속이 쓰렸다.

"그러니까 최 피디가 도와주는 거잖아, 자식아. 야, 이 형이 영어만 잘했어도 최 피디 안 부르지."

말은 그렇게 하면서도 구장철은 자리에서 먼저 일어나 홈바에 설치된 에스프레소 머신에서 커피를 내렸다. 위준희의 입맛에 맞춰 우유를 넣고 시럽을 듬뿍 넣는 것도 잊지 않았다.

병원에서 은서를 만나고 온 날 밤, 준희는 앉은 자리에서 곡을 하나 만들었다. 약속한 기일은 다가오는데 말도 꺼내지 못하고 재촉은 더더군다나 하지 못했던 구장철은 뛸 듯이 기뻤다. 퇴근도 하지 않고 새벽까지 기다려 완성된 곡을 직접 받았다. 그러고는 바로 최 피디에게 보내 마무리 작업을 시켰다. 마감일은 지나지 않았다고 뻐기면서, 역시 위준희는 보물이라고 스스로에게 되뇌면서.

그런데 일주일은 걸릴 것이라고 믿었던 피드백이 하루 만에 온 것이다. 피드백을 받았다는 연락을 받자마자 최 피디에게 들러 직접 태우고 숙소로 왔다. 도중에 몇 번이나 물어보고 싶었지만, 같이 들어야 할 것 같아 궁금증을 꾹꾹 눌러 참아야 했다.

커피를 받아 든 위준희가 한 모금 들이마셨다. 눈언저리가 거무스름한 것이 여태까지 잠을 한숨도 못 잔 것 같다.

"뭐래요?"

구장철은 내심 한숨을 쉬었다.

지난 몇 년간 되풀이되는 패턴이지만 바뀌는 게 없다. 휘경동 집으로 돌아갈 때는 입이 찢어져서 갔고, 그녀를 만나고 오면 시무룩해졌다. 그러고는 이처럼 뚝딱 곡을 하나씩 만들었다. 많은 사람의 사랑을 받는 히트 곡들은 주로 위준희의 기분이 바닥일 때 탄생된 것들이다. 쓰디쓴 마음을 녀석은 이렇게 풀어내곤 하였다. 물론, 그 곡으로 얻는 것도 크지만…….

최 피디가 조심스러운 눈으로 위준희를 살폈다.

"곡은 좋대."

심기 불편한 위준희는 오늘도 뾰족했다.

"곡은 좋다? 그럼 곡은 좋은데 뭔가는 마음에 안 든다는 뜻이네요?"

최 피디는 경험이 많은 사람이었다. 구장철과 위준희의 반응을 이미 예상한 듯, 차근차근 설명했다.

"그동안 그쪽에서도 '뉴튜브'에 있는 니 곡들을 나름대로 분석했나 봐. 곡은 좋고 완성도도 있고 임팩트도 있는데, 니 곡에는 전부 뭔가 슬픈 정서가 깔려 있대. 경쾌한 포크풍부터 하이비트 댄스곡까지, 전부 그런 정서가 바탕에 있는 게 느껴진다는데, 그걸 좀 수정했으면 하더라고. 이번 곡도 그렇고."

구장철은 대뜸 무슨 말인지 알아들었다.

옆에서 모든 걸 지켜보았으므로 모를 수가 없었다. 위준희의 뮤즈는 바로 배은서다. 그녀를 향한 오랜 외사랑이 이 무뚝뚝한 녀석에게 잠재해 있던 감수성을 폭발시켰고, 그 감수성의 결정체가 녀석이 만든 노래들이다. 역시, 수준이 다르다는 생각도 들었다. 반면 머리는 복잡해지기 시작했다.

위준희가 플래닛식스의 위준이란 사실을 알고도 배은서는 앞에서 분명히 녀석과 선을 그었다.

그는 매니저다. 녀석과 비즈니스를 도모하는 관계지 친구나 가족 따위가 아니다. 그러므로 철저하게 비즈니스 파트너 입장에서 판단해야만 했다.

어떻게 해야 할까. 녀석의 감정이 외사랑이란 걸 알았는데, 어떻게 대응해야 할까?

선택 1번. 녀석이 이대로 그녀에게 내쳐지게 모른 척 내버려 둔다. 결과는?

위준희는 아무짝에도 쓸모없는 폐인이 된다.

선택 2번. 녀석의 사랑이 이루어질 수 있도록 모든 지원 사격을 한다. 아니, 그녀가 녀석을 받아들일 수 있도록 할 수 있는 모든 걸 다 한다. 어쨌든, 둘이 잘된다. 결과는?

위준희는 너무 행복한 나머지 더 이상 노래를 만들 필요가 없어진다.

대번 그의 얼굴이 흉악하게 구겨졌다.

에잇, 뭐야. 결국은 '노답'인 건가?

"구 실장님, 왜 그러세요?"

구장철이 엉뚱한 생각에 잠겨 있자 최 피디가 걱정되는 듯 물었다.

"아니, 아뇨. 아닙니다."

구장철은 위준희를 돌아보았다.

녀석은 이 모든 게 전부 남의 일인 양 무심한 태도로 자리에서 일어섰다. 그리고 성큼성큼 제 방으로 들어가 버렸다.

"형, 나 들어가 자요."

그런 녀석의 뒷모습을 구장철은 말없이 바라보았다. 어쩐지 가슴 한쪽이 시큰한 것도 같다. 녀석의 저런 뒷모습을 하루 이틀 본 것도 아닌데, 오늘따라 어디선가 찬바람이 횡 불어오는 것 같았다.

"뭐라고 회신을 할까요?"

최 피디 역시 위준희의 반응이 마음에 걸리는 듯 목소리를 낮추고 물었다.

"최 피디, 일단 대표님께 보고하고 회의부터 합시다. 소문나지 않게 다른 전문가들 의견도 취합해 보지요. 마케팅 팀 분석 자료도 받아 보고, 법무 팀에 계약 세부 조항을 다시 따져 보게 합시다. 할 수 있는 건 하고, 할 수 없는 건 되게 해야죠."

"예, 그러면……."

핸드폰을 꺼내 대표에게 연결하려는데 알 수 없는 발신자에게 메시지가 들어와 있었다.

구 실장님, 요즘 감 떨어졌나 봐요? 파리 붙은 거 안 보이세요?

메시지와 함께 어디서 한 번쯤 본 듯한 젊은 여자 사진도 들어왔다.

"이게 뭐야?"

최 피디가 고개를 들이밀었다.

"누구 사진이에요?"

구장철은 머리를 긁적였다.

"글쎄…… 누구지?"

지영이 휘경동 집 벨을 누르자 은서가 나와 문을 열어 주었다. 병원에서는 일찌감치 퇴원했지만 아직 완전히 회복되지 않아 병가 중이었다. 수척해진 얼굴이지만 그래도 병원에서보다는 한결 편안해 보였다.

"평일 낮에 집에 있으니까 좀 이상해."

"무조건 잘 먹고 잘 쉬어야 한대. 군소리 말고 누워."

지영은 양손에 챙겨 온 음식 찬합을 식탁에 올려놓으며 집 안을 둘러보았다. 집 안은 마치 요정이라도 다녀간 듯 말끔하게 청소가 되어 있었다. 평소 배은서의 집이라고 느껴지지 않을 정도다.

"누가 다녀갔어?"

은서가 어색하게 웃으며 고개를 끄덕거렸다. 이렇게 잘 정리되고 닦일 수 있다는 걸 뒤늦게 깨달은 사람 같았다. 지영은 얼추 어림짐작이 갔다.

"도우미? 간병인?"

"둘 다."

어쭈. 위준희. 도우미도 보내고 간병인도 보냈어?

"그럼 위준희는?"

"으응. 걔 바쁘잖아⋯⋯. 너 차 마시지? 밀크티 좋아해?"

지영의 질문을 어물쩍 넘기며 은서는 찬장을 뒤져 딱 하나밖에 없는 예쁜 찻잔을 꺼냈다. 그리고 혼자 우울할 때 타 먹곤 하는 밀크티를 타서 지영이 앞에 내밀었다.

"매번 니 신세를 지는데, 딱히 대접할 게 없다."

지영의 눈이 동그래졌다.

"오호! 언니, 이런 예쁜 찻잔이 취향인 줄은 몰랐네."

은서는 어깨를 으쓱였다. 그런 찻잔이 집에 있는 줄도 몰랐으니.

한입 마시더니 지영이 생긋 웃었다.

"이거 뭔지 알겠다. 일본 브랜드지? 이 밀크티 나도 가끔 마시는데. 전에 일본 가면 꼭 사 왔거든. 우리나라엔 없었잖아. 요즘은 들어오나? 아니, 이젠 직구로 살 수 있겠구나?"

은서는 무심코 밀크티 상자가 놓여 있는 선반을 보았다. 늘

그 자리에 있어 하나씩 꺼내 먹었는데도 처음 이걸 어디서 샀는지 기억나지 않았다.

누가 선물로 줬던가?

고개를 갸웃거리다, 문득 부르르 떨고 있는 지영의 가방을 보았다.

"너 핸드폰 울려."

지영은 새침하게 입을 비죽거렸다.

"됐다고 그래."

"계속 연락 오는 거 보면 중요한 일 아니야?"

"나 같은 백수한테 중요한 일이 어딨어. 나는 언니처럼 중요한 사람이 못 돼."

"내가 무슨 중요한 사람이야."

은서가 '피' 하고 웃었다.

"왜? 경민 오빠랑 위준이랑, 병원에서 아주 볼만 했잖아?"

다른 사람 같으면 그다지 하고 싶지 않은 얘기였겠지만, 상대가 지영인 만큼 은서는 솔직하게 털어놓았다.

"다신 그런 일, 없어야지."

"와. 정말 놀라움의 연속이야. 언니네 꼬맹이가 위준이라는 것도 청천벽력인데, 그 꼬마 신랑이 언니를 그런 눈으로 쳐다볼 줄은 몰랐네. 언니는 정말 몰랐어? 그런 눈으로 보는데도?"

은서는 무거운 한숨을 내쉬었다.

"내가 뭘 알았겠니."

"하나는 대한민국 최대 로펌 상속자 정경민, 다른 하나는 플래닛식스 위준. 둘이 마주치기만 하면 멱살을 잡아요. 클럽에서든 병원에서든 장소를 가리지 않고, 우리 배 판사님 때문에. 와우!"

지영의 말 한마디, 한마디가 은서의 가슴을 콕콕 찔렀다. 순식간에 온몸에서 기운이 빠져나가 버렸다. 맥이 하나도 없는 기분이었다.

"아무래도, 지영아. 난……."

지영이 은서의 창백한 얼굴을 보고 손을 멈췄다. 오늘따라 삐딱한 김지영의 박수 연기도 멈췄다.

"언니……?"

은서는 밀려드는 피로감에 손바닥으로 얼굴을 문질렀다.

"아무래도, 경민이랑 다시 시작해야 할까 봐."

지영의 눈이 휘둥그레졌다.

"그거, 진심이야?"

은서는 머그잔에 담긴 자기 몫 밀크티로 입을 축였다.

"경민이한테 결혼하자고 해 볼까? 걔도 어차피 한 번 이혼한 경험이 있으니, 나도 서류 정리하면 서로 큰 흠은 아니지 않을까? 걔네 집에서 아직도 결사반대하시려나?"

"언니! 지금 진심이야? 진짜?"

은서는 두 손으로 얼굴을 덮었다.

"안 그럼 절대 포기하지 않을 거야."

"누가? 위준희가?"

"걔가 못 하면 내가 포기시켜야지. 그렇잖아……."

지영이 건너편에 앉더니 눈을 끔뻑거렸다.

"그렇긴 뭐가 그래? 지금 위준희 포기시키겠다고 경민 오빠랑 결혼할 생각까지 한 거야? 언니 미쳤어? 언니 경민 오빠 아직도 좋아해? 결혼하고 싶을 정도로?"

은서는 차마 얼굴을 가린 손을 떼지 못했다.

"경민이는 좋은 사람이니까. 날 많이 좋아하고."

"언니는? 언니는 누가 좋은데? 언니 경민 오빠 좋아해? 사랑할 수 있어?"

은서가 아무런 답을 하지 못하자 지영이 벌떡 일어섰다.

"지금 장난해? 결혼이, 언니 인생이 장난이야? 무슨 그런 이유로 결혼한다는 생각을 해!"

결국 은서는 억누르던 감정을 터뜨려 버렸다.

"그럼 어떡해! 우리 준희는! 이 시점에서 내가 누군가와 결혼이라도 하지 않으면 포기하지 않을 텐데! 내가 뭔가 하지 않으면, 엉망이 될 거란 말야. 우리 준희 말야!"

어느새 뜨거운 눈물이 눈시울에 맺혔다. 차마 떨어뜨리지도 못하는 눈물을 그녀는 기를 쓰고 삼켰다.

"지영아. 걔 아직 한참 어려. 반짝반짝 앞날이 빛나는 나이라고. 누군가, 어여쁜 여자애 만나서 사랑도 하고, 군대도 다녀오고, 좋은 가정도 이루고 그래야 할 거 아니야! 내가 걔 앞을 가로막고 있으면 안 되는 거잖아!"

지영이 이해 못 하겠다는 투로 물었다.

"왜 언니가 가로막고 있다고만 생각해? 위준이 원하는 사랑을 언니가 주면 왜 안 돼? 그게 나빠? 사실은 지금도 경민 오빠 생각은 조금도 안 하고 있잖아. 언니는 시종일관 위준희 걱정만 하고 있잖아."

은서는 답답했다. 평소 누구보다 똑똑한 지영이 오늘따라 왜 이렇게 말귀를 못 알아듣는지 알 수 없었다.

"걘 아직 애잖아. 니가 전에 그러지 않았어? 걔, 핏덩이라고!"

문득 지영의 얼굴에 쓰라린 미소가 떠올랐다.

"언니. 언니는 남자가 몇 살에 어른이 된다고 생각해?"

뚱딴지같은 지영의 질문에 은서는 잠시 어리둥절했다. 하지만 금세 격앙된 감정에서 벗어나 머리를 굴리기 시작했다. 뭐든 의문이 떠오르면 답을 확인해야 하고, 누군가에게서 질문을 받으면 정답을 내밀어야 직성이 풀리는 성격이다.

몇 살에 어른이 될까, 남자는? 여자는 생리를 시작하는 나이가 있고, 아기를 낳으면 모성이 발현되니 어른이 된다고 하는데. 남자도 비슷하려나?

"몇 살인데? 군대 다녀오고 취업하는……. 아마도 스물일곱? 여덟? 아니, 서른?"

지영은 또 쓰디쓴 웃음을 지었다.

"언니, 진짜 모르는구나."

그러더니 불쑥 가방으로 손을 넣어, 아까부터 계속 진동 모드로 울리고 있는 핸드폰을 꺼냈다. 그러곤 스피커폰을 켜더니 시큰둥한 목소리로 전화기에 대고 말했다. 전화를 건 사람이 누구인지 이미 알고 있는 듯한 태도였다.

"왜 계속 전화질이야. 넌 일도 안 해? 이렇게 근무 시간에 딴데 정신 팔아도 월급 꼬박꼬박 주니? 왜? 니가 오너 아들이라서 눈에 뵈는 게 없어?"

지영이 갑자기 왜 이러는지 알 수 없었지만, 은서는 잠자코 지켜보았다. 원래가 허튼짓은 안 하는 아이다. 뭔가 까닭이 있을 터였다.

스피커폰 너머로 귀에 익은 목소리가 들려왔다. 김지영의 남자 친구 주경원이다.

— 전화 드디어 받았네? 지영아, 우리 좀 만나자. 지영아.

뭔가 크게 잘못한 듯 경원은 애틋하게 지영이 이름을 불러 댔다. 굳이 상황을 캐묻지 않아도 눈치껏 대번에 알 것 같았다. 주경원이 뭔가 단단히 실수를 했고 김지영은 화가 났다.

"주경원. 너 몇 살이니?"

지영이 은서를 흘끗 쳐다보며 전화기에 대고 물었다.

— 응? 내 나이? 너 몰라서 물어?

"빨리 말해 봐. 너 몇 살이야?"

지영의 진지한 말투에 감히 반항하지 못하고 경원이 순순히 제 나이를 불었다.

— 서른.

'잘 들었지?' 하는 의미의 눈짓을 지영이 보내 왔다. 은서는 여전히 어리둥절한 기분으로 지영을 지켜보았다.

"그래, 너 서른이지. 서른이나 '처드신' 사내분이, 여자 친구 눈 시퍼렇게 뜨고 있는데 몰래 딴 여자랑 선을 보러 갔니? 니가 그러고도 서른 살 어른 남자야?"

— 아니, 지영아. 내 말 좀 들어 봐. 엄마가…….

"그래. 이번에도 '엄마'지. 시끄럽고. 그렇게 마마보이로 죽 살 거 같으면 너네 엄마한테 가서 어리광 좀 부리고 젖도 더 드 시고 오셔. 우린 그다음에 얘기하자. 니가 진짜 어른이 되면, 그때 얘기하자고."

경원이 대꾸할 틈을 주지 않고 지영은 매몰차게 전화를 끊 었다. 이윽고 애꿎은 핸드폰을 거칠게 가방 안으로 던져 버렸 다. 다시 은서를 마주한 지영의 눈동자에는 여태까지 한 번도 보지 못한 생소하고 혼란스러운 감정이 가득했다.

상처받았구나.

언제나 쾌활하고 에너지 넘치는 김지영의 이런 모습은 완전 히 처음 보는 것이었다. 은서는 감히 입을 열지 못했다. 낯선 지영의 분위기에 얼어붙어, 어설픈 위로의 말 따위는 꺼낼 수 도 없었다. 은서가 망설이는 사이, 지영이 무표정한 얼굴로 입 을 열었다.

"언니. 남자가 언제 어른이 되는 줄 알아? 남자는 말이지……."

부르르. 다시 핸드폰이 울리기 시작했다. 지영은 가방 안으 로 손을 넣어 핸드폰 전원을 꺼버렸다. 다시 사방이 잠잠해지 자 조용히 말을 이었다.

"한 여자를 진심으로 사랑할 때, 한 여자를 위해 자기 일생 을 대가로 기꺼이 치를 수 있을 때, 그때 어른이 되는 거야."

지영의 눈빛은 지독히도 아파 보였다. 뭔가 묻는 듯한 눈으로 밀크티가 담긴 찻잔을 흘끗 보더니 다시 은서에게로 시선을 던졌다. 하지만 은서는 아무 대답도 하지 못했다. 사실, 지영의 말이 무슨 뜻인지, 무슨 질문을 던지는 것인지도 정확히 알지 못했다.

'디스뱃지' 편집장 김대식은 홍미란이 내미는 자료를 죽 훑어보더니 대번에 인상을 찌푸렸다.

"뭐냐, 이게?"

"제가 정말 어렵게 알아냈어요. 배은서란 여자가 바로 동부지법에 있는 판사더라구요."

김대식은 종이컵에 담겨 있는 녹차 티백을 덜어 내고 미지근한 녹차를 홀짝였다.

"그런데? 이 여자 판사가 뭐?"

"얼마 전에 이 여자가 여산 병원에 입원했는데, 누가 문병을 갔는지 아세요?"

김대식은 한심해 죽겠다는 투로 성의 없이 대꾸했다.

"누구?"

"탑 ENT 구장철이요. 플래닛식스 매니저!"

김대식은 깜빡했다는 투로 말했다.

"아아. 플래닛식스 매니저도 우리 디스뱃지 취재 대상이었지? 내가 깜빡했다."

홍미란이 눈을 부라렸다.

"장난 아니에요! 구장철이 누구랑 같이 있었다니까요!"

"야! 구장철도 가족, 인척이 있고 친구, 선배도 있는 사람이 잖아! 자기 개인 용무 보러 갔을 수도 있지."

"편집장님, 내가 그렇게 아마추어로 보여요? 그런 거면, 가서 인사나 하고 내 볼일 봤겠지."

그제야 김대식은 아주 약간, 흥미를 보였다.

"개인 용무가 아니다?"

"그렇다니까! 자기 개인 일인데 그렇게 90도 허리를 숙여서 비위 맞추진 않지. 그래도 구장철이면 업계에선 성공한 사람인데."

김대식은 종이컵을 책상 위에 내려놓았다.

"구장철이 누구한테 굽실거렸는데?"

"그, 배은서 판사. 그 판사가 입원해 있는데 후배라는 여자한테도 아주 깍듯하더라구요. 그뿐이 아니야. 병동 간호사들에게 커피랑 마카롱 간식까지 사서 나르고. 왜, 방송국에서 하듯이 말이죠."

"그래?"

"제가 그 후배랑 구 실장이 하는 얘기를 엿들었는데 말이죠. 보통 관계가 아닌 거 같았어요. 부부 어쩌고 하는 거 보니 가족인 것도 같은데."

"누구랑?"

"그니까! 그게 관건이라니까요."

"그니까 누구냐고. 플래닛식스 멤버야?"

"모르죠."

김대식은 빽 소리를 질렀다.

"야!"

"그니까, 지원 좀 해 주시라고요."

홍미란이 어울리지 않는 콧소리까지 동원해 아양을 떨었다.

"뭐, 플래닛식스 멤버 중 한 명 일이겠지. 그 부모나 친척 아니야? 멤버 누구 쪽 어머니가 판사인가?"

홍미란이 눈을 부릅떴다.

"그래서 제가 다 조사해 봤거든요? 근데 없어요! 어머니는커녕, 이모, 고모, 누나, 여동생, 사촌, 이 잡듯이 뒤져 봤는데 법원은커녕 법조계 쪽에 여자 가족 있는 멤버는 없다구요. 게다가!"

"게다가?"

"제가 직접 동부지법에 가 봤거든요. 배은서란 이름으로 검색했더니 동부지법 판사더라구요. 나이가 젊어요. 이제 겨우 서른넷. 법원에 일하는 사람들한테 물어봤더니 아주 똑똑한 데다 미인이래요."

"그런데?"

홍미란의 눈이 번쩍번쩍 빛났다.

"누구랑 스캔들 있는 거 아니겠어요?"

김대식은 콧방귀를 뀌며 핸드폰을 집어 들었다.

"구장철이 반해서 쫓아다니는 거 아니고? 그 인간도 노총각이잖아."

"아잇, 여태 무슨 소리 들었어요! 그런 관계가 아니라니까요! 구장철이 누군가를 위해서 배은서 판사를 챙기고 비위 맞추는 거였다니까요."

결국 김대식은 버럭 소리쳤다.

"그러니까 그 '누군가'가 누구냐고!"

홍미란도 맞받아 소리쳤다.

"그걸 좀 알아내게 도와주시라고요!"

김대식이 한쪽 눈썹을 들어 올렸다.

"너. 각오는 돼 있어?"

"네? 뭐가요?"

"플래닛식스는 사생 팬이 특히 무서운 거, 알지?"

"알아요."

김대식의 얼굴이 한층 더 진지해졌다.

"너, 쥐도 새도 모르게 제거될 수도 있어."

"예?"

"진실에 접근하면 할수록, 위험해질지도 모른다고. 각오는 돼 있냐고."

홍미란은 꿀꺽 침을 삼켰다.

업계에 파다한 플래닛식스 광팬들의 과거 행적들이 떠올랐다. 플래닛식스 멤버를 취재하는 기자들 핸드폰이 사라지거나 자동차 바퀴가 터지는 일은 예사였다. 회사로 협박 편지가 날아오고 죽은 동물도 날아왔다. 얼마 전 모 걸 그룹 아이돌과의 연애 스캔들이 터진 성신을 취재한 타 회사 기자는 얼굴에 염산을 맞을 뻔했다.

"특히, 만약에 그 누가 위준이면 정말 목숨 걸어야 할지도 몰라. 너 '구.위.호' 들어 봤지?"

아홉 명의 위준 호위대. 성별도, 나이도 알려지지 않은 아홉 명의 위준 사생 팬 결사 조직.

풍문에는 당사자들도 상대가 누군지 알지 못한다고 했다. 특정한 방법으로 연락을 주고받고 위준의 주변을 알짱거린다고 했다. 심지어는 같은 사생 팬들조차도 꺼리고 무서워하는 애들이다. 분별없이 위준에게 달려들거나 접근하려는 다른 광 팬이나 사생 팬들이 모두 '구.위.호'의 손에 제거된다는 소문은 예전부터 있었다. 아무것도 모르고 사생 관광을 왔던 중국 팬들 몇은 이들에게 매섭게 당했고, 이후로 플래닛식스 안티 조직을 만들기도 했다. 그래서 이들의 존재는 더욱 유명해졌다.

"탑 ENT는 아무것도 아니야. 그 사생 애들이 무섭지. 제대로 취재할 거면 지원해 줄게. 대신, 목숨은 거는 거다. 알았지?"

홍미란은 선뜻 답을 하지 못했다.

8

"엇!"

퇴근하던 은서는 누군가 현관문 앞을 기웃거리는 모습을 마주하고 걸음을 멈췄다. 키도 크고 몸도 좋은 청년 역시 엘리베이터에서 내리는 은서를 보자 당황한 기색을 감추지 못했다.

"누, 누님! 안녕하세요?"

청년이 허리를 굽히고 깍듯이 인사했다.

은서는 고개를 갸웃거렸다.

"나를, 알아요?"

청년이 하얀 이를 드러내며 웃었다.

"아, 누님은 절 기억 못 하시는구나. 저, 공민수라고 합니다. 준희 친구요."

은서의 얼굴이 밝아졌다. 전에 위준희가 했던 말이 떠올랐다.

같은 아파트에 제 친구가 산다고 했었지.

"아, 같은 아파트 산다는 그 친구?"

청년이 눈을 크게 떴다.

"예? 자식이 제 얘기를 했어요?"

"아니, 자세한 얘기는 못 들었는데……. 준희 만나러 왔어요? 준희는 집에 없는데?"

"아, 압니다. 그, 그냥. 누님은 잘 계시나 해서요."

갑자기 청년의 말이 빨라졌다.

"지난번에, 우, 우연히, 정말 우연히 알게 되었는데. 누님이 많이 편찮으셨다고 하더라구요. 아, 그니까 위준희, 그놈이 그렇게 말한 거라구요. 아니. 오늘은 그냥 지나가다가, 누님은 잘 계시나 궁금해서……. 한번 벨을 눌러 볼까 말까 망설이고 있던 참이었어요. 하하하하! 그런데 누님, 오늘은 퇴근이 굉장히 빠르시네요. 평소에는 더 늦게 오시지 않으셨어요? 아프시고 일을 좀 줄이신 건가?"

횡설수설하며 큰 소리로 웃음을 터뜨리더니 공민수가 한 발짝, 또 한 발짝 뒤로 물러섰다.

"들어가서 차라도 한잔 마실래요?"

준희에게 이런 친구가 있다는 것만으로도 마음이 따뜻해져서 은서가 물었다.

"아, 아뇨. 차라뇨. 큰일 나요. 그놈 알면."

현관문을 열던 은서가 돌아보았다.

"응? 왜요?"

"왜냐구요? 아, 왜냐면……. 왜일까. 하하. 어쨌든 누님, 쉬십시오. 또 아프시면 안 되니까. 전 이만 가겠습니다."

"그럼, 다음에 놀러 와요."

"네! 감사합니다. 누님!"

현관문을 열고 들어가려는데, 인사를 한 뒤 꿈쩍도 않고 서 있는 공민수가 마음에 걸렸다. 엘리베이터도 누르지 않고 웃으며 서 있다.

간다더니, 왜 안 가는 거지?

"아, 저, 저는! 요, 요기 살아요. 저희 집이, 바로 앞집. 하하하!"

어색한 웃음을 흘리더니 공민수는 맞은편 현관문을 열고 들어갔다.

이게 무슨 상황인 거지?

물끄러미 공민수의 뒷모습을 보고 서 있던 은서는 알 수 없는 기분이 되어 집으로 들어와 불을 켰다. 평소처럼 서류 가방을 내려놓고 외투를 벗어 식탁 의자에 걸쳤다. 물을 끓이고 차를 꺼내면서도 찜찜한 기분은 계속되었다. 뭔가 중요한 사실을 놓친 듯, 이상한 느낌을 떨칠 수가 없다. 그녀는 미간을 찌푸리고 오늘 하루 종일 읽었던 서류와 작성하고 있던 판결문을 곰곰이 되새겨 보았다.

뭘까. 뭔가 놓쳤는데. 그게 뭐지?

생각에 잠겨 찬장 문을 열고 손에 닿는 머그잔을 꺼냈다. 주전자에 물을 끓이고 밀크티 봉지를 꺼내다 보니 문득 스치는 기억이 있었다.

전에 이 선반 문짝이 빠졌던 것 같은데……?

그녀는 문짝을 다시 열고 닫아 보았다. 멀쩡하다.

이상한 일이다. 분명 사람을 불러서 고쳐야겠다고 생각했던 것 같은데. 언제 다시 멀쩡해졌지? 아니면 원래 그렇게 심하게 고장 난 게 아니었나? 그냥 자꾸 열고 닫으니 저절로 고쳐진 건가?

고개를 갸웃거리는 사이 물이 끓었다. 그녀는 끓는 물을 컵에 붓고 밀크티를 탔다. 티스푼으로 밀크티 분말이 잘 섞이도록 휘휘 젓는데, 문득 며칠간 소식 없는 지영의 눈빛이 떠올랐다. 지영은 그날 찾아와 밀크티를 마시고 난 뒤 연락이 없다. 남자 친구에게 크게 마음이 상했던 것 같은데, 이제 풀렸으려나? 둘이 다시 꽁냥거리느라 바빠 연락이 없는 것일까?

은서는 어딘가 멍한 기분이 들어 핑크 빛이 감도는 밀크티를 쳐다보았다. 그러고 보니, 전에도 문득 궁금했던 적이 있었다. 그래, 지영이가 한 말 때문이다. 우리나라에서 팔지 않는다고, 구하기 쉽지 않은 브랜드라고 했었다. 그녀는 곰곰이 기억을 더듬어 보았다.

이 밀크티를 내가 언제 샀지? 어디서 샀더라?

아무리 생각해 봐도 이걸 산 기억이 떠오르지 않았다. 어디서 파는지도 알지 못했다.

선물을 받았다면 언제일까? 오래된 일이니까 기억이 나지 않는 거겠지? 하지만 이 밀크티는 자주 꺼내 마셨는데? 피곤하고 지칠 때마다 한 잔씩 타 먹었으니, 기억도 안 날 만큼 오래 전에 받은 거라면 벌써 떨어졌어야 하는 거잖아?

벌떡 일어나 찬장을 열었다. 눈에 익은 밀크티 상자가 보였다. 거친 손길로 상자를 꺼내 뚜껑을 열었다. 티백이 빽빽하게 꽂혀 있는 상자는 거의 새것이나 다름없었다. 겨우 세, 네 봉지 꺼내 먹었나 보다.

이상한 예감이 은서의 몸을 감쌌다.

이상하다! 이 밀크티는 정말 자주 마셨는데? 그것도 아주 오랫동안.

주방의 불을 켜고 찬장 문을 모두 열어젖혔다.

난생처음 보는 홍차 캔과 커피 상자가 보였다. 아저씨 살아 계실 때부터 쓰던 낡은 컵 뒤쪽으로 처음 보는 예쁜 머그잔들이 놓여 있다. 그녀는 처음 보는 컵들을 꺼내 보았다. 언제 이 컵을 샀는지, 아니 언제 누구에게서 받았는지 깜깜하기만 했다. 아무 기억도 떠오르지 않는다.

자꾸만 지영의 눈빛이 머릿속에 스쳤다.

설마……!

은서는 저도 모르게 위준희의 방이 있는 쪽으로 고개를 돌렸다.

기억이 틀리지 않는다면 지난번 다투고 그냥 나갈 때 준희가 잊고 간 백 팩이 남아 있을 것이다. 그녀는 평소에 절대 열지 않는 준희의 방문을 열고 작은방 안으로 들어갔다. 검정색 커다란 백 팩은 문 옆에 얌전히 놓여 있었다. 은서는 무작정 가방을 열어젖혔다. 가방 안에 잡동사니가 가득했다. 안을 제대로 보기도 전에 톡 쏘는 향수 냄새가 코를 자극했다. 그녀는 작은 향수병 상자를 꺼내 들었다. 처음 보는 브랜드의 여자 향수. 그 안쪽에 귀여운 캐릭터 모양의 여성용 수면 양말도 나왔다. 작은 보석 상자도 있었다. 열어 보니 단정하지만 우아한 진주 귀걸이 세트다. 평소 그녀가 즐겨 하는 귀걸이와 비슷한 디자인이다. 《즐거운 꿈을 꾸게 하는 사소한 습관》이라는 제목의 작은 책도 한 권 들어 있다. 글자를 읽을 수 없는 낯선 브랜드의 맥주 캔도 두 개 들어 있다. 감촉이 부드러운 여성용 티셔츠도 둥그렇게 말려 있었다. 그녀가 즐겨 쓰는 보습 크림 상자도 있다. 위준희가 쓸 만한 물건은 하나도 보이지 않았다. 모조리 그녀가 좋아할 만한 물건뿐이다.

허겁지겁 가방 안의 물건들을 꺼내다 그만 손을 멈추었다.

마지막으로 쇼핑을 한 게 언제였지?

지영의 손에 이끌려 백화점에 갔던 게 올해 초. 마트에는 언제 갔는지 기억도 나지 않는다. 한 번씩 생필품을 배달 주문한 적은 있었지만 직접 나가서 소소한 옷가지나 화장품을 고른 기억이 없다.

그녀는 벌떡 일어나 자기 방으로 갔다. 정리의 손길이 통 닿지 않은 엉망진창 화장대부터 확인하기 시작했다. 뽀얗게 먼지가 내려앉아 있는 각종 병들을 집어 들고 내용물을 보았다.

화장대에 언제부터 이렇게 많은 향수와 화장품이 있었을까?

무언가에 홀린 사람처럼 그녀는 옆에 놓인 서랍장을 열어젖혔다. 자주 입는 낡은 티셔츠 사이로 처음 보는 새 옷이 하나씩 껴 있다. 속옷과 양말이 들어 있는 서랍도 마찬가지였다. 생각해 보니 아저씨가 돌아가신 이후로 수건 한 장 산 적이 없는 것 같다. 몇 년 동안 아침 일찍 출근했고 밤늦게 집에 돌아왔다. 집에 오면 씻고 자느라 바빴고, 평소 쓰는 이 물건들이 낡아져 못 쓰게 된다든가 닳아져 없어진다는 생각 자체를 한 번도 못한 것 같다.

마지막으로 재활용 쓰레기를 버린 게 언제였지?

음식물이야 출근길에 한 번씩 버렸지만 재활용 쓰레기는 버린 기억도 나지 않았다.

문득, 현관문 앞에서 머뭇거리고 있던 준희 친구라는 아이가 떠올랐다. 어려서부터 친구라곤 통 없었던 위준희의 친구가, 하필이면 바로 그녀의 앞집으로 이사 올 확률은 얼마나 되는 걸까? 그러고 보니 아까 그 친구라는 아이가 했던 말이 뒤늦게 귓가에 밟혔다.

'그런데 누님, 오늘은 퇴근이 굉장히 빠르시네요. 평소에는 더 늦게 오시지 않으셨어요?'

준희 친구는 평소 그녀가 언제쯤 퇴근하는지 잘 알고 있는 눈치였다. 혹시 집에 있나 싶어 벨을 눌러 볼까 망설이고 있었다더니, 평소 그녀가 늦게 집에 돌아온다는 사실을 알고 있었다는 것이다. 앞뒤가 맞지 않았다. 소송 서류나 증언에서는 아주 소소한 틀어짐이나 모순일지라도 예리하게 찾아내는 그녀였다. 그런 그녀가 가장 말도 안 되는 생활의 모순을 여태 의심조차 하지 않고 있었다.

무엇엔가 한 대 맞은 기분이 들어 머리가 아찔했다. 은서는 그만 침대에 무너지듯 주저앉았다.

준희에 대해 모르고 있던 게 너무 많다. 그 애가 한류 스타였다는 것도, 작곡을 한다는 것도 알지 못했다. 정말 하나도 알지 못했다. 감쪽같이 몰랐다. 단순히 집을 나가 돌아오지 않는다는 것만 생각했지, 그 애를 공부시켜 학교를 졸업시켜야겠다고만 생각했지, 그 애가 어떤 마음을 가졌는지, 집으로 돌아올 때면 무엇을 확인하고 무엇을 염려했는지 까맣게 몰랐다.

은서는 두 팔에 얼굴을 파묻고 말았다.

울고 싶었다.

위준희는 여태까지 시시콜콜 그녀를 돌보고 있었던 것이다. 그녀가 전혀 알아채지 못하게. 그녀가 가지고 있는 편견을 깨려고 하지도 않았다. 배은서가 만든 세계를 그대로 감싸 안은 채, 세세히 살피고 자상하게 돌보고 있었던 것이다.

어떻게 이럴 수가 있는 거지?

그러고 보니 작년, 아파트 전세 재계약했던 때도 이상한 일이 있었다.

여태까지 아저씨와 준희의 보금자리인 이 집을 잃지 않기 위해 그녀는 꼬박꼬박 집주인이 요청하는 대로 전세를 올려 주며 살고 있었다. 다른 곳으로 이사하지 않아도 되어 다행이라고만 생각했다. 그런데 갑자기 작년에 집주인이 자신의 아들이 결혼해서 이 집으로 들어올 거라며 집을 비워 달라고 했다. 아무리 부탁을 하고 간청을 해도 소용없었다. 아들 신혼집으로 구입해 둔 거라며, 무조건 나가 달라는 것이었다. 방법이 없어서 집을 사겠다고 했다. 할 수 있는 대출을 모두 끌어서라도 집을 나가지 않을 생각이었다. 처음으로 은행에 쫓아가 상담을 받고, 부동산 대출이며 신용 대출, 있는 대로 알아보고 다니던 중이었다. 어떻게 집주인의 마음을 돌리나 고민에 고민을 거듭했다.

그런데 이상한 일이 일어났다. 집주인이 돌연 마음을 바꿔 다른 사람에게 집을 팔았다는 것이다. 그리고 새 집주인은 부동산을 통해 전세 비용만 시세에 맞춰 올려 받았다. 그땐 그저 운이 좋다고 다행이라고 생각했는데, 지금 돌이켜 생각해 보니 모두 이상했다. 앞뒤가 하나도 맞지 않는다.

갑자기 마음 좋은 새 주인을 만난 전셋집과 어느 날 앞집으로 이사 온 준희의 친구.

이 둘의 연관 관계는 무얼까.

배은서는 땅이 꺼져라 한숨을 쉬었다. 할 수만 있다면 당장이라도 묻고 싶었다.

준희야⋯⋯! 위준희!

너 여태 어떤 마음으로 집에 들른 거야? 어떤 생각을 하며 나를 보아 온 거야? 널 어쩌면 좋을까? 널 대체 어떻게 하면 좋을까. 응?

"형. 아무래도 내가 미쳤나 봐요. 환청이 들려."

위준희가 인상을 쓰며 손가락으로 귀를 문질렀다.

"나도 곧 미칠 것 같아. 그니까 이 여자가 누구라는 거야, 대체?"

구장철은 핸드폰에 뜬 메시지를 보며 구시렁거렸다. 메시지에 첨부된 사진을 노려보던 구장철은 답답한 표정으로 고개를 들었다. 그러곤 건너편에 떡하니 자리를 차지하고 앉아 있는 근육 덩치를 보며 생각했다.

어째서 플래닛식스의 숙소에 트레이너 공민수가 와 있는 걸까.

구장철의 눈 흘김을 받은 공민수가 억울하다는 듯 말했다.

"못 들으셨어요? 저 들켰다니까요. 준희 녀석이 쓰레기 정리하라고 해서 살짝 들어가려는데 그 누님이 '따앗!' 퇴근하실 줄 몰랐다니까요. 원래 9시 전에는 퇴근 안 하시는 양반이 아직해도 지지 않은 시간에 집에 오실 줄 누가 알았겠어요?"

"들키면 뭐? 그냥 네 집이 거긴데. 뭐가 캥겨서 여기까지 짐을 싸 들고 오냐."

"아니, 실장님은 모르세요. 그 누님이 얼마나 무서운데요. 전후 사정 다 알게 되면 전 뼈도 못 추려요! 괜히 서울대 장학생으로 다니고 사법 고시 통과해서 판사가 됐겠어요? 그 누님학교 다닐 때부터 유명했다구요. 보통 독종이 아니거든요. 옛날부터 어른들도 함부로 못 건드렸는걸요."

이 와중에 위준희는 주체할 수 없는 듯 히죽히죽 웃음을 흘렸다. 아주 상등신이 따로 없었다. 그것도 배은서 칭찬이라고, 마냥 좋은 모양이었다. 구장철은 기가 막혀 한숨을 내쉬었다.

최근 그의 삶은 점점 피폐해지고 있었다. 그 옛날 어떤 시인은 '삶이 그대를 속일지라도 슬퍼하거나 노여워하거나 말라'고 했건만.

둥글둥글한 손끝으로 피곤한 미간을 문지르며 구장철이 말했다.

"그래서 니가 여기서 지내겠다는 게 말이 되냐?"

공민수는 덩치에 맞지 않게 불쌍한 표정으로 애원했다.

"준희랑 같이 있으면 되잖아요. 숙소가 이렇게 큰데, 방해되지 않게 조심할게요. 실장님, 여기 좀 피신해 있게 해 주세요. 네?"

"얀마! 여기가 무슨 동네 여관이야?"

"대신 밥값 할게요. 집에 트레이너가 상주하면 좋잖아요? 제가 멤버들 열심히 운동 시킬게요."

"어휴!"

구장철은 한숨을 쉬며 시선을 돌렸다. 주방에서 사뿐사뿐 걸어 나오는 김지영을 보자마자 한숨은 다섯 배쯤 더 무거워졌다.

"저 언니는 또 뭐냐."

김지영은 생글생글 눈웃음을 흘리며 자기 집처럼 능숙하게 홈 바 앞에 서서 커피를 내리기 시작했다.

"이번 한 번만 도와주시면 입 딱 다물고 있는다니까요."

진심으로 구장철은 할 말이 없었다. 오늘 아침 갑자기 제 키만 한 캐리어를 끌고 숙소 벨을 누른 김지영을 발견한 순간부터, 그는 할 말이 없었다.

"그쪽은 배 누님 후배? 여기 왜 있어요?"

공민수도 깜짝 놀란 모양이었다. 감전이라도 당한 듯 자리에서 펄쩍 뛰더니 입을 떡 벌렸다.

"내가 좀 열 받을 일이 있어서, 여행 좀 하고 머리를 식히려고 했는데……. 경, 아니, 그, 누가 공항에 사람을 쫙 풀어 놨지 뭐예요. 어떻게 된 게 대한민국에는 비밀이 없어. 맘대로 출국도 못 해. 으이 씨!"

공민수가 눈을 껌뻑거렸다.

"그런데 왜 여기에 계세요?"

"공항이 그 모양인데 우리 집은 멀쩡하겠어요? 그 누구도 절대 찾을 수 없는 곳에 있어야 할 거 아니에요."

"왜요? 누님 사채 썼어요?"

김지영의 표정이 대번 사나워졌다.

"미쳤어? 나를 뭘로 보고……."

"그럼 그 누가 왜, 공항에 사람을 풀고 누님 집을 지키고 서 있어요? 혹시 누님 경찰에 쫓기는 중?"

"허! 내가 경찰에 쫓기긴 왜 쫓겨! 나 그런 사람 아닙니다. 아까 말하지 않았나? 열 받을 일이 좀 있었다고."

공민수는 이해가 안 가는 표정으로 두 눈을 껌뻑거렸다. 이해가 안 가기는 구장철도 매한가지였다.

"그러니까. 누님이 열 받으셨는데, 그 누가, 왜, 누님을 쫓아요?"

지영은 딱하다는 투로 공민수를 내려다보았다.

"나를 열 받게 만든 장본인이니까 나를 찾아오는 거지요. 싹싹 빌어야 할 거 아냐!"

"그냥 만나서 화를 내시지?"

"지금 만나면 죽여 버릴지도 모르는데? 그럼 진짜 경찰에 쫓기는 몸이 되는 거지."

살벌한 지영의 말투에 공민수가 입을 다물었다. 공민수가 잠잠해지자 지영의 살벌한 분위기가 싹 바뀌었다. 조금 전 같은 사람이 맞을까 싶을 정도로 사근사근한 말투로 구장철에게 물었다.

"다음 주에 여기 스태프들 파리 가신다면서요? 저도 마침 파리에 볼 일이 있거든요. 그니까, 일행에 저도 살짝 좀 껴 주세요. 네?"

구장철은 별로 묻고 싶지 않지만 예의상 질문을 던졌다.

"파리에는 무슨 볼일이⋯⋯?"

김지영의 눈꼬리가 서서히 올라갔다.

"그, 프랑스 브랜드 중에 '머큐르'라고 아시죠?"

공민수가 쑥 끼어들었다.

"머큐르? 그, 엄청 비싼 악어 가방 만드는?"

"그렇지."

공민수와 눈이 마주치자 구장철은 저도 모르게 툭 답했다.

"내가 거기서 3천만 원 조금 넘게 주고 가방 하나를 샀는데, 우연히, 음, 아니죠. 필연적으로, 그걸 좀 사용하다 보니 살짝 모양이 틀어졌거든요."

입을 다물고 있던 공민수가 또 이해가 안 가는 듯 끼어들었다.

"가방을 어떻게 필연적으로 사용하면 모양이 다 틀어져요?"

김지영의 말투가 대번 사나워졌다.

"그쪽 아이돌 친구님이 배 판사 전 남친님하고 청담동 클럽 문 앞에서 멱살잡이 하는 거 말리다가 그랬어요. 됐어요?"

"헐……!"

공민수는 입을 쩍 벌리고 위준희를 쳐다보았다. 정작 당사자 위준희는 남의 일인 양 무심한 태도로 핸드폰을 들여다보고 있었다.

"그런데 3천만 원 넘게 주고 산 가방이 AS가 안 된다는 거예요. 그게 말이 된다고 생각해요? 아니, 수선비를 준다고 했는데도 안 된대. 이건 상식적으로 미친 거지. 그런 기본적인 AS도 안 된다면 그 브랜드 제품을 살 가치가 없는 거잖아요. 그쵸?"

무조건적 동의를 요구하는 강압적인 시선을 견디지 못하고 공민수는 고개를 끄덕였다.

"그, 그렇죠."

김지영은 어느새 콧김을 씩씩 내뿜고 있었다.

"그래서, 내가, 파리 본사로 가려구요. 여기는 본사가 아니라서 무조건 못 한다 소리밖에 안 하니까. 본사에 가서 맞장 뜨려구요. 가뜩이나 열 받아서 기분도 안 좋은데, 누구든 붙어서 실컷 싸우면 좀 풀리지 않을까. 그나저나, 머큐르 본사 가면 어느 나라 말로 싸워야 하죠? 당연히 우리나라 말은 못 알아들을 거니까. 불어로 싸울까, 영어로 싸울까. 후훗!"

구장철 입에서 한마디도 떨어지지 않았는데 김지영의 마음은 벌써 파리에 도착한 듯싶었다.

"가서 한판 붙고 나면 또 그냥 올 수 없겠지? 아님 아예 밀라노도 찍고 올까?"

생각만으로도 흥이 솟구치는 듯 김지영은 콧노래까지 부르며 커피 잔을 들고 일어섰다.

"현관 앞에 방 하나 비었던데. 전 거기 쓸게요."

공민수와 구장철은 나란히 입을 쩍 벌렸다.

"실장님……. 저 누님은, 뭐 하는 사람이래요?"

구장철은 아무 말도 하지 못했다. 눈만 끔뻑거리며 기가 팍 죽은 공민수를 마주 보았다.

야심차게 시작했던 프로젝트는 그놈의 '슬픈 정서' 때문에 보류되게 생겼고, 그 '슬픈 정서'의 주인공은 상사병에 걸려 헛소리만 하고 있다. 회사 대표는 자존심 상했다며, 여태까지 위준 곡들이 반응만 좋은데 무슨 헛소리냐고 때려치우자고 펄펄 뛰고 있다. 핸드폰으로 모르는 발신자에게서 알 수 없는 메시지가 연달아 들어온다. 다음 주에 '채널 프로젝트' 답사하러 파리로 출국해야 하는데 다른 멤버들 스케줄 때문에 구장철은 따라가지도 못하게 되었다. 원래는 직접 다녀와야 하는 당사자는 제 마누라 딴 놈에게 빼앗길까 불안해서 죽어도 서울 못 뜬다고 버티는 중인데, 웬걸. 김지영이란 똥파리까지 나타나 물을 흐려 놓는다. 뭐가 제대로 되는 게 하나도 없다.

구장철은 피곤한 얼굴을 손으로 문질렀다.

어쩌면 이게 바로 사람들이 말하는 '삼재'인지도 모른다.

책상 위에 놓인 배은서의 핸드폰에서 '딩동' 문자 알림 음이 들렸다. 발신자는 준희다.

오늘은 좀 어때? 도우미 음식은 입에 맞아? 이따 법원으로 데리러 갈까?

퇴원한 뒤로 준희를 만난 적이 없다. 아니, 얼굴을 마주치지 않으려 은서는 최선을 다하고 있었다. 법원에서 기다리고 있다고 하면 사무실에 나가지 않았고, 집에서 기다리고 있다고 하면 집에 들어가지 않았다. 만나면 묻고 싶은 것이 많지만 물어볼 수 없다. 듣고 싶지 않은 얘기를 막을 방법도 없을 것 같다. 그래서 예전처럼 반갑고 애틋한 마음만으로 그를 마주 볼 자신이 없었다.

영리한 녀석이라 분명히 그녀가 피하는 걸 알아차렸을 것이다. 위준희는 더 멀어지지 않은 채 더 다가오지도 않았다. 마음만 먹으면 언제든지 집에 들어올 수도 있고 언제든 그녀와 얼굴을 마주할 수도 있을 텐데. 그녀의 거짓말을 진짜인 것처럼 받아 주고 있다.

그 까닭을 알 것 같았다.

준희는 걱정하고 있는 것이다. 한번 쓰러져서 병원 신세까지 졌던 배은서가 더 힘들어질까 봐, 더 다가오지 않고 그녀가 그어 놓은 거리를 유지하며 지켜보는 것일 테다.

핸드폰을 쳐다보던 그녀는 잠시 망설이다 답장을 보냈다.

아니야. 넌 사람들 눈에 띄면 불편하잖아. 내가 알아서 갈 테니 걱정하지 마.

핸드폰을 내려놓고 다시 노트북 화면을 노려보았지만, 오만 가지 복잡한 생각들이 사방에서 기어 나와 도통 집중을 할 수가 없다. 수십 가지 경우의 수. 수백 가지 가능성. 수천 가지 망설임. 어쩌면 그리 복잡한 문제가 아닐 수도 있다. 그녀의 마음속에 어지럽게 얽히고설켜 있는 그것들의 뿌리는 단순한 한 가지에 불과하다. 절대 인정할 수 없고 절대 확인하고 싶지 않은 그것.

"여기야!"

읍내에 단 하나뿐인 레스토랑 겸 커피숍에서 목이 빠져라 기다리고 있던 홍미란은 반가운 덩치가 나타나자 번쩍 손을 들었다.

"누나."

시골 읍사무소에서 공익 요원으로 근무 중인 사촌 동생을 만나러 먼 길을 왔다.

홍미란은 주변을 살짝 둘러보고 사촌 동생에게 의자를 권했다.

"나 오래 못 있어. 금방 들어가야 해."

"뭐 먹고 싶어? 그래도 누나가 맛난 커피는 사 줄게."

"그래?"

어려서부터 먹는 것이라면 영혼도 팔 기세였던 사촌 동생은 오늘도 메뉴판에 박혀 있는 먹거리 사진을 보며 군침을 흘렸다.

"뭐든지 먹어도 돼?"

"그럼, 물론이지. 다 먹어. 누나가 다 사 줄게."

사촌 동생은 몹시 신중한 태도로 메뉴를 고르기 시작했다.

"점심시간이 짧아서 얼른 먹고 들어가야 해."

"그럼. 그래야지."

홍미란은 웃으며 사촌의 비위를 맞췄다.

당최 실마리가 없을 것 같았던 취재는 편집장이 언급한 사생 팬 이야기를 듣는 순간부터 물꼬가 트이기 시작했다. 아이돌 사생 팬에게는 없는 정보가 없었다. 개중엔 지들이 사랑하는 '오빠'들에게 충실한 애들도 있지만, 팬심과 사심 사이에서 왔다 갔다 하는 부류도 있기 마련. 어렵사리 다른 아이돌 사생 팬 무리에 접근할 수 있었고 그 무리에게 거래를 제시했다. 편집장이 제공해 준 아이돌의 프라이버시 정보를 내밀자, 정신 나간 계집애들은 머지않아 '플래닛식스' 멤버들의 주민번호를 구해 왔다.

자신들이 사랑한다고 외치는 스타의 사생활 정보에 양심을 판 이것들이나, 뭘 받았는지 모르지만 지들이 사랑한다고 외치는 '플래닛식스' 주민번호를 제공해 준 것들이나, 수준은 똑같다.

미친것들.

"누나, 나 이거랑 이거랑 이거."

사촌 동생은 두툼한 손가락으로 메뉴판을 짚었다. 홍미란은 웃으며 동생이 원하는 메뉴를 주문해 주었다.

주민번호를 확보하고 나자 일은 일사천리로 풀렸다. 마침 고모의 아들내미가 시골의 읍사무소에서 공익 근무 요원으로 근무 중이었던 것이다.

처음에는 사촌 동생도 펄쩍 뛰었다.

'누나, 그건 불법인데. 하면 안 돼.'

'아니. 서류를 떼어 달라는 게 아니고, 그냥 알고 싶은 게 있어서 그래.'

'그래도 안 되는 건데.'

'누나한테 보여 달라는 것도 아니고, 그냥 이름 하나만 확인해 주면 돼. 난 안 본다니까. 니가 보고 나한테 확인만 해 주면 되는, 아주, 간단한 일이야.'

'누가 알면 난리 날 텐데.'

'내가 말 안 할 건데 누가 알아. 절대 말 안 하지.'

그 결과가 지금 눈앞에 있다. 바로 물어보고 싶었지만 홍미란은 꾹 참고 음식이 나올 때까지 기다렸다. 음식이 하나 둘씩 나오고 한 입, 두 입 사촌 동생의 입으로 들어가는 걸 보고 나서야 미란은 입을 열었다.

"그 이름, 봤어? 있었지? 분명히 있었지?"

사촌 동생은 고개를 끄덕였다.

"응. 있더라."

역시!

홍미란은 쾌재를 불렀다.

"누구? 누구한테 있었어?"

"엉. 위준."

머릿속에서 폭죽이 터지는 것 같았다. 위준! 평소 노출도 적고 가장 비밀에 싸인 멤버 위준이다! 아싸!

"무슨 관계였어?"

"배우자."

"응?"

순간 잠시 매치가 되지 않았다.

위준은 올해 스물네 살, 배은서 판사는 서른네 살. 열 살 차이. 그런데 부부라고?

눈이 휘둥그레진 홍미란이 되물었다.

"정말?"

"그래. 못 믿겠어? 그럴까 봐 내가 폰으로 찍어 왔잖아."

사촌은 주머니에서 작은 핸드폰을 꺼내 미란에게 내밀었다. 핸드폰에는 컴퓨터 모니터를 찍은 사진이 떠 있었다. 그것은 위준의 본명 위준희의 가족 관계부였다. 배은서라는 이름 칸에는 틀림없이 '배우자'라고 찍혀 있다.

오 마이 갓. 이건 진짜 대박 특종인데!

플래닛식스 위준이 결혼을 했다니! 그것도 열 살이 더 많은 판사와!

눈으로 보고도 좀처럼 믿기지 않아 아무 말도 못 하고 있자니 사촌이 화면을 슬라이딩 하며 다른 사진을 보여 줬다.

"좀 믿기 힘들 거 같아서, 내가 혼인 증명 기록도 찾아봤어."

사촌이 띄워 준 다른 사진에는 위준희의 혼인 증명 기록이 떠 있었다. 배우자는 틀림없이 배은서 이름이 적혀 있고, 혼인 신고가 된 날짜는…….

홍미란은 눈을 비비고 다시 읽어 보았다.

4년 전?

"네. 아, 그렇군요. 네, 확인해 주셔서 감사합니다."

전화를 끊고 은서는 모니터에 떠 있는 검색 결과를 노려보았다.

책상 위에는 집에서 챙겨 온 전세 계약서가 펼쳐져 있다.

틀림없었다. 혹시 조금이라도 오해의 여지가 있을까 싶어서 집주인의 신원 확인까지 부탁을 했다. 신원 확인 결과 집주인 김희열은 플래닛식스의 소속사인 탑 ENT 대표가 맞다고 나왔다. 모니터에 띄워진 낯선 얼굴이 바로 휘경동 집의 주인이자 준희 소속사 대표인 탑 ENT 김희열이다.

그뿐이 아니었다. 더 기가 막힌 사실도 알아냈다.

준희의 친구가 살고 있다는 앞집은 위준희 본인의 소유란다. 작년에 갑자기 곱슬머리에 덩치가 큰 남자가 찾아와 은서가 살고 있는 아파트를 콕 찍어 사고 싶다고 부탁했다고 했다. 시세보다 3천만 원이나 더 준다는 말에 아들 신혼집으로 아파트를 주려던 전 주인은 마음이 흔들려 집을 팔았다고 했다. 부동산에서는 그 곱슬머리 덩치가 김희열인 줄 알고 있었다.

준희 친구가 살고 있는 앞집을 거래한 다른 부동산에 나타난 사람도 똑같은 곱슬머리 덩치였다. 위준희 명의로 아파트를 거래했는데, 자기의 훌륭한 수완 덕분에 시세보다 500만 원이나 싸게 샀다고 부동산 주인은 떠벌렸다.

어쨌든, 의심할 여지가 없었다.

아저씨와 살던 휘경동 집도, 또 그 앞집도, 준희가 그녀 몰래 구입한 것이다. 감쪽같이.

어째서 그 애는 이런 일들을 벌인 걸까?

집을 나가서 아이돌이 되어 성공한 일이야, 원래 위준희 성격상 낯부끄러워 숨길 수도 있다. 하지만 어째서 집을 사고, 또 앞집을 사고, 몰래 친구를 이사시키고, 그녀를 지켜보고, 그녀의 생활을 보살피고, 눈치채지 못하게 작은 물품들을 사 놓았을까?

왜?

은서는 슬픈 시선을 내리깔았다.

사실은 알고 있다.

준희가 왜 그랬는지, 어떤 마음으로 그랬는지.

너무도 잘 알고 있다.

그날 밤, 서글프고도 뜨거운 그 눈빛이 쉽게 잊히지 않았다. 누군가가 일부러 갈무리해 둔 것처럼, 그녀의 뇌리에 박아 놓은 것처럼, 잊고 싶어도 자꾸만 떠올랐다. 생각하지 않고 싶어도 자꾸만 의식하게 되었다. 열망 가득한 입술과 세찬 심장 박동이 떠올랐다. 예상치 않았던 힘과 단호함도, 세상 그 무엇과도 비교할 수 없을 부드러움도 떠올랐다.

은서는 눈을 감았다.

차마 스스로를 속일 수는 없다. 하지만 솔직하게 인정할 수도 없다.

처음 잠결에 위준희의 입술을 받아들였을 때 이미 그녀의 세계는 뒤흔들렸다. 그리고 클럽에서 돌아와 키스를 한 그날 밤 이후, 오랫동안 지켜 온 그녀의 세계는 쩍쩍 균열이 가고 조각조각 부서지고 있었다. 아무리 아니라고 부인해 보아도, 아무리 애타게 조각들을 다시 되돌려 붙여 보려 해도, 의지만으로 돌이킬 수 있는 건 하나도 없었다.

그래서 두려웠다. 모든 것이 물거품이 돼 버릴까 봐. 지난 16년의 기억이 사라져 버릴까 봐. 말할 수 없이 두려웠다. 할 수만 있다면 아니라고 외치고 싶었다. 눈을 감고, 귀를 막고, 뒤도 돌아보지 않고 달아나 버리고 싶었다. 그 뜨거움이, 열망이, 무한한 다정함과 따뜻함이 그녀를 단번에 집어삼킬 것만 같았다.

안 돼.

그녀는 어금니를 앙다물었다.

마음을 단단히 먹고 뇌리에 박힌 눈빛을 지우듯 고개를 흔들었다. 그러자 이번에는 생의 마지막 호흡을 삼키던 아저씨의 눈길이 떠올랐다. 그녀는 재차 이를 악물었다.

책상 위에 놓인 핸드폰을 집어 잠금 화면을 풀고 통화 기록을 띄웠다. 지난 며칠 동안, 수도 없이 전화를 걸어왔던 화살표와 낯선 번호가 눈에 들어왔다. 저장해 놓지 않았어도 알 수 있었다. 통화를 누르자 연결 음이 들려왔다. 몇 번 울리지도 않았는데 상대는 금방 전화를 받았다.

— 여보세요. 배은서?

어쩌면 진작 이렇게 해야 했는지도 모른다. 그녀는 쓸쓸히 웃었다.

"경민아."

— 네 전화 계속 기다렸어. 아니, 내 전화 받기를 기다렸다고 해야지. 네가 연락할 줄은 몰랐네.

"우리 좀 만날까?"

경민은 반색하며 말했다.

— 언제? 내가 법원 앞으로 갈까?

"그래. 그래도 되고."

— 그럼 내가 지금 당장 갈게.

"아니. 일 마무리 좀 해야 돼. 이따 저녁에 전화할게."

— 아냐. 나 어차피 백수잖아. 내가 그쪽으로 가서 기다릴게. 천천히 일 마치고 나와.

"응. 그래. 이따 봐."

그녀의 얼굴에 어색한 미소가 얼어붙었다.

어차피 사람의 인생이란 게, 뭐 그리 대단한 게 아닐지도 모른다. 그냥 눈 한번 질끈 감으면 되는 건지도 모른다. 그렇게 재고, 고르고, 까다롭게 굴 필요가 없는지도 모른다. 좋았던 기억은 그냥 기억 자체만으로도 빛이 날 것이다. 굳이 놓치지 않겠다고 움켜쥐고 고생할 필요는 없을지도 몰랐다.

잠시 멍하니 앉아 있던 은서는 마우스를 움직이고 자판을 두드렸다. 그녀의 손가락이 춤추듯 움직이는 사이 검색 게시창에 글자가 한 자, 한 자씩 입력되었다.

사표 쓰는 법

밤이 내려앉은 강물은 주변에 늘어서 있는 마천루 불빛을 따라 꿈틀꿈틀 흘러갔다. 강변에는 꼬리에 꼬리를 물고 노랗고 붉은 빛을 내뿜으며 잠을 모르는 자동차들이 질주하고 있었다. 거실 창밖으로 펼쳐지는 밤풍경은 매일 똑같았고, 매일 달라졌다. 한밤중, 창밖을 물끄러미 보고 있는 위준희의 뒷모습은 그냥 한 장의 화보 사진 같았다.

불도 켜지 않은 거실에서 지영은 넋을 잃고 위준의 뒷모습을 쳐다보았다.

그래, 바로 이게 네가 세상에 존재하는 이유인 거지. 기쁜 모습도, 슬픈 모습도, 장난스러운 모습도, 화난 모습마저도, 다른 누군가의 황량한 심장에 달달한 위안을 주는 것. 네가 만든 음악도 좋지만 너란 존재가 이렇게 눈앞에 있다는 것만으로 상처 입고 무너지는 자존심이 추슬러진다는 것. 깊은 빡침 가운데서도 그래도 아직은 살 만하구나 느끼게 해 준다는 것. 그럼에도 불구하고 누군가를 사랑할 여력이 있구나, 깨닫게 해 준다는 것.

네가 사진 속 노래하는 카나리아가 아니라는 것을 알아. 한 여자를 열렬히 사랑하고, 그 사랑에 일생을 걸고, 닿지 못하는 마음 때문에 밤이면 잠들지 못하고 괴로워하는 뜨거운 심장을 지닌 사내라는 것, 잘 알아. 그 여자가 너의 이 마음을 받을 만한 사람이란 것도, 네 마음을 거부하는 것 역시 너를 향한 진심 때문이라는 것도, 나는 모두 알아.

그래서 누군가가 나를 여기에 데려다 놨나 보다. 그 옛날, 악착같이 배은서의 곁으로 찾아가게 하고, 본능처럼 너의 팬이 되게 했나 보다. 너의 그 애타는 마음에 함께 아파하게 했나 보다. 그 누군가, 우리의 인생을 쥐고 흔들며 마음대로 조종하는 그 누군가가.

마음 같아선 가까이 다가가 말을 걸고 싶다. 유독 외로워 보이는 위준희의 어깨를 다독거려 주고 싶다. 아픈 마음에 귀 기울여 주고 쓰라린 눈물을 닦아 주고 싶다. 할 수만 있다면 꼭 안아 주고도 싶다. 하지만 절대 그럴 순 없다. 거리를 존중해 주어야 한다.

위준희가 자유롭게 거닐고 꿈꾸고 큰 소리로 웃을 수 있는 공간을 지켜 주어야 한다. 그것이 위준을 좋아하는 사람이라면 누구든 알고 있는 불문율이다. 불문율이 철저하게 지켜질수록, 위준은 더 많이 웃을 것이고 더 좋은 곡으로 보답한다는 것을 팬인 지영은 이미 잘 알고 있다.

9

"부탁한 거 여기 있어."

한수영은 카페에 들어오자마자 서류 봉투부터 내밀었다.

"불법이다. 잘 알고 있지?"

"고마워요, 누나."

정경민은 봉투를 받자마자 안에 든 종이 서류를 꺼내 들고 내용을 쓱 훑어보았다.

수영은 목이 타는 듯 음료도 주문하지 않고 탁자 위에 놓여 있는 찬물을 집어 들이켰다.

"정말······. 놀랐달까. 배은서가 결혼을 했다니. 그것도 나이 차이가······."

말을 다 마치지 못하고 한수영은 입을 다물었다. 눈앞에서 정경민이 서류를 북북 찢기 시작했던 것이다. 아무런 말없이 종이를 잘게 찢더니 이내 다시 봉투에 집어넣었다.

"난 이 봉투를 태워 없애려구요."

찌르는 듯한 경민의 눈빛에 수영은 잠시 얼어붙었다.

"어……. 그, 그래. 그래야지."

경민이 아무 대꾸도 하지 않고 자신을 노려보자 수영은 어색하게 웃으며 덧붙였다.

"난, 아무것도 못 봤어. 그 서류 내용이 뭔지 난 몰라."

그제야 경민의 차가운 얼굴이 풀어졌다.

"누나. 주문해야죠? 뭐 마실래요?"

수영은 손을 내저었다.

"아냐. 나 근무 중이잖아. 금방 들어가 봐야 해."

경민은 붙잡지 않았다.

"아, 그렇죠. 검사님들이 어디 좀 바쁜가요."

"그래. 알아주니 고맙네."

경민이 먼저 자리에서 일어섰다.

"나중에 퇴근하고 술 한잔 마셔요."

비로소 한수영은 마음을 놓고 웃었다.

"그래. 나 먼저 들어간다. 미안해."

허둥지둥 한수영이 카페를 나가자 정경민의 얼굴이 다시 굳어졌다. 그는 카페 안을 한번 둘러보았다. 그리고 무너지듯 다시 의자에 앉았다.

설마 했는데. 그를 밀어내기 위한 거짓말이기를 바랐는데……. 어제 배은서가 했던 말은 전부 사실이었다. 그녀는 정말로 4년 전 그 꼬맹이 녀석과 혼인 신고를 했다. 한번 찌푸려진 얼굴이 좀처럼 쉬이 펴지지 않는다. 이 사실을 아버지가 알면 뭐라고 할지 감당조차 되지 않는다.

사람들의 생각과 달리, 그는 전 아내와 몹시 사이좋게 헤어졌다. 사실 먼저 헤어지자고 한 사람도 아내였다. 결혼한 지 3개월이 되던 어느 날 함께 술을 마시던 아내는 돌아가고 싶은 사람이 있다며 울었다. 그에게 아무런 불만도 없지만 그 사람이 보고 싶다고 했다. 그날로 그녀는 아내가 아니라 동지가 되었다. 눈물을 흘리는 그녀의 곁에서 눈물을 닦아 주지 못했다. 그의 마음도 울고 있었으므로. 매몰차게 떠나 온 배은서가 부쩍 그리워져서, 지독하게 보고 싶어져 경민은 곁에서 함께 울었다.

고생스럽게 돌아왔고 힘들게 그녀를 다시 만났다. 배은서의 겉모습은 기억 속 모습과 다를 게 없었다. 부드러운 생머리와 서늘하게 빛나던 눈동자 역시 그대로였다. 하지만 어제 만난 그녀는 조금 달랐다. 그녀는 흔들리고 있었고 어딘지 불안해 보였다.

"니가 먼저 알아야 할 게 있어."

법원 건물을 벗어나자마자 은서가 말했다.

"난 지금 자유의 몸이 아니야."

경민이 의아해서 물었다.

"무슨 소리야?"

은서가 물끄러미 그를 올려보았다.

"나 혼인 신고 되어 있어."

휘둥그레지는 경민의 눈동자를 보며 그녀는 쐐기처럼 덧붙였다.

"준희랑."

어차피 그 역시 이혼하고 돌아온 몸이다. 자신은 별 상관이 없었다. 나중에 세상이 알게 되어도 큰 흠이 될 거라고 생각하진 않았다. 그보다는 생각할수록 배은서가 그 어린 녀석과 진짜 혼인 관계일 리가 없다는 확신이 들었다. 예전부터 별나게 녀석을 챙기던 그녀. 친가족은 아니지만 가족이나 다름없던 녀석을 그녀가 자신의 남편으로, 남자로 받아들였을 리가 없다. 뭔가 까닭이 있었을 것이다. 그녀의 표정이 그렇게 말하고 있었다. 그래서 대수롭지 않다는 투로 그는 이렇게 말했다.

"괜찮아, 너만 내게 오고 싶다면. 그게 문제라면 무슨 수든 써 볼게."

어려울 게 뭐가 있을까. 이혼이든 혼인 무효든 방법은 얼마든지 있었다. 배은서만 다시 되찾을 수 있다면 무슨 짓이든 할 수 있을 것 같았다. 법적 효력을 지닌 종이 쪼가리에 관련된 일이고 바로 그 종이 쪼가리를 고치는 게 문제라면 더더욱 일도 아니다. 다름 아닌 그의 전문 분야이므로.

"나, 사표 냈어."

희미하게 웃으며 은서가 말했다. 경민은 너무 깜짝 놀라 잠시 동안 할 말을 찾지 못했다. 그녀가 누군가와 혼인 신고가 되어 있다는 사실도 그렇게까지 놀랍지는 않았다.

연수원 시절부터 그녀를 보았다. 그녀가 얼마나 즐거워하고 얼마나 진지했는지 누구보다 잘 안다고 생각했다. 언제나 판사가 되고 싶어 했다. 판사 임용이 되었을 때도 너무 행복해 죽을 것 같다고 했다. 헤어지고 난 후에도 간간이 들려오는 소식은 배은서가 그 누구보다도 판사라는 직책에 어울린다는 얘기뿐이었다.

"나도 어디론가 좀 떠나 보려고."

그때 깨달았다. 그 미소는 진짜가 아니었다. 오랜만에 만난 첫사랑 앞에서 그녀는 어떻게든 웃으려고 애쓰고 있었다.

"그동안 공부하고, 공부하고, 일하고, 일하고……. 이렇게 살다 죽으면 왠지 좀 억울할 것 같아."

그녀의 말에 마음 한구석이 초조해지기 시작했다. 이상하게도 배은서답지 않은 그 결정이 좀 전에 그녀가 언급했던 혼인 신고와 관련이 있다는 예감이 들었다. 하지만 솔직히 물어볼 순 없었다. 일단 그의 자존심이 허락하질 않았다. 그래서 그는 최대한 태연하게 물었다.

"나랑 갈래? 미국으로?"

은서는 특유의 서늘한 눈동자로 말없이 그를 쳐다보았다. 그 눈빛에 용기를 얻어 경민은 또 웃었다.

"다른 공부도 하고, 다른 일도 해 보고. 여기저기 놀러도 다니고, 나랑. 어때?"

그녀는 아무 대답도 하지 않았다. 대답을 하고 싶은데 하지 못한다는 느낌마저 받았다. 그래서 배 속이 뒤틀리는 느낌이었다. 병원에서 만났던 꼬맹이의 시건방진 얼굴이 떠올랐다. 녀석이 그녀를 태우고 지나갔던 값비싼 슈퍼 카도 떠올랐다. 뭔가 단단히 잘못 돌아가는 느낌이었다.

제1보. 디스뱃지 독점. 아이돌 위준 열 살 연상녀와 결혼!

제2보. 플래닛식스 위준이 사실은 유부남. 상대는 열 살 연상의 여 판사.

제3보. 위준, 지난 4년 동안 열 살 연상의 여 판사와 밀월 관계. 아무도 몰랐다!

홍미란은 취재 내용이 담긴 서류와 사진을 파일에 담아 편집장이 기다리는 회의실로 향했다. 이 특종을 독차지하고 싶은 욕심에 아직 동료들에게도, 가족들에게도 알리지 않았다. 모든 내용은 그녀가 밤새 공들여 작성한 세 개의 기사에 상세히 담겨 있었다. 처음 특종을 터뜨리고, 다른 언론사나 기자 들이 움직일 틈을 주지 않고 2차와 3차 기사를 연달아 낼 계획도 세워 두었다.

그야말로 난리가 날 것이다. 들썩들썩 난리가 날 모습이 눈에 선했다. 네티즌들이 어떤 반응의 글을 올리고 어떤 내용의 SNS 메시지가 돌아다닐지 보지 않아도 보는 것만 같았다.

헐, 대박!

사고 친 거 아니야?

안 돼! 우리 위준이 유부남이라니!

열 살이나 연상이? 도둑년! 위준 오빠를 돌려줘!

좋은 세상이네. 유부남이 아이돌도 하고.

아이돌은 결혼하면 안 된다! 법으로 만들자!

할 말이 없다.

혼자 배실배실 웃으며 사람들의 반응을 상상하고 있는데 문이 열리고 김대식 편집장이 들어왔다.

"그래. 취재했다고?"

"여기요. 직접 보세요."

미란이 내민 파일 서류를 훑어보던 편집장이 두 눈을 번쩍 떴다.

"오호. 이거 장난 아닌데?"

"지금 후속 취재도 준비 중이에요. 둘이 어떻게 만났고 어떻게 결혼 생활을 비밀에 부쳤는지, 이 사실을 누가 또 알고 있는지, 다 샅샅이 조사해서 밝힐 거예요."

편집장이 만족스러운 웃음을 터뜨렸다.

"미란아, 이거 초대박 특종이다. 우리나라뿐 아니라 중국까지 난리 나겠어."

홍미란은 득의양양해서 웃었다.

"거보세요. 제가 특종감이라고 했잖아요."

"잘하면 플래닛식스 해체설도 나오겠는데."

미란은 어깨를 가볍게 들썩였다.

"뭐, 걔네도 이미 정상을 찍었잖아요. 해 먹을 만큼 해 먹었어요. 요즘은 다들 개인 활동 중이고."

"이거 터뜨리기 전에 탑 ENT 주식부터 팔아야겠구나."

홍미란이 눈을 치떴다.

"편집장님 거기 주식도 사 뒀어요?"

김대식은 한심하다는 듯 되물었다.

"넌 농담도 구분 못 하냐?"

"아아."

그런데, 그다음부터는 홍미란의 예상과 전혀 다른, 엉뚱한 방향으로 대화가 흘러가기 시작했다.

"잘 알았다. 이건 당분간 내가 킵 하고 있을게."

"네?"

자연스럽게 홍미란의 언성이 올라갔다.

"당분간 홀드."

미란은 날벼락을 맞은 기분이었다.

"홀드요? 왜요?"

"너 이거 취재하는 동안 다른 기자 마주친 적 있어?"

"아뇨. 그게 무슨 상관이에요?"

"이거 우리 독점이란 얘기잖아. 잠깐만 홀드시키자고."

홍미란은 의자를 박차고 일어설 뻔했다.

"그니까, 왜냐구요!"

편집장이 또다시 한심하다는 눈으로 미란을 보았다.

"야. 너 오늘 실시간 검색 1위가 뭔지 아냐?"

"아뇨. 모르는데요."

김대식은 자기 핸드폰을 켜서 책상 위로 쓱 밀었다.

"한번 봐."

미란은 어리둥절해서 시키는 대로 화면을 훑어보았다.

"음. 연미정이 1위인데요? 아. 어젯밤 '힐링텐트'에 출연했었지. 아무튼 연미정인데요?"

"거봐라. 지금 얼마나 시시한 이슈가 1위인가."

미란이 눈에 쌍심지를 켰다.

"그니까. 이럴 때 우리가 특종을 터뜨려야죠."

김대식은 미란이 내민 파일을 챙겨 들고 자리에서 일어났다.

"잘 생각해 봐라. 왜 이런 시시한 때 특종을 터뜨리면 안 되는지."

미란도 벌떡 따라 일어났다. 당최 편집장의 의도를 알 수가 없었다.

"왜 안 되는데요?"

편집장이 손가락으로 집게 모양을 만들어 자기 입술 위로 죽 그었다.

"때가 오면 저절로 알게 된다. 그때까지. 기밀 잘 지키자. 알았지?"

편집장이 회의실을 나가자 홍미란은 엉거주춤 제자리로 돌아가 앉았다.

어이가 없어 뭐라고 말도 제대로 나오지 않았다.

이게 도대체 무슨 상황인 거지? 나 여태까지 뭐 한 거야? 설마, 나 방금 털린 건 아니겠지?

에이. 설마.

"어어! 같이 갑시다!"

은서가 탄 엘리베이터 문이 닫히려는 순간이었다. 바깥에서 점심을 먹고 서둘러 올라가려던 참이었다. 누군가가 바깥에서 부르자, 그녀는 황급히 '열림' 버튼을 눌렀다.

"아이고. 놓치는 줄 알았네."

헉헉거리며 엘리베이터에 올라탄 사람을 보자 은서는 반색을 하고 인사를 했다.

"원장님!"

"어. 배은서! 그렇잖아도 아침부터 만나는 사람마다 자네 얘기를 하더니 이렇게 딱 마주쳤네."

고원길 동부지법원장은 한때 그녀가 합의부 배석으로 있을 때 모시던 부장 판사였다.

언제나 그녀의 의견을 묻고, 그녀의 생각을 적극적으로 받아들이곤 했다. 언제나 자기만의 세계를 고집하는 판사라는 직업상, 특히 마흔이 넘는 나이의 판사들은 더더욱, 남의 의견에 귀를 열고 나와 다른 의견을 포용한다는 게 쉽지 않다. 그래서 당시 고 판사는 젊은 판사들과 후배들에게 인기가 많았다. 그래서 동부지방법원 원장으로 고원길이 임명되었을 때 젊은 판사들의 환영을 한 몸에 받기도 했다.

"아침에 자네 얘기 듣자마자 전화 한번 해야겠다고 생각은 했어."

은서는 쓸쓸하게 웃었다.

"좋은 얘기가 아니죠?"

고 원장은 희미하게 웃었다.

"사표라니. 자네도 다른 사람들이 가는 길을 갈 거라곤 생각
못 했는데."

무슨 추측을 하는지는 잘 알고 있다. 단독 재판을 맡고 있는
판사가 사표를 쓰고 나갈 때는 보통 로펌에서 스카우트 제의가
있다는 뜻이었다.

"그러게요. 저도 이렇게 될 줄은 몰랐어요."

주머니에 손을 넣고 정면을 보고 있던 고원길이 돌아보았다.

"배은서 자네는 타고난 판사라고 생각했는데."

은서는 차마 고 원장 볼 용기가 나지 않았다. 고 원장과 함
께했던 사건과 판결 들이 뇌리를 스치고 있었다. 그야말로 산
더미처럼 쌓여 있는 수많은 자료를 나눠 읽었고 정말 많은 얘
기를 나눴었다.

"자넨, 장사엔 소질이 없는데 말야. 안 그래?"

장사꾼. 변호사를 일컬어 부르는 고 원장만의 표현이었다.

'억울한 사람이 없도록 변호를 해? 웃기고 있네. 그것들은
다 장사꾼들이야. 소송은 비즈니스일 뿐이고. 그것들에게는
'정의'고 '법'이고 없어. 액수, 수임료를 얼마나 많이 받는가! 오
로지 그것만이 문제지. 고액의 수임료, 그것이 바로 '선'이고 반
드시 수호해야만 하는 가치인 거야. 누구나 돈만 많이 받으면

다 할 수 있을 것 같지? 그런데 배은서. 그렇지가 않다. 장사도 타고난 소질이 있어야 하는 거거든. 누구나 장사로 돈 좀 쥐고 싶어 하지만 결국 재물을 독식하는 건 타고난 '꾼'들이거든. 내가 보기에 자네는 장사 소질이라곤 털끝만큼도 없어. 쯧쯧. 돈 좀 만지기는 글러먹은 거지. 참, 안됐다, 배은서. 그냥, 평생, 딴생각 말고 구리구리한 판사질이나 열심히 하라구.'

언젠가 고 원장은 너무너무 반가워하며 빛나는 얼굴로 그런 말을 했다.

당시에 은서는 잠깐 어리둥절했다. 칭찬인 것 같은데 칭찬인 것 같진 않고 그렇다고 욕하는 것 같지도 않았던 것이다. 하지만 오랫동안 고원길의 배석 판사를 하며 그의 화법에 익숙해진 지금은, 그것이 그 사람이 할 수 있는 최고의 칭찬이었다는 것을 잘 안다.

"'정오'의 정경민이랑 친하다구? 그런 인맥이 있는 줄은 몰랐네, 내가."

은서는 담담하게 답했다.

"연수원 동기예요."

"그래? 정경민이가 자네 때문에 부모가 만들어 준 혼인도 다 걷어차고 왔다던데?"

그녀는 피식 웃었다.

"설마 그러겠어요? 제가 무슨 양귀비도 아니고."

고 원장의 얼굴에서 웃음이 사라졌다.

"그럼 뭐야? 진짜로 장사꾼이 돼 보려구?"

은서도 진지하게 답했다.

"전 장사에 소질이 아예 없다고 그러셨잖아요, 원장님이."

고 원장은 아예 그녀를 향해 돌아섰다.

"그럼 뭔데? 자네 만난 김에 아예 직접 좀 묻자. 지금 자네 사표 때문에 말들 많은 거 알지? 조용하고 칼 같은 배은서 판사가 사표 한 장에 하루아침에 스캔들 주인공이 됐어. 무슨 막장 드라마 보는 것 같다고. 장사에 소질도 없는 자네가 왜 정경민이랑 미국에 간다고 한 건가?"

이상하게 눈물이 쏟아질 것 같았다.

차마 고 원장 앞에서 눈물을 보일 수는 없었다. 은서는 최선을 다해 눈물을 삼켰다. 안구를 통해 흐르지 못한 눈물이 비강으로 흘러든다. 그녀는 어쩔 수 없이 콧물처럼 떨어지는 눈물을 손가락으로 비벼 막았다.

"할 수 있으면 결혼도 하고 그러려구요. 저도 그럴 나이 됐어요, 원장님."

고 원장이 대번에 눈살을 찌푸렸다.

"정경민이 말고는 남자가 없어?"

은서가 코를 훌쩍거리며 웃었다.

"그러게요."

그녀가 내려야 하는 층엔 한참 전에 도착했고 엘리베이터 문은 열려 있었다. 차마 내리지 못하고 있는데 고 원장이 '열림' 버튼을 누른 채 물었다.

"자네, 정경민이 많이 좋아하나?"

담백한 고 원장의 질문이 그녀의 가슴을 예리하게 파고들었다. 다른 사람도 아니고 고원길에게는 차마 거짓말을 할 수 없었다.

"아뇨."

참 희한했다. '아뇨'라고 솔직히 인정하는데 마음이 아팠다. 심장이 '저릿'하는 순간 위준희의 모습이 머릿속을 스쳐 갔다.

"좋아하는 것도 아니고 장사하는 것도 아니면 미국은 왜 따라가려고?"

은서는 희미하게 억지 미소를 지어 보였다.

"별거 아니에요. 그냥, 저도 좀 놀아 볼까 하구요."

갑자기 이유도 없이 피곤해졌다. 은서는 공손하게 인사를 하고 엘리베이터에서 내렸다.

이런 날은 어디선가 소주 병나발이라도 불어야 할 것 같았다.

홍미란은 종일 치밀어 오르는 성질을 꾹꾹 눌렀다. 당장이라도 편집장에게 쫓아 달려가 대체 당장 기사를 내지 못하게 하는 이유가 뭐냐고 따져 묻고 싶었다. 그나마 사회생활은 해야 했기에 달려가지 못하고 종일 혼자 머리를 굴렸다.

위에서 뭔가 따로 지시가 있나? 아니면 설마, 진짜 탑 ENT 주식을 사 놓은 건 아니겠지? 적당한 때를 봐서 주식을 모두 팔고, 그다음에 터뜨리려고?

고개를 번쩍 들어 편집장 데스크를 쳐다보다 편집장과 눈이 딱 마주쳤다.

편집장은 다 안다는 듯 웃었다. 그러고는 손가락으로 '쉿' 모양을 하며 자기 입술을 눌렀다.

사람이 미치고 팔짝 뛰고 싶을 때는 바로 이런 때인 거다.

누구한테 털어놓지도 못하고 물어보지도 못하니 그야말로 죽을 맛 그 자체였다.

특종의 날이 될 거라고 믿었던 하루를 종일 죽상으로 보내고, 아직 자리를 지키고 앉아 있는 편집장에게 시위라도 하는 심정으로 미란은 보란 듯이 먼저 퇴근하였다. 큰 소리로 "퇴근합니다!"를 외쳤지만, 편집장은 고개도 돌리지 않았다. 손등으로 까닥까닥 얼른 가라는 신호만 보냈을 뿐.

"도대체, 뭐지? 뭘까? 왜? 왜 저러는 거지?"

아무리 던져도 답이 나오지 않는 질문을 혼잣말처럼 중얼거리며 길을 걷는데, 핸드폰으로 메시지가 들어왔다.

"뭐야."

무심코 꺼내 메시지를 열어 보았다가, 하마터면 핸드폰을 떨어뜨릴 뻔했다.

"헉!"

그것은 시골 읍사무소에서 일하고 있는 사촌 동생 사진이었다. 연달아 다른 사진들이 메시지로 들어왔다. 사촌 동생이 그녀에게 보여 줬던 위준희의 가족 관계 증명과 혼인 증명 화면을 찍는 사진이었다.

"누, 누가?"

아울러 이번엔 문자 메시지가 들어왔다.

당신의 깜찍한 사촌 동생과 나란히 5년 이하의 징역이나 5천만 원 이하 벌금형 맞고 싶지 않으면 조용히 건널목을 건너 검정색 BMW 승용차에 올라타시오.

뜨거운 것을 만지기라도 한 것처럼 미란은 핸드폰을 주머니에 다급히 쑤셔 넣었다. 그러곤 미친 듯이 주변을 둘러보았다. 퇴근 시간이 도래한 서울 거리는 점점 더 많은 사람들이 쏟아져 나오고 있었지만, 모두들 무표정하게 길을 재촉하고 있었다. 수상한 사람이 누구인지, 누가 그녀를 지켜보고, 누가 문자를 보내는 건지 도통 알 수가 없었다.

플래닛식스의 소속사이자 모든 아이돌, 배우 지망생의 꿈의 회사인 탑 ENT 사옥은 사람들의 생각과는 달리 번화가에 있지 않다. 번쩍번쩍한 고층 건물도 아니다. 양재동에서도 한참 들어가야 하는 우면동. 몇 개 안 되는 아파트촌을 모두 지나치면 나타나는 한적한 골목 끝에 나란히 마주 보고 있는 2층 건물을 사옥으로 쓰고 있다. 마주 보고 있는 건물 사이에는 듬성듬성 잔디가 나 있는 마당이 있고, 마당 구석에 있는 제법 큰 텃밭도 있다.

탑 ENT를 처음 방문한 사람들은 필연적으로 몇 번 놀라게 되어 있다. 이상한 형태의 사옥이 신기해서 놀라고, 모든 직원들의 관심이 텃밭에 쏠려 있는 게 신기해서 놀란다. 운이 좋으면 소속사 유명 아이돌이나 탑 배우가 텃밭 수확물을 가지고 직원들과 실랑이를 벌이는 모습도 볼 수 있다.

투명한 유리문 앞에서 벨을 누르고 기다리자, 스피커폰으로 목소리를 들은 여직원이 생글생글 웃으며 달려 나왔다.

"정경민 변호사님? 어서 오세요."

경민은 여직원이 안내해 주는 대로 신발을 벗고 실내화를 신었다. 원래는 살림집이었던 모양인 듯 바닥엔 마루가 깔려 있고, 깔끔하지만 어딘지 모르게 아늑한 기분이 들었다.

"2층 접객실에서 기다리고 계세요. 이쪽으로……."

여직원을 따라 반질반질한 층계를 오른 뒤 복도 끝에 있는 방 앞에 섰다. 여직원은 살짝 노크를 한 뒤 문을 열고 안을 가리켰다.

"그럼, 좋은 시간 되십시오."

방은 남서향으로 앉혀 있는 듯했다. 이미 해가 넘어가는 시간임에도 바깥에서 꽤 환한 볕이 들어오고 있었다. 방 안으로 들어서자 곧바로 의자에 앉아 있는 위준희와 눈이 마주쳤다. 어린 녀석은 이번에도 무례하기 짝이 없었다. 일어서지도 않고 시건방진 태도로 건너편 의자를 가리켰다.

"커피?"

"됐습니다."

갑자기 그의 입에서 존댓말이 튀어나오자 녀석은 조금 놀란 눈치였다. 하지만 놀라움은 금세 사라졌다. 여기까지 찾아와 존댓말을 쓰는 그의 의도를 파악하겠다는 듯, 두 눈을 가늘게 뜨고 쳐다보았다.

"사옥이 가정집처럼 아늑하고 좋군요."

녀석의 눈길을 뻔히 알면서도 경민은 일부러 딴청을 피웠다.

"뭡니까? 뭔데 그쪽이 여기까지 찾아옵니까?"

녀석은 지지 않겠다는 듯 존댓말로 응대했다.

"전화로 회사 쪽에 알렸다시피, 오늘은 변호사 정경민으로서 위준희 씨를 찾아왔다고 말씀 드려야겠군요."

녀석이 턱을 괴고 피식거리며 혼잣말을 뱉었다.

"뭐래."

경민은 들고 온 가죽 가방에서 누런 서류 봉투를 꺼내 두 사람 사이에 놓여 있는 탁자에 올렸다.

"저는 오늘 배은서 씨의 변호사 자격으로 온 겁니다."

녀석의 안색이 싹 변했다.

"뭐요?"

삐딱하게 턱을 괴고 있던 녀석은 튕기듯 고쳐 앉았다. 그러곤 봉투에 손을 뻗었다.

충분히 예상했던 모습이라 경민은 여유 있게 미소를 지었다.

"변호사로서 논의를 드리기 전에, 정경민이 개인 자격으로 몇 마디 하고 싶은데?"

녀석은 봉투를 잡은 채 그를 노려보았다.

"개인?"

경민은 말을 놓았다.

"그래, 개인."

"우리가 개인적인 대화를 나눌 사이는 아닌 줄 알았는데?"

"그렇지. 아마 이게 마지막이 될 거야."

최대한 침착하게 얘기하려고 했는데, 어느새 경민은 녀석의 페이스에 말려들어 으르렁대고 있었다.

"그 마지막 개인적인 대화가 뭔지 별 관심 없는데?"

"관심 없어도 들어야 해. 내 입으로 듣는 게 그나마 나을 테니까."

녀석의 얼굴에 불안한 빛이 떠올랐다. 녀석은 경민의 말이 떨어지기가 무섭게 손에 들고 있던 봉투를 쳐다보았다. 그런 위준희 녀석을 보며, 경민은 얼마간의 승리감을 만끽했다.

"은서 사표 냈다."

순간 녀석이 뛰어 일어나는 줄 알았다.

"뭐어?"

"사표 수리되는 대로 다 정리하고 나랑 미국으로 갈 거야."

그의 말이 끝나기도 전에 위준희의 얼굴이 시뻘게지기 시작했다. 녀석은 하얀 이를 드러내며 간신히 말을 내뱉었다.

"누구…… 맘대로?"

경민은 태연하게 받아쳤다.

"은서 맘대로."

"미쳤어!"

"그래서 오늘 내가 온 거야. 배은서를 대신해서 너에게 이혼에 합의하라고 설득하려고."

위준희가 사납게 뱉었다.

"그걸 왜 그쪽이……!"

경민은 일부러 느긋하게 보이기 위해 똑바로 뻗고 있던 한쪽 다리를 다른 쪽 다리 위에 올렸다.

"그렇게 말할 거라고 생각했지. 그래서 우리 사이엔 개인적인 대화가 필요한 거야. 네 말이 맞아. 시간은 흘렀고 모든 건 달라졌어. 너도 이제 꼬맹이가 아니잖아? 네가 은서에게 품은 감정이 어떤 건지 잘 알아. 내가 품은 감정도 다른 게 아니니까. 너와 내가 아무리 원수 사이라고 해도, 너와 나는 일단 은서가 상처 받지 않게 보호해 줘야 한다고 생각해. 그게 남자의 사랑 아니겠어?"

시뻘겋게 달아올랐던 녀석의 얼굴이 다시 하얗게 돌아왔다. 아니, 조금 창백해졌다고 해야 옳을 것이다.

"사랑?"

녀석이 코웃음을 쳤다.

"지금 정경민, 그쪽이 감히 '사랑'이란 말을 쓴단 말야?"

당장이라도 한 대 쥐어박고 싶은 시건방진 말투였지만, 경민은 이성을 잃지 않았다. 이런 싸움에서는 지는 게 이기는 것이다. 그것이 어른들의 방식이다. 그는 오히려 느긋하게 물었다.

"그럼 무슨 말을 써야 할까?"

녀석은 다시 한 번 재수 없게 웃었다.

"진심으로 몰라서 묻는 거야?"

경민은 아무런 대꾸도 하지 않았다. 그저 여유 있는 미소를 잃지 않고 녀석의 발악을 지켜보기로 했다. 어쨌든 승자는 이미 결정이 나 있다. 은서는 결심을 했고 사표를 썼다. 두 사람이 미국으로 가기 위한 모든 절차가 순리대로 이루어지고 있었다. 미국으로 함께 갈 것이고, 미국에 가면 언제나 배은서의 곁을 지킬 것이다. 결혼을 원하지만 부담을 주진 않을 생각이다. 그녀가 스스로 그를 선택하게 하고 싶었다. 그들 앞에 어떤 미래가 있는지, 그녀가 직접 보고 결정하게 기다릴 참이었다.

경민은 배은서를 잘 안다. 판사인 그녀가 혼인 신고라는 비상식적인 수를 썼을 때는 그만큼 필연적인 이유가 있었을 것이다. 그리고 그만큼 쉽게 놓을 수 없을 터였다. 웬만한 남자보다도 더 책임감이 강하고, 자신이 하는 일은 끝장을 보는 성격임을 누구보다 잘 알고 있다. 그러니 친동생처럼 아끼던 위준희도 쉽게 놓으려 하지 않을 것이다. 본인이 아무리 괴로울지라도, 그로 인해 어떤 종류의 부당함에 휩싸일지라도, 스스로 감당하려 할 것이 뻔했다.

그래서 고민 끝에 이곳을 찾아온 것이다. 그녀가 할 수 없는 일을 하는 것이 그의 몫이 될 것이다. 그녀가 끊지 못하는 것은 그가 직접 끊을 작정이었다. 배은서와 정경민의 관계는 앞으로도 죽 그런 모양새가 될 것이다. 그녀는 언제나 고고하고 명예롭게 이상을 좇을 것이고, 그런 그녀의 뒤에서 궂은 현실은 모두 그가 직접 처리하게 될 것이다. 아무리 생각해도 그래야만 했다. 그게 가장 옳은 관계였다. 그래서 오늘 경민은 은서의 이혼 서류를 만들어 위준희를 찾아온 것이다. 이것이 두 사람의 관계의 첫 단추가 될 터였다.

하지만 녀석은 역시 만만치 않은 상대였다. 녀석은 마치 자신의 최후를 예감하면서도 끝까지 검을 놓지 않는 검객처럼 비장했다. 어떤 의미에선 배은서와 많이 닮아 있었다.

"당신은 이미 저울질을 했어. 그쪽이 미국으로 떠났을 때. 그때 당신은 은서를 저울에 올려놓고 열심히 계산을 했어. 당신이 받을 미래에 비해 은서 쪽 추가 한참 가벼웠겠지. 아무리 똑똑하고 예뻐도, 은서에겐 배경이라곤 없었으니까. 그래서 그쪽, 어떻게 했어? 버렸잖아, 배은서를. 남자의 사랑으로 대한다는 그 은서를 말이야."

순간, 의도치 않게, 먹먹하고 담담했던 그녀의 눈빛이 떠올랐다.

경민은 진짜 아무 대꾸도 할 수 없었다. 너무도 강력했던 기억이 떠오르자 마치 급소를 너무 세게 얻어맞아 숨도 쉴 수 없는, 그런 기분이었다.

"시간이 지나고 모든 것이 변하면서, 애초에 당신이 저울질했던 것들의 가치가 바뀌었겠지. 당신이 생각했던 미래도 기대했던 것과는 달랐을 거고. 시간은 원래 그런 거니까. 그러니 생각났을 거야. 나름대로 당신에게 무거웠던 배은서라는 추 말이야. 그래서 돌아왔겠지. 아무것도 계산할 줄 모르고, 의심할 줄도 모르고, 보이는 것을 그대로 믿는 배은서의 순수함이 엄청나게 큰 무게였다는 걸 새삼 깨달았겠지. 그것의 가치가 엄청나게 크다고 느꼈겠지. 지금의 그쪽이 그렇다고, 이걸 지금 남자의 사랑이라는 거야? 웃기시네, 정경민."

첫 타격에 이어 쉬지 않고 급소를 찌르는 녀석의 공격에, 경민은 진짜 숨을 쉴 수가 없었다.

"당신은 지금도 저울질을 하고 있는 거야. 배은서의 반대편에 달고 있는 추의 가치가 예전과 다를 뿐, 하나도 달라진 게 없어. 그쪽은 그냥, 비즈니스를 할 뿐이야."

녀석의 말을 들을수록, 그 옛날 놀이터에서 마지막으로 보았던 은서의 눈빛이 더욱 생생해졌다.

경민은 눈앞이 아찔했다. 등줄기에서 식은땀이 배어났다. 조금 전 느긋한 태도는 순식간에 사라졌다. 어느새 그는 자제심을 잃고 고함을 치고 있었다.

"그럼 넌? 달라? 넌 뭐가 다른데, 이 자식아!"

"나?"

위준희의 얼굴이 싸늘해졌다.

녀석은 자조적인 투로 중얼거렸다.

"나도 결국 저울질을 하고 있는 거겠지."

"너도 결국 똑같다는 거잖아!"

"아니. 달라."

녀석이 경민을 똑바로 쳐다보았다.

순간, 녀석의 눈이 별처럼 맑다고 생각했다. 아주 짧은 찰나였지만.

"나는 반대편에 그쪽과는 다른 걸 걸었거든."

"넌 뭘 걸었는데?"

"그쪽은 절대 걸 수 없는 것. 아무리 시간이 바뀌어도 가치가 바뀌지 않는 것."

경민은 녀석의 말장난에 화가 났다.

"그딴 게 어딨어! 그딴 게 어딨냐고!"

위준희가 씩 웃었다.

"그러니까. 그쪽은 절대 알 수도 없는 거지. 그래서 죽을 때까지 배은서의 반대쪽 저울에 올라설 자격이 안 되는 거야, 그쪽은."

경민이 눈을 희번득거리며 위준희에게 다가섰다.

"뭐야! 그게 대체 뭐야!"

위준희가 생각을 헤아려 보는 듯 미간을 찌푸렸다.

"나……?"

정경민은 뒤통수를 얻어맞은 얼굴로 되물었다.

"뭐?"

위준희가 마치 우는 것 같은 표정으로 답했다.

"아마도, 나의…… 일생?"

홍미란을 태운 승용차는 묵묵히 어딘가로 달렸다. 운전기사는 뭔가를 알고 있나 싶어 조심스럽게 말을 걸어 보았지만, 별 소득은 없었다. 그냥 흔한 대리 기사일 뿐이었다.

"어라. 여기는……?"

복잡한 서울 거리를 달리던 자동차는 터널을 통과했고, 경사로를 오를수록 길가에 다닥다닥 늘어서 있던 건물들이 뜸해졌다.

설마, 호텔로 가는 건 아니겠지?

어리둥절한 눈으로 바깥을 주시하는 사이, 자동차는 남산에 위치한 파라다이스 호텔에 도착했다.

"여기가 목적지예요? 아저씨, 여기는 육성 호텔이죠?"

말로만 들었지 한 번도 와 본 적이 없었다.

눈이 휘둥그레져 있는데 핸드폰에 새 메시지가 도착했다.

도어 포켓에 있는 카드 키를 가지고 올라오세요. 봉투에 객실 번호가 적혀 있습니다.

도어 포켓으로 손을 더듬어 보았더니 정말로 봉투가 있었다. 카드 키도, 객실 번호도, 있었다!

미란은 정신을 가다듬었다. 꼭 무엇엔가 홀린 기분이었다.

"정신 차려. 호랑이 굴로 들어가도 정신만 차리면 산다고 했잖아."

혼잣말을 중얼거리며 도어맨이 열어 주는 금빛 호텔 문 안으로 들어섰다. 다른 때 같았다면 넋을 빼고 여기저기 구경하거나 핸드폰 카메라로 촬영하느라 바빴겠지만, 오늘은 아니다. 오늘은 그럴 짬이 전혀 없다.

홍미란은 중얼중얼 스스로에게 말을 걸면서 봉투에 적힌 번호를 확인하고 엘리베이터를 탔다.

"정신 차리자. 정신 차리자."

미친 사람처럼 중얼거리며 18층에서 내렸다.

1803호.

봉투에 적힌 객실 앞에 선 미란은 잠시 어리둥절했다.

벨을 눌러야 할까?

잠시 망설이다가 봉투 안에 들어 있는 카드 키를 꺼냈다. 키를 대자마자 가볍게 '짤깍' 소리가 나며 문이 열렸다. 미란은 눈을 이리저리 굴리며 천천히 안으로 발을 들이밀었다.

"어서 오세요, 홍 기자님."

낯선 여자 목소리다.

1803호는 널찍한 스위트룸이었다. 모던한 가구로 꾸며진 커다란 거실에 누군가가 앉아 있었다. 그는 미란의 인기척을 느끼더니 자리에서 천천히 일어섰다.

에……?

미란은 눈을 크게 떴다.

베이지 색 니트 원피스 차림에 롱부츠를 신고 있는 여자는 어깨까지 닿는 생머리의 소유자였다. 하지만 얼굴도, 나이도, 아무것도 알 수 없었다. 얼굴에 하얀 '가이 포크스' 마스크를 쓰고 있던 것이다.

"이쪽으로 오세요. 겁먹을 것 없어요."

목소리로 보아 아주 어린 나이가 아닌 것은 확실했다. 하긴 어린 학생들이라면 이런 호텔의 스위트룸을 무슨 재간으로 차지하고 있겠나.

"기자님, 커피 한잔 드실래요?"

슬라이드 문이 열리자 이번에는 티셔츠에 징이 박힌 청바지 차림의 다른 여자가 걸어 나왔다. 첫 번째 여자처럼 청바지 차림의 여자도 똑같은 '가이 포크스' 마스크를 쓰고 있었다.

"누, 누구세요, 당신들은?"

그녀의 뒤편에서 푸른빛이 도는 실크 정장 차림의 다른 여자가 나왔다. 역시나 같은 마스크를 쓰고 있었다.

"기자님한테 메시지 보낸 사람들이죠. 기자님을 이곳으로 초대한 사람."

"그니까. 그니까, 당신들 누구냐구요."

대답을 듣지 않아도 대충 짐작할 수 있을 것 같았다. 하지만 그래도 확인해야만 했다.

"대충 눈치채셨을 텐데."

"설마……. 구.위.호?"

청바지 마스크가 큰소리로 웃었다.

"잘 아시네."

"잘 아시는 분이 왜 그랬을까."

미란은 버럭 소리쳤다.

"당, 당신 같은 사생들이 뭘 알아! 이렇게 사람 납치하고 협박하는 거 다 불법인 거 알아요?"

정장 마스크는 기분이 좀 상한 듯했다.

"사생? 우리가 왜 사생이에요? 우리는 사생 따위가 아니지. 뭐, 우리도 서로 누가 누군지 모르니까. 우리가 뭔지 우리도 잘은 몰라요. 다만, 위준을 몹시 아끼는 팬들의 모임. 그 정도?"

다른 마스크가 곧장 끼어들었다.

"기자님, 입은 비뚤어졌어도 말은 똑바로 해요. 우리가 언제 홍 기자님을 납치했나? 우리가 뭘 협박했는데? 이렇게 좋은 곳으로 좋은 차에 태워서 정중히 모셨는데?"

여자의 말이 점점 짧아졌지만, 어딘지 모를 권위에 눌려 대들 수가 없었다. 평소에 다른 사람에게 반말 하는 게 몸에 밴 사람 같았다.

"맞아요. 불법은 기자님이 저지르지 않았어요? 그렇게 함부로 남의 사생활 정보를 얻고 기록을 뒤져 봐도 되는 거 아니잖아요. 알려 드렸죠, 제가? 5년 이하의 징역, 또는 5천만 원 이하의 벌금."

"기자님 돈 많으신가. 호호호."

이 이상하고 무서운 여자들 사이에 있자니 점점 더 겁이 났다.

"그, 그래서 용건이 뭐, 뭐예요? 날 불러다가 뭘 어쩌려고?"

생머리 마스크가 다가와 미란의 손목을 잡았다.

"기사는 다 썼어요?"

미란은 저도 모르게 언성을 높였다.

"그거, 편집장한테 다 뺏겼어요. 언제 터뜨릴지, 나도 모, 모른다구요!"

그러자 정장 마스크가 키득거렸다.

"당연히 그렇겠지. 이렇게 이슈가 없을 때 그런 특종을 함부로 터뜨리겠어요?"

"우리 위준 뉴스는 또 뭘 막는 데 써먹으려고 그러나."

청바지 마스크가 이죽거렸다.

"진짜 못된 것들이야! 남의 귀중한 인생을 도마 위로 올려 정말 중요한 이슈들을 눈가림이나 하고!"

마스크녀들의 이야기를 듣다 보니 미란의 머리도 조금씩 돌아가는 것 같았다.

설마, 그런 건 상상도 하지 못했는데……! 뭔가 정치적인 이슈를 물타기 할 목적으로 내 특종을 '홀드'시켰단 얘기잖아? 편집장이 그런 의도를 가지고 있을 줄이야.

약이 바짝 오른 미란은 이를 악물었다.

"아무튼! 난 아무 권한도 없고. 언제 어떻게 될지 나도 몰라요!"

마스크녀 셋이 동시에 다가왔다.

"그러시겠지."

"그걸 모르고 모신 게 아니야."

마스크녀들이 점점 가까이 오자 미란은 한 걸음 뒤로 물러섰다.

"그, 그럼, 왜 날 불렀어요?"

"별로 어려운 것도 아니에요."

"그냥 부탁 하나만 들어주면 돼요."

미란은 어느새 그녀들에게 손을 붙들려 소파에 앉고 있었다.

"우린 기자님을 뭐, 어떻게 하려고 모신 게 아니야."

마스크녀들이 나란히 그녀의 곁에 앉았다.

"우린 진짜 얘기를 해 보려고 해요."

미란이 되물었다.

"진짜 얘기요?"

"네. 위준희의 진짜 이야기."

"궁금하지 않아요?"

미란의 귀가 번쩍 트였다.

"네. 좋아요!"

타고난 호기심에 공포와 두려움이 밀려났다.

어느새 미란은 두 손을 모으고 얌전히 앉아 그들이 들려주는 이야기를 듣기 시작했다. 간간이 마스크녀들의 옷차림이나 화장 따위를 살피고 그들의 나이나 직업을 추측해 보기도 하면서. 소파 건너편에 놓여 있는 포장된 상자 안에 뭐가 들어 있는지도 궁금해하고, 그 뒤편에 놓인 비싸 보이는 악어가죽 가방은 왜 모양이 틀어졌을까 의아해하면서.

10

방열의 연락을 받고 구장철이 달려왔을 때 이미 위준희는 위스키를 반병이나 비운 상태였다.

위준 형이 많이 이상하다고, 눈빛도 이상하다고, 무슨 사고라도 칠까 겁난다는 방열의 연락을 받자마자, 구장철은 프랫에게 사정을 설명하고 촬영장을 빠져나왔다.

"너 이 자식, 눈 떼지 마라. 절대로 준희한테서 눈 떼지 마라!"

차를 몰고 달려오는 사이에도 방열의 전화를 몇 번이나 더 받았다.

— 이상해요, 실장님. 무슨, 시한폭탄 같아요. 저 형 무슨 일 있는 거 같아요.

"걔 오늘 누구 만났어?"

— 점심때 최 피디님 만나서 식사했구요. 오후엔 작업실 스

태프랑 같이 있었고. 아, 회사로 무슨 변호사가 찾아온다고 연락 받아서 우면동에 다녀왔어요. 맞다. 우면동 다녀온 다음부터 표정이 안 좋았어요.

"야, 방열아. 회사로 전화해서 오늘 찾아온 변호사 이름이 뭔지 확인 좀 하고. 그, 김지영이란 여자 있지? 그 여자 어딨는지 알아봐."

다행히 러시아워가 끝나가는 시간이라 40분도 안 돼서 도착할 수 있었다. 그사이에도 구장철은 정신없이 바빴다. 오늘 회사로 위준희를 찾아온 변호사의 이름은 정경민. 이름을 검색해 보니 대형 로펌 대표의 아들이다. 김지영과는 연락이 되지 않았지만 대충 돌아가는 상황을 알 수 있을 것 같았다. 정경민이라는 이름은 몰라도 대형 로펌 아들이라면 예전에 배 판사가 만났다 헤어졌다는 그놈일 것이다. 요즘 법조계 사람들 사이에서는 이혼하고 돌아온 로펌 아들이 첫사랑인 현직 여 판사를 찾아간 얘기가 최고의 이슈라고 했으니.

엘리베이터를 타고 숙소로 올라가는 사이, 구장철은 최근 미적거리며 미루고만 있었던 문제를 떠올리고 결정을 내렸다.

"2번."

떫은 표정으로 그는 중얼거렸다.

"에이 씨. 못 먹어도 '고!'다. 2번!"

그는 허탈한 웃음을 삼켰다. 그리고 숙소에 도착하자마자 평소와 다르게 큰 소리로 녀석의 이름을 불렀다.

"야! 위준희!"

화들짝 놀라 튀어나온 방열을 집 밖으로 내보내고 구장철은 준희가 술잔을 핥고 있는 주방으로 갔다.

"너 이 자식, 여기서 뭐 해?"

녀석은 흘끗 고개를 들어 한 번 쳐다보더니 병을 들어 잔에 술을 따랐다. 다행히 눈치 빠른 방열이가 위스키를 유리 피처 병에 부어 놓았다. 얼음과 물을 잔뜩 섞어서.

준희 녀석이 말없이 잔을 입으로 털어 넣었다. 꿀꺽, 괴롭게 목을 타고 넘어가는 액체가 술인지 녀석의 눈물인지 구분할 수 없을 것 같았다. 안타까운 심정으로 녀석을 바라보고 있노라니, 녀석이 식탁 위에 있는 누런 서류 봉투를 그에게 내밀었다.

"이거, 가져왔더라구요."

구장철은 묵묵히 봉투를 받아 들고 안에 들어 있는 서류를 확인했다. 배은서의 이름과 도장이 찍혀 있는 이혼 신청서와 절차에 필요한 배은서의 관련 서류들이다.

"벌써 법원에 사표도 냈대요. 그 인간이랑 미국 간다고."

창백한 얼굴로 또다시 병을 기울여 술을 따르는 준희를 가만 보고 있다가, 구장철은 녀석의 유리잔을 빼앗아 버렸다.

"어?"

녀석이 놀라 올려다보는데, 구장철은 잔에 든 술을 단숨에 꿀꺽 마셔 버렸다. 차갑고 뜨거운 액체가 입안에서 식도로, 식도에서 몸 안으로 천천히 퍼져 나갔다.

"그런데. 넌 여기서 뭐 해?"

준희는 여전히 놀란 눈치였다.

"사내자식이, 이렇게 가만히 앉아서 빼앗길 거냐?"

순간 녀석의 얼굴이 일그러졌다.

"가만히 안 있으면 어떡하라구! 난 변호사도 아니고, 은서보다 나이도 한참 어린데!"

구장철의 배 속에 뜨뜻한 기운이 퍼져 나갔다. 그는 소맷부리로 입을 쓱 닦고 웃었다.

"야, 이 멍청아. 변호사도 아니고 나이도 열 살이나 어리면 뭐 어떠냐? 넌 위준휜데."

위준희가 눈을 번쩍 떴다.

"너 진짜 모르겠냐? 넌 위준희잖아. 배은서의 위준희."

아무 말도 못 하는 위준희에게 구장철이 큰 소리로 외쳤다.

"생각해 봐라. 세상에 어떤 여자가 자기 인생을 5년이나 기꺼이 내놓는단 말이야? 너, 여자한테 이혼이라는 게 얼마나 커다란 흠이지 모르겠냐? 판사라는 위치에 있다면 아마 더 잘 알고 있었을 거다. 그런데 그걸 다 감내하면서도 했다고, 배은서란 여자가. 정말 모르겠냐? 상대가 바로 너니까 그런 거야. 니가 배은서의 위준희라서 그런 거라고!"

이번에야말로 위준희는 크게 한 대 맞은 표정이었다.

구장철은 멍하니 식탁에 앉아 있는 녀석을 뒤로한 채, 녀석의 방으로 들어가 외투를 꺼냈다.

"뭐하고 있어. 얼른 가!"

"형······?"

"가서 잡아! 설사 아니라고 해도 붙들어 보긴 해야 할 거 아냐!”

구장철은 다시 언성을 높이고 말했다.

“평생 후회하며 살 거야? 후회는 없게 할 수 있는 건 다 해 봐야 할 것 아니냐고! 가서 부딪혀! 깨지고 아프면 좀 어때! 평생 후회하는 것보단 낫지. 얼른 가서 직접 부딪혀! 수단과 방법을 가리지 말고 니 사랑을 지켜 내라고!”

반쯤 넋이 나가 있던 녀석의 두 눈에 생기가 돌아오는 게 보였다. 평소 옹골지게 떠나지 않던 고집과 단호함도 돌아오고 있었다. 조금 마음이 놓인 구장철은 밖에 나가 있는 방열에게 곧장 전화를 걸었다.

“준희 지금 나가는데 운전하면 안 되니까, 니가 좀 해줘야겠다. 주소는 내가 바로 문자로 찍어 줄게.”

녀석의 주머니에 핸드폰과 차 키를 쑤셔 넣어 주는데 녀석이 돌아보았다.

“다녀올게요. 형.”

“그래. 얼른 가.”

고양이 같은 느릿한 걸음걸이로 집을 나가는 위준희를 지켜보며 구장철은 스스로에게 욕을 퍼붓기 시작했다.

젠장. 망했다, 망했어.

비즈니스 파트너 좋아하시네. 결국 녀석 걱정밖에 안 한 거잖아.

그에게 있어 위준희는 ‘황금 알을 낳는 거위’ 비슷한 존재였다. 할 수만 있다면 지금처럼 계속 황금 알을 낳아 주기를 바랐다. 수명이 다해 가는 아이돌 그룹과는 별도로, 그 천재적인 감각과 남다른 감성으로 계속 히트 곡을 만들어 낼 거라고 굳게 믿고 있었다. 그러기만 한다면 뭐든 다 해 줄 수 있을 것 같았다.

하지만 이대로 녀석이 배은서와 잘된다면. 거위는 더 이상 울지 않을 거고 알을 낳을 필요가 없어질지도 모른다. 녀석의 정서에 깔려 있는 '애잔한 슬픔'이 사라져 버릴 게 뻔했다. 그래서 구장철은 여태까지 결정하지 못하고 있었던 것이다.

하지만 엘리베이터에서 구장철은 깨달았다.

황금 알을 낳지 못해도, 거위가 죽기를 바라지는 않는다는 걸. 어느새 그는 제멋대로고 고집스럽고 까다롭기 그지없는 거위에게 정이 들어 버린 것이다. 더 이상 황금 알을 낳지 못하게 된다고 해도, 위준희는 위준희로 남기를 원했다. 녀석이 조금이라도 상처 받고 잘못되는 꼴은 보고 싶지 않았다. 아니, 그렇게 되도록 절대 가만있지 않을 것이다. 누구든, 설사 상대가 배은서라고 해도, 위준희 녀석에게 상처를 입힌다면……

'만약'이라는 가정만으로도 어느새 부르르 끓어오르던 구장철에게 두 번째 놀라운 깨달음이 찾아왔다.

어쩌면 그는 천생이 '마더 구스(엄마 거위)'인지도 몰랐다.

호텔 스위트룸에서 홍미란은 훌쩍훌쩍 눈물을 흘리고 있었다. 곁에 앉아 있는 마스크 언니가 티슈를 뽑아 챙겨 주었다. 다른 언니는 그녀의 등을 도닥도닥 두드려 주고 있었다.

"세상에. 세상에……. 이런 사람들이 있다니……."

훌쩍거리느라 말이 제대로 나오지 않았다.

"무, 무슨, 드라마도 아니고……. 어쩜 그럴 수가……."

"자. 물 좀 마셔요."

미란은 울음 섞인 한숨을 몰아쉬며 차가운 물을 마셨다.

"정말, 꼭 지켜주고 싶었겠어요."

"그쵸? 그래서 우리 '구.위.호'가 생긴 거랍니다. 위준의 이야기를 알면 저절로 '입덕'하지 않을 수가 없거든요."

두 손으로 물컵을 쥐고 홍미란은 고개를 들었다.

"이걸, 또…… 누가 알아요?"

마스크 언니들이 고개를 저었다.

"이건 극비라서. 우리 말고는 아무도 몰라요."

"옆에서 도와주는 거예요?"

"아아니! 절대! 우린 그냥, 묵묵히, 보이지 않는 곳에서 지켜보고 응원만 하고 있는 거죠. 절대 개입하거나 끼어들지 않아요. 그게 우리의 철칙이에요."

"아아."

"그런데 기자님이 기사를 썼고 그게 폭로되면 두 사람이 어떻게 되겠어요."

그제야 홍미란의 머리가 조금 맑아지기 시작했다.

"그래서……?"

"다른 것도 아니고, 더러운 누군가의 비리나 모든 국민들이 꼭 알아야 하는 진실을 가리는 데 이용된다는 건, 더 참을 수가 없어요!"

"맞아. 그게 '더티 포인트'지."

그녀들이 흥분해서 떠드는 사이 미란은 조용히 찬물을 더 마셨다. 가방 안에 있는 수첩과 펜이 이렇게 아쉬울 수가 없었다.

"그럼, 다른 멤버들도 이런 조직이 있어요?"

"몰라요. 우린 다른 멤버는 관심 없어."

"걔네는 우리 위준 같은 '입덕 포인트'가 없잖아."

"맞아. 크크크."

미란은 조심스럽게 그녀들의 비위를 맞춰 주었다.

"세 분은 서로 누군지 전혀 모르시는 거예요? 그런데 어떻게 연락을 주고받아요? 처음에 '구.위.호'는 어떻게 만들었는데요? 누가 만들자고 했어요?"

갑자기 마스크녀들이 웃음을 뚝 그쳤다. 순간 홍미란은 깨달았다. 방금 전 자신이 엄청난 실수를 저질렀다는 것을.

— 누나. 이제 그만 알려 주세요. 지영이 어디 있어요?

경원에게서 걸려 온 전화를 받으면서도 은서는 탑처럼 쌓여 있는 책과 서류를 노끈으로 묶고 있었다. 집을 빼기 전까지 시간이 좀 있긴 했지만, 그래도 틈틈이 버릴 건 모두 정리하는 게 좋을 것 같았다.

"진짜야. 나도 몰라. 일부러 숨겨 주고 있는 게 절대 아니야. 그날, 너와 통화한 날 같이 있었는데, 그 후로 나에게도 연락이 없어."

— 누나아. 제가 사정할게요. 수란이한테도 가 봤는데 정말 모른대요. 그 친구는 어차피 요즘 연애하느라 바빠서 지영이가 신세 질 리가 없을 거고. 누나밖에 없거든요? 제가 누나한테 들었다고 지영이한테 절대 말 안 할게요.

은서는 한숨을 내쉬었다.

"주경원. 이거 진짜야. 나도 출국하기 전에 지영이랑 하고 싶은 얘기가 많아. 얼굴도 보고 싶고. 그런데 내 전화도 안 받고 있어. 나한테도 뭔가 화가 났나 봐."

— 출국? 설마, 누나 진짜예요? 사표 쓰고 미국 간다고 소문이 파다해도 안 믿었는데.

"왜 안 믿었어?"

— 배은서가 판사를 그만두다니, 그게 말이 돼야 말이죠.

"왜, 난 다른 거 하면 안 돼?"

경원의 목소리가 갑자기 낮아졌다.

— 지영이랑 같이 미국 가요? 그런 거예요?

"아냐. 내가 두 사람을 얼마나 좋아하는데 거짓말을 왜 하니. 지영이 진짜 나한테 연락 끊었어. 난, 연락이 없길래 둘이 화해하고 다시 바빠진 줄만 알았어."

경원의 목소리는 거의 히스테리에 가까웠다.

— 그럼 김지영이 지금 어디 있단 말이에요? 집에도 없고, 호텔에도 없고, 친구 집에도, 누나한테도 없으면 걔가 어디 증발이라도 했단 말이에요? 말이 안 되잖아요!

"어디 여행이라도 간 거 아닐까?"

— 제가 공항에도 사람 보내 뒀는데 아직 공항에 나타났다는 애기는 없어요.

주경원. 그러니까 왜 몰래 맞선을 봐서 이 사달이니. 지영이 성격 몰라?

차마 직접 대고 할 수 없는 말은 그냥 속으로 삼켰다.

"지영이 연락 오거나 나타나면 바로 알려 줄게. 주경원이 미치기 직전이라고. 걔 알잖아. 야무진 애라 무슨 일은 없을 거야."

대답 대신 경원은 전화에 대고 땅이 꺼져라 한숨을 쉬었다.

— 꼭이오. 연락 오면 꼭 알려주세요.

경원의 목소리를 들으니 그날 지영이 했던 애기가 새삼 떠올랐다.

'한 여자를 진심으로 사랑할 때, 한 여자를 얻는 대가로 자기 일생을 기꺼이 치를 수 있을 때, 남자는 진짜 어른이 되는 거야.'

은서는 손을 멈추고 집 안을 휘둘러보았다.

집을 정리할수록 위준희의 흔적은 더욱 많아졌다. 그녀가 생각도 하지 못한 곳에서 준희의 마음이 자꾸자꾸 튀어나왔다. 그의 손길이 나올수록, 그의 흔적이 많아질수록, 오랫동안 그녀를 향한 그의 감정은 더욱 뚜렷하게 드러났다.

문득, 짙은 갈망에 꽉 잠겨 속삭이던 준희의 목소리가 뇌리에, 귓가에 생생히 떠올랐다.

'널 원했어. 오랫동안.'

부르르, 정체를 알 수 없는 전율이 그녀를 삼켰다.

은서는 몸속에서 지진처럼 일어난 떨림을 애써 진정시키며 창밖을 쳐다보았다. 겨울을 목전에 둔 늦가을, 몰아치는 찬바람에 마른 낙엽들이 정처 없이 흩날리고 있었다.

사표는 아직 처리되었다는 얘기가 없고 출국 일은 다가오고 있다. 이렇게 마음이 심란할 때 지영이라도 곁에 있으면 좋으련만, 지영도 감감무소식인 지 오래다. 날씨마저도 그녀의 마음처럼 스산하기 그지없다.

'남편과 아내지. 혼인으로 묶여 있는 남자와 여자.'

어느새 그녀는 떨리는 손끝으로 입술을 더듬고 있었다.

자꾸만 준희의 목소리가 귓전에 울렸다. 준희의 검은 눈동자가 머릿속에 떠올랐다. 경민과 미국으로 가기로 결정한 후로, 혼자 있을 때면 언제나 위준희가 떠올랐다. 짐을 정리할수록, 출국 일이 다가올수록, 준희가 떠오르는 빈도가 더욱 잦아지고 있었다.

갑자기 조용한 집 안에 현관문 비밀번호를 누르는 소리가 들렸다.

은서는 고개를 홱 돌렸다.

벌컥 문이 열리고 위준희가 나타났다.

"배은서."

"준희야……."

그 와중에도, 그녀는 준희의 등장이 반가웠다.

주책머리 없이.

"너 얼굴이⋯⋯."

어느새 그녀는 까칠하고 초췌한 위준희의 안색을 걱정하고 있었다. 하지만 문제는 그딴 게 아니었다.

성큼성큼 집 안으로 들어선 준희가 서류 봉투를 내밀었다.

"이거, 뭐야."

그녀는 불안한 시선으로 서류 봉투를 받아 내용물을 꺼내 들었다. 안에 들어 있는 서류의 정체를 확인한 은서의 안색이 대번에 달라졌다.

"너, 이건⋯⋯."

"정경민이 왔었어. 널 대신한다면서. 배은서, 정말이야? 니가 보냈어? 너, 정말 사표 썼어? 그놈이랑 미국으로 간다는 거, 다 진짜야? 배은서!"

은서는 익숙한 포맷의 서류에 자신의 필체와는 다른 글씨로 적혀 있는 자신의 이름과 정보를 보았다. 마음 한구석에서 모래 폭풍이 이는 것 같았다. 미국으로 떠나려던 것은 5년의 기한이 얼마 남지 않았기 때문이었다. 안 보면 멀어진다고, 가능하면 위준희가 상처 받지 않고 그녀에 대한 감정을 정리하길 바랐기 때문이었다. 그러면 그다음엔 진짜 좋아하는 다른 여자를 만나게 될지도 모른다고 생각했다. 그런데 지금 이 서류를 본 은서는 진심으로 마음이 언짢았다. 정경민은 넘어서는 안 되는 선을 넘어섰다.

어쩌면 이렇게 부딪히고 깔끔하게 정리하라는 암묵적인 요구인지도 몰랐다. 하지만 직접 위준희와 마주 대하는 것. 이것이 그녀가 가장 원치 않는 일임을 경민은 알지 못했던 것이다.

그녀는 태연하고 자연스럽게 준희를 마주할 자신이 없었다. 그래서 무심한 태도로 서류를 툭 던지고, 하던 일을 계속 이어 갔다. 책을 무더기 위에 올리고 노끈으로 동여맸다.

"어차피 약속했던 5년 기한도 얼마 안 남았잖아. 너 걱정할 일도 이제 없고. 이렇게 성공해 있으니 기한을 조금 앞당긴다 고 해서 아저씨도 뭐라고 하지 않으실 거야."

녀석이 버럭 소리쳤다.

"배은서!"

양손에 노끈을 잡고 매듭을 지으려 하는데 잘 되지 않았다.

은서는 상냥한 목소리를 가장해서 물었다.

"저녁은 먹었니? 라면 끓여 줄까?"

"배은서!"

돌아볼 수가 없었다.

이상도 하지. 이대로 돌아서서 녀석의 눈을 마주 보기라도 하면, 눈물이 쏟아질 것만 같았다. 그대로 무너져 버릴 것 같았 다. 절대 안 된다. 은서는 마음을 굳게 다잡았다.

일생을 거는 게 남자의 사랑이라고 했던가? 하지만 받을 수 없다. 그녀를 향한 사랑의 대가가 위준희의 일생이라면, 배은 서는 절대 받을 수가 없다. 아무리 모른 척하고 싶어도, 아무것 도 생각하지 않고 받아들이고 싶어도, 그럴 순 없다. 아무 계산 없이 오로지 사랑만 생각하고 불나방처럼 뛰어드는 게 순수하 게 빛나는 위준희의 사랑이라면, 무분별한 결정에 뒤따르는 결과와 세상의 눈과 모든 이익과 미래를 따져 보고 멈춰 설 줄 아는 것이 매일 사람들의 질문에 법전을 따져 보고 판결을 내리는 배은서의 도리일 것이다.

자꾸만 풀려 버리는 매듭을 몇 번 더듬다가 그녀는 손을 멈춰 버렸다.

"준희야. 이게 최선이야. 우린……."

위준희의 목소리는 단단히 틀어져 있었다.

"안 해. 내가 절대 안 한다고. 약속한 기한이 돼도 난 절대 이혼 서류에 도장 따위 찍지 않을 거야."

화가 난 은서는 결국 돌아보고 말았다.

"너……! 그게 무슨 소리야?"

위준희의 얼굴은 그 어느 때보다 무섭고 단호했다.

"너, 안 놔줘. 내가 절대 놔주지 않을 거야! 평생. 죽을 때까지. 이런 서류에 합의 같은 거 안 할 거야!"

은서는 다시 노끈으로 시선을 돌려 버렸다. 계속 준희를 마주 볼 자신이 없었다. '좍, 좍', 거칠게 서류 찢는 소리가 들렸다. 그녀는 점점 더 지치고, 점점 더 피곤해졌다.

"니가 아무리 그래도 소용없어. 이혼에 합의가 안 되면 혼인 무효 소송을 할 거야. 어차피 우린 결혼생활 같은 거 한 적 없잖아. 이 결혼이 가짜라는 거, 너도 알고 나도 알고 있잖아."

"그래? 어째서?"

무거운 한숨을 내쉬고 은서는 다시 고개를 돌렸다. 이번에는 녀석을 똑바로 쳐다보아야만 했다.

"우리나라 민법에 혼인은 부부가 서로 합의하에 정신적, 육체적으로 결합했을 때 유효하다고 보거든."

녀석의 얼굴이 고집스러워졌다.

"그런데?"

은서는 최대한 담박하게 설명하려고 애썼다.

"그런데 너와 나는 그런 결합 관계가 아니잖아."

"무슨 결합?"

녀석의 눈빛이 살짝 변하는 것 같았다. 은서는 잠시 입을 다물었다.

"무슨 결합!"

위준희가 큰 소리로 답을 재촉했다.

은서는 꿀꺽 침을 삼켰다.

"정신적, 육체적 결합. 서로 기꺼이 합의한 결과여야 해."

"그런데?"

은서는 불안한 시선으로 위준희를 빗겨 보았다.

"우린 그런 결합 한 적이 없어. 그런 의사도 없고."

녀석이 천천히 외투를 벗었다.

"난, 있는데?"

위준희가 무언가 단단히 결심했다는 걸 알 수 있었다. 자신을 향해 한 걸음씩 다가오는 녀석이 마치 먹잇감을 앞에 둔 표범 같아 보였다. 배은서는 곧 먹힐 거라는 걸 알면서도 움직이지 못하고 서 있는 먹잇감이었다.

녀석이 무엇을 의도하는지 본능적으로 알았다. 차마 눈을 떼지 못하고 은서는 천천히 자리에서 일어섰다. 일부러 가볍게 말을 걸어 주의를 돌려야겠다고 생각했다.

그런 일은 피해야 한다. 최대한 녀석을 설득해야 한다.

"준희야……. 잠깐만."

"너는?"

위준희가 그녀의 얼굴에서 눈을 떼지 않고 물었다.

"대답해! 너는?"

"난…… 없어."

은서는 침을 꿀꺽 삼켰다. 언젠가부터 몸이 가늘게 떨리고 있었다. 그런 떨림을 준희가 알아챌까 두려웠다. 은서는 재빨리 양손을 주머니 속으로 넣었다. 이런 사소한 움직임에도 날카로운 그의 시선이 따라붙었다.

"거짓말."

녀석은 단칼로 자르듯 부인했다.

당황한 그녀는 한 발 뒤로 물러섰다.

"널, 널…… 남자로 느낀 적이…… 없어!"

녀석이 성큼 다가왔다.

"거짓말."

그녀는 한 발 또 뒤로 물러섰다.

"이러는 거…… 난…… 시, 싫어……!"

"거짓말!"

그는 한 손에 들고 있던 외투를 바닥으로 던졌다.

주머니 속에서 가늘게 떨리고 있던 손이 어느새 그의 손아

귀에 잡혔다. 그녀의 떨림이 점점 커졌다. 그에게는 그녀의 떨림이 만족스러운 것 같았다. 위준희는 그녀의 허리를 안아 바짝 끌어당겼다. 밀어내려 할수록 이상하게 그의 몸에 더욱 밀착되는 듯했다. 정신 나간 심장이 그녀의 의지를 배반했다. 그녀의 가슴에서 미칠 듯이 뛰고 있는 뜨거운 박동을 확인한 그의 입가에 희미한 미소가 번졌다. 미소를 머금은 그의 입술이 곧장 그녀의 입술을 향해 내려왔다.

"거짓말 좀 그만해."

위준희가 아파트 건물로 들어간 후, 방열은 푹신한 자동차 시트에 앉아 웹서핑을 하며 놀고 있었다. 한 시간만 더 기다리다가 위준희가 나오지 않으면 차를 놓고 대중교통으로 돌아오라는 구 실장의 당부가 있었다.

남들이야 이런 비싼 스포츠카를 몰아 보는 기회가 흔하지 않으니 위준희가 얼른 나오기를 바랐겠지만, 방열은 아니었다. 자세한 사정은 몰라도 위준희가 찾아온 이 낡은 아파트에 중요한 일이 벌어졌다는 건 알 것 같았다. 뭐가 되었든 잘 해결하길 바랐다. 빨리 나오지 않는 게 좋은 결과를 의미한다는 것을 구 실장의 말투에서 이미 읽어 냈던 것이다.

평소 자주 들어가는 오픈 게시판에서 이것저것 눌러 보던 방열의 눈이 갑자기 번쩍 커졌다.

"어? 이게 뭐지?"

거의 실시간으로 글이 올라오는 게시판에 '플래닛식스'와 '위준'에 대한 제목의 글이 늘어나고 있었다. 그는 잽싸게 포털의 실시간 검색어를 확인했다.

1위. 위준
2위. 플래닛식스 위준
3위. 위준 결혼

"어어어?"

그는 곧장 구장철에게 전화를 걸었다.

"실장님! 전데요, 아니, 저 바, 방열인데요. 검색어에 저거, 저거 뭐예요?"

당황해서 말도 제대로 안 나오는 방열과는 달리 구 실장의 목소리는 침착했다.

— 어. 알고 있어. 걱정하지 말고. 준희 녀석에게 알리지 마. 넌 지금 철수해. 바로.

이대로 심장이 터져 버리면 어떻게 될까.

준희의 팔에 안겨 침대에 눕혀지면서 은서는 생각했다.

마치 거대한 강물의 흐름에 휩싸여 떠내려가는 것 같다는 생각도 들었다. 거슬러 올라가야 하는데, 마음만 먹으면 그럴 수 있을 것도 같은데, 뜻대로 되지 않는다. 그의 부드러운 입맞춤과 손길 아래 그녀의 몸은 이미 흐물흐물 녹고 있었다. 평소 그녀를 지배하던 이성은 통제력을 잃고 뒤로 밀려났다. 대신 헤아릴 수 없이 거대한 감각과 욕망이 빈자리를 차지했다.

"아무 생각도 하지 마."

그녀의 입술에서 입술을 떼고 갈라진 목소리로 위준희가 속삭였다.

"부탁이야."

자신의 모습이 어떻게 비칠지 생각해 보았다.

얼굴은 붉게 물들고 머리는 미친 듯이 헝클어져 있겠지.

입술을 달싹이며 대꾸를 하려는데, 잠시 떨어졌던 뜨거운 입술이 다시 내려왔다. 아예 그녀가 말할 기회를 주지 않으려는 듯했다. 작게 항의를 하려던 그녀는 어느새 다시 그의 입술과 혀가 주는 감각에 정신없이 매달렸다.

그것은 모든 것을 요구하는 키스였다. 그녀의 입술, 그녀의 생각, 그녀의 몸, 그녀의 영혼까지. 자신이 주인임을 알리며 복종을 요구하는 지배의 입맞춤이었다.

"배은서, 말해."

그의 혀와 손이 주는 감각에 취해 그녀는 아무것도 생각할 수 없었다.

무엇을? 무엇을 말하라는 걸까? 왜 멈추는 거지?

"어서, 말해."

쇳소리처럼 갈라지고 낯선 목소리로 위준희가 귓가에 대고 채근했다.

"나를 원한다고. 기꺼이, 원한다고. 어서, 말해."

머릿속에서 윙 소리가 울리는 것 같았다. 잠깐 판단조차 되지 않던 머릿속이 천천히 움직였다.

그는 지금 그녀가 말했던 '혼인의 조건'을 말하는 것이다. 양자가 '기꺼이 합의해서' 이룬 결합이어야만 무효가 되지 않는다는 그녀의 말 때문이었다.

"어서. 말해."

그녀는 입을 꽉 다물었다.

"말해."

그의 손이 느릿하게 다시 움직이기 시작했다.

"어서."

그녀의 몸이 참을 수 없이 뜨거워졌다. 자기도 모르는 사이 그녀는 있는 힘껏 몸을 뒤로 젖힌 채 교성을 내지르고 있었다. 눈앞이 아득해지고 몸이 허공으로 부풀어 오르는 것 같았다. 숨을 쉴 수가 없었다. 이대로, 이대로 멈춰 버린다면, 그만 숨이 멎어 버릴 것만 같았다. 그녀는 헐떡이며 입을 열었다. 입술을 달싹여 보았지만 소리가 나오지 않았다.

"크게. 크게 말해."

어디선가 낯선 여자의 원초적 신음이 들리는 것도 같았다.

"원……해."

"뭐라고?"

"원해……!"

11

동이 텄지만 하늘은 음울한 구름에 덮여 있었고 도시는 아직 새벽어둠을 벗어나지 못하고 있다. 매일같이 타고 다니는 지하철이 오늘따라 답답하게 느껴져 홍미란은 발을 동동 굴렀다. 사무실로 달려가는 사이에도 두 손은 핸드폰 화면을 이리저리 움직이느라 바빴다. 1분에 한 번씩 편집장 김대식에게 전화를 걸었지만 부재중이라는 허무한 메시지만이 돌아올 뿐이었다.

이게 어떻게 된 걸까.

어젯밤 마스크녀들에게 붙들렸던 그녀는 녹초가 되어 집에 돌아온 탓에 곧장 침대로 직행했고, 금세 곯아떨어졌다. 덕분에 이와 같은 야밤의 기습은 상상하지도, 대비하지도 못했던 것이다.

편집장은 이 사태를 절대 모를 리가 없는데.

어쩌면 사방에서 걸려 오는 확인 전화에 대응하느라 전화라는 것 자체를 안 받는 것인지도 몰랐다.

아무리 그래도 그렇지. 어떻게 일언반구 상의도 없이 터뜨릴 수가 있지?

다른 사람의 것도 아니고, 바로 내 기사를?

그녀는 다시 웹을 띄우고 다른 검색어를 뒤지기 시작했다.

설마, 어젯밤 중요한 이슈가 터졌나?

재벌 비리? 재판? 아니면 대통령? 정치권에 무슨 중요한 이슈가 생겼나?

마음이 급했다.

1보에 이어, 2보와 3보까지 미리 작성해서 모두 편집장에게 주었다. 보아하니 아직 3보까진 올리지 않은 것 같지만, 그렇게 여유 있다고 할 순 없다. 모든 언론과 매체 들이 지금은 이 기사가 오보인지 아닌지, 사실 여부를 확인하느라 정신없을 것이다. 하지만 곧 자체적으로 취재에 나설 게 불 보듯 뻔했다.

처음부터 끝까지 홍미란 자신이 모두 독점해야 한다.

가장 앞서서 터뜨린 사람이 자신이니, 위준희의 결혼에 대한 홍미진진한 스토리와 그를 둘러싼 정신 나간 골수팬 조직에 대해서도 모두 까발릴 것이다. 홍미란, 바로 그녀가.

지하철 안 사람들도 모두 눈이 동그래져서 핸드폰을 들여다보고 있다. 그중 몇 명은 벌써부터 쑥덕거리고 있었다. 가까이서 듣지 않아도 '플래닛식스'라든지 '위준'이라는 말은 알아들을 수 있었다.

미란은 몇 번 더 편집장에게 전화를 걸어 보다 일단은 그냥 포기하기로 했다. 어차피 회사에 도착하면 만날 것이고, 만나면 전후 사정을 다 알게 될 것이다. 연락 안 되는 편집장과 통화하려고 귀중한 시간을 허비하는 것보다는 다음 기사를 어떻게 쓸 것인가 머릿속으로 미리 구상하는 쪽이 더 유익할 것도 같았다.

그녀는 기사가 올려진 '디스뱃지'의 웹페이지를 띄우고 다시 찬찬히 읽었다.

디스뱃지 독점! 플래닛식스 위준. 열 살 연상녀와 결혼.

자신이 편집장에게 내밀었던 그 기사 그대로다. 사람들의 호기심과 상상력을 최대치로 자극하는 자신의 글 솜씨에 도취되어 기사를 꼼꼼히 읽고, 또 읽었다. 그러다 문득 기사 마지막 부분 아래쪽에, 아까는 다 읽지 못하고 지나쳐 버렸던 부분에 시선이 닿았다. 홍미란은 그만 돌처럼 굳어져 버렸다.

빠르고 신속한 연예뉴스. 김영신 기자. KYS@disbadge.com

그녀의 눈동자가 화면으로 튀어나올 것만 같았다.

이게, 무슨 일이지?

왜 내 기사에 김영신 선배 이름이?

반쯤 젖혀진 커튼 사이로 희미한 아침 빛이 쏟아져 들어왔다. 밤새 도시를 휘몰아친 바람은 어느새 조용히 가라앉았다. 방향을 모르고 떠돌던 낙엽 무리도 얌전히 거리를 덮고 있었다.

　평소와 달리 일찌감치 잠에서 깬 위준희는 침대맡에 베개를 세우고 앉아 핸드폰을 들여다보았다. 화면 가득 자신의 이름이 채워져 있다. 실시간 검색어에도, 연관된 기사에도, 각종 SNS에도 '플래닛식스 위준'의 이름이 넘쳐나고 있다. 그는 마치 남의 일인 양 무심한 표정으로 주르륵 페이지를 넘겼다. 핸드폰이 진동으로 떨리고 기다리고 있던 메시지가 들어와서야, 그는 간단하게 답장을 하고 전화기 전원을 꺼 버렸다.

　바로 곁에는 배은서가 새근새근 잠들어 있다. 그녀를 바라보았다.

　그의 눈빛에 조금 전 차갑고 무심한 감정들은 말끔히 사라졌다. 대신 형용할 수 없는 기쁨과 행복, 온갖 따뜻한 감정들이 그의 심장에 차올랐다. 만약 자신이 노래할 수 있는 종달새라면, 하루 종일 지치지 않고 노래할 수 있을 것만 같았다.

　그는 그녀의 곁에 몸을 눕히고 따뜻하고 부드러운 그녀를 품에 안았다.

　얼마나 오랫동안 기다려 왔던가.

　위준희는 규칙적으로 숨을 들이쉬고 내쉬는 그녀를 빤히 쳐다보다, 그녀의 이마에 입을 맞췄다.

　할 수만 있다면, 이대로 시간이 멈췄으면 좋겠다고 생각했다. 이 행복을 절대 놓칠 수 없다고도 생각했다. 무엇을 내놓아야 하든, 어떤 대가를 치르든, 반드시 지켜 낼 것이라고 그는 다짐했다.

은서는 다시 꿈속이었다. 불쑥 나타난 문을 열고 들어가면 과거의 시간 속으로 들어가는, 또 그런 꿈을 꾸고 있었다.

언제까지 기억들 사이를 헤매야 끝나는 꿈인 걸까.

내심 투덜거리며 문을 열고 들어간 그녀는 잠시 멈칫, 멈춰 서고 말았다. 그곳은 장례식장이었다. 화환도 없고 손님도 없는, 황량하고 서늘한 장례식장. 그곳에 그녀는 서 있었다. 장례식장에서 마련해 준 검정색 치마저고리를 티셔츠와 바지 위에 걸치고, 머리에 검정색 리본이 달린 핀도 꽂고.

그녀는 혼자였다.

일하는 사람들은 손님이 오지 않는 빈자리와 빈 상을 흘끗거리며 그녀 뒤에서 쑤군거렸다.

부부가 빚을 잔뜩 지고 자살해 버렸다고. 외동딸 하나만 간신히 살아남았다고. 차마 혼자 남은 고등학생 외동딸이 지키고 있는 빈소에는 못 들어오고 있지만, 바깥에는 지금 빚쟁이들이 진을 치고 있다고. 그 빚쟁이들에게 당할까 무서워, 감당할 수 없는 막대한 빚이 무서워, 일가친척 아무도 나타나지 않는 거라고 했다. 삼촌들도. 고모도. 이모와 외삼촌도. 외할아버지도.

어려서부터 양가에서 관심과 예쁨을 독차지하고 자란 그녀였다. 똑똑하고 성실해서 어딜 가든 사랑 받던 그녀였다. 하지만 아버지가 남긴 빚은, 혈육의 정과 안타까움도 끊어 버릴 만큼 엄청난 것이었다. 누군가는 해명을 하고 누군가는 남들에게 입힌 손해를 갚아야만 했다. 하지만 아무도 감히 그 누군가가 되겠다고 자처하지 못했다. 그래서 그녀는 조용히 버려졌다.

그때, 아무도 없는 그 빈소에, 아저씨가 나타났다.

허름한 작업복 차림의 아저씨는 아빠의 고향 친구라고 했다. 사실은 밖에 진을 치고 있는 빚쟁이들 중 한 사람이라고 했다. 아저씨도 전 재산을 아빠의 사업에 투자했고, 투자금을 모조리 잃었다. 그 덕에 예전부터 사이가 좋지 않아 삐걱거리던 아내는 집을 나가 버렸다고 했다.

'하지만 그렇다고 나까지 사람이길 포기할 순 없잖니. 죽은 사람은 죽었어도 산 사람은 살아야지. 어떻게든.'

눈물 한 방울 흘리지도 못하고 입술을 꽉 물고 있는 그녀를 향해 아저씨가 말했다.

'내가 널 한 번도 본 적은 없었지만 네 아버지 만날 때마다 네 얘기를 들었다. 사실 너한테 제일 미안할 거야. 네 아빠 말이다.'

귀에 들어오지도 않는 위로 따위 아무 상관도 없었다. 하지만 아저씨가 품에서 꺼낸 흰 봉투에는 처음 보는 서류가 들어 있었다.

'이거. 아저씨 친구, 친구 통해서 알아봤거든. 여기에다 사인하면 된대.'

'이게 뭔데요?'

‘상속 포기 신청서야.’

그녀는 고개를 들어 처음으로 아저씨의 얼굴을 정면으로 보았다.

‘여기, 여기다 주소랑 이름 쓰고. 여기에는 너의 의지로 상속을 포기한다는 내용을 쓰면 돼.’

‘이걸 쓰면 어떻게 되는데요?’

‘네가 부모에게 받을 유산과 채무를 모두 포기한다는 뜻이 돼.’

부모가 남긴 모든 것을 포기한다.

그 순간 그녀는 ‘배은서’라는 이름만 빼고 모두 버려야겠다고 마음먹었다. 그래서 더 이상 그녀가 돌아갈 집도, 그녀가 가지고 갈 수 있는 모든 물건도 남아 있지 않게 된 순간, 아저씨가 내민 손을 붙들었다.

‘은서야, 누추하지만 아저씨네로 갈래? 너, 내 딸 해라.’

그녀는 그게 마음에 들었다. 아저씨의 딸.

그래서 아저씨의 손을 잡았다.

아저씨의 손을 잡은 순간, 눈앞의 장면은 휘릭 바뀌었다. 방금 전까지 탄탄하고 두툼했던 아저씨의 손은 뼈와 가죽만 앙상하게 남아 있었다. 은서는 바로 깨달았다. 이 손은 아저씨가 돌아가시기 얼마 전에 잡았던, 그때의 손이다.

‘은서야……’

눈 주변과 뺨이 검게 움푹 파인 얼굴의 아저씨는 투명한 호흡기 아래에서 어렵게 입을 열었다. 아저씨가 호흡을 할 때마다, 숨에서 물 끓는 소리가 났다.

'아저씨. 힘드시니까 말 안 하셔도 돼요.'

마음이 찢어지는 것 같아 은서는 앙상한 아저씨의 손을 잡았다. 아저씨 앞에서 울고 싶지 않은데, 우는 얼굴 보여 주지 않기로 했는데. 닦아도 닦아도 눈물은 차올랐다.

'준희…… 우리 준희 때문에…… 죽어도 눈을…… 감을 수가 없다…….'

은서는 소맷부리로 눈물을 닦았다.

'제가 있잖아요, 아저씨. 제가 준희 돌볼 테니 아무 걱정 마세요.'

'이럴 줄 알았다면…… 일찍…… 널 입양……하는 건데…….'

전에도 사람들은 어째서 입양도 하지 않고 은서를 딸처럼 키우느냐 아저씨에게 묻곤 했다. 그럴 때면 아저씨는 '허허' 웃으며 대답했다. 친구 부부에겐 이 딸이 가장 소중한 보물이었다고. 아무리 세상을 떠났어도 이 딸이 성을 바꿔 버리면, 저승에서 그 친구가 너무나 슬퍼할 거라고. 친구가 남긴 마지막 흔적마저 바꿔 버릴 순 없다고.

차라리 그때 입양했다면 좋았을 텐데.

은서는 입술을 깨물며 후회했다. 아니, 그랬는데, 이젠 생각이 달라졌다.

그때 입양을 했으면 큰일이 날 수도 있었어.

'내가…… 부탁을…… 너에게…….'

은서는 쉴 새 없이 흐르는 눈물을 닦으며 대답했다.

'뭐든, 뭐든 말씀하세요, 아저씨.'

'5년만. 딱 5년만……. 준희를 맡아다오.'

'네! 네! 걱정 마세요!'

'혼인 신고……. 해 줄 수 있겠니? 딱…… 5년…….'

아저씨가 눈빛으로 말하고 있었다. 미안하다고. 자신이 너무 파렴치하다고. 하지만 딱히 좋은 방법이 생각나지 않는다고.

다소 황당한 부탁이지만, 은서는 아저씨의 의중을 바로 헤아렸다.

일찌감치 가출해서 집에 잘 들어오지 않는 위준희를 맡는 방법은 법적으로 책임지는 방법밖에 없고, 혈연관계가 아닌 배은서가 위준희를 법적으로 책임지기에는 혼인이 가장 좋은 방법이었다.

그땐 이미 경민과 헤어지고, 평생 결혼 따위 하지 않을 생각이었다.

일단 아저씨에게 받은 것들이 너무 컸다. 집을 나가 안부도 알 수 없는 위준희가 너무 걱정스러웠다. 일하다 보면 5년은 금방 지나갈 것이다. 5년이 지난 후, 누군가 사람이 생긴다고 해도 그녀의 사정과 진심을 알게 되면 이해해 줄 거라 믿었다. 그렇지 못한 사람이라면 인생을 함께할 이유도 없었다.

진통제 약효가 떨어졌는지 아저씨의 안색이 창백해졌다. 호흡도 더욱 거칠어졌다.

'아저씨……! 아저씨……!'

이 시점에서 아저씨에게 솔직하게 말해야 한다고 생각했다.

이대로 아저씨를 다시 보내기 전에, 영영 못 만나게 되기 전에, 아저씨에게 용서를 구해야 한다는 생각이 들었다.

'아저씨! 죄송해요! 약속을 제대로 지키지 못했어요. 준희를……. 준희를…….'

까맣게 시들어 가는 아저씨 눈에 유난히 안광이 번쩍이는 것 같았다.

그녀는 아저씨의 떨리는 손을 꼭 붙들었다.

'죄송해요, 아저씨. 그 애를 막을 수가 없어서……. 아니, 내가 욕심이 나서.'

아저씨 앞에서 그녀는 차마 고개를 들지 못했다.

'그만, 돌이킬 수 없는 강을 건너 버렸어요…….'

속삭이듯, 고해하듯, 아저씨 앞에 머리를 조아리는데, 커다랗고 따뜻한 손이 그녀의 머리를 쓰다듬었다.

'아저씨?'

은서는 고개를 들고 아저씨를 보았다.

아저씨는 아무 말 없이 그녀의 머리를 쓰다듬었다. 아저씨의 두 눈이 따뜻하게 웃고 있다고 그녀는 생각했다.

뒤늦게 태풍이 '디스뱃지' 사무실에 상륙한 모양이었다. 모든 전화가 빗발치고, 기자와 직원 들은 일제히 전화를 받느라 아무 일도 할 수가 없었다. 달려오느라 숨이 턱에 받친 홍미란은 잠시 허리를 숙이고 숨을 가다듬었다. 그러곤 곧장 편집장의 자리로 향했다. 하지만 그의 책상은 비어 있었다. 거친 숨을 몰아쉬며 홍미란은 건너편에 자리한 박 기자에게 물었다.

"선배. 편집장님은?"

"사장님 호출이래. 오늘 종일 외근이시라는데?"

"뭐어?"

홍미란은 빽 소리를 치고 말았다. 미란의 신경질적인 반응에 박 기자가 짐짓 물러나며 물었다.

"무슨 일 있어?"

"아니……. 편집장님이…….."

평소 성가신 일에 휘말려 드는 걸 가장 싫어하는 박 기자는 단호하게 미란의 말을 쳐 버렸다.

"어젯밤 김 선배가 특종 냈잖아. 너도 봤지? 지금 다들 대응하느라 정신 하나도 없거든? 너도 빨리 가서 니 몫이나 해."

어이가 없어 말이 제대로 나오지 않았다.

"김영신! 김영신 선배는 지금 어딨는데?"

"그 선배? 당연히 지금 후속 취재하러 갔지. 독점인데. 남한테 후속을 뺏길 수 없을 거 아냐?"

자신의 머릿속에 이렇게나 많고 다양한 욕설이 한꺼번에 떠오른다는 게 신기했다. 미란은 아무 대꾸 없이 자기 책상 앞으로 갔다. 가는 사이에도 몇 번씩이나 그녀를 붙들고 흥분해서 떠드는 사람들을 따돌려야 했다. 하나같이 위준의 결혼 소식에 놀라워했고, 그런 특종을 쥐도 새도 모르게 터뜨린 김영신에게 감탄했다. 결국 듣다 지겨워진 홍미란이 건너편 자리에서 계속 말을 거는 송 기자에게 물었다.

"대체 김영신 선배는 편집장이랑 무슨 관계야?"

둘이 무슨 관계라고 생각해 본 적은 없었다. 그저, 짜증 나고 귀찮아서 순간적으로 튀어나온 질문이었다. 그런데 뜻하지 않게 놀라운 답변이 돌아왔다.

"너 몰랐어? 김영신이 편집장이랑 사귀잖아."

"뭐어?"

홍미란은 순간 천장을 뚫고 튀어 오르는 줄만 알았다.

"너 여태 몰랐단 말야? 둘이 회사에선 아닌 척 시치미 뚝 떼고 있지만, 아는 사람은 다 아는데. 넌 너무 다른 사람에게 관심이 없어."

"이런 미친……!"

미란의 입에서 둑 터진 방언처럼 쏟아져 나오는 쌍욕을 듣고 상대는 사색이 되었다.

"너, 너……. 왜 그래? 너, 좀…… 이상하다?"

홍미란은 두 주먹을 꽉 쥐었다.

그래. 김대식. 이거였어?

정치적 이슈를 막기 위해서도, 재벌 비리에 물타기를 위해서도 아니고, 남몰래 니 여친 챙겨 주려고 남이 생고생해서 잡아챈 특종을 뺏었다 이거지?

미란은 거칠게 의자를 빼고 책상 앞에 앉았다. 가방을 턱 하니 책상 위에 올리고 컴퓨터에 전원을 넣었다.

"어디, 해 보자."

그녀는 근질거리는 양 손가락을 풀기 시작했다.

"다 죽었어!"

독기를 내뿜고 피아니스트 열연하듯이 자판을 두드리는 홍미란을 보고 주변 사람들이 의아한 시선을 던졌지만, 그녀는 눈곱만큼도 신경 쓰지 않았다. 그녀의 머릿속에서 취집한 정보들이 새로운 형태로 재수정되고 있었다. 원래 쓰려고 했던 기사들은 흔적도 없이 없어졌다. 대신 전혀 새로운, 편집장이나 그 여친은 상상도 할 수 없는 놀랍고도 흥미진진한 스토리가 그녀의 손가락에서 작성되기 시작했다.

은서가 마침내 눈을 떴을 때, 그녀는 따뜻하고 부드러운 위준희의 품 안에 있었다. 벌써 일어나 잠자는 그녀를 쳐다보고 있었던 듯, 그녀가 눈을 뜨자마자 준희가 물었다.

"잘 잤어?"

유난히 팔다리가 노곤했다. 의식이 깨어나며 전에는 존재 여부도 알지 못했던 근육이 뻐근하게 느껴졌다. 온몸 구석구석 지난밤 그의 입술이 남긴 감촉과 흔적이 인장처럼 남아 있었다.

간밤의 기억이 빠르게 차올랐다. 위준희는 그녀를 가졌다. 그것도 아주 철저하게. 셀 수도 없이 몰아친 절정의 끝에 지쳐 그녀가 마침내 기절하듯 잠이 들 때까지, 그는 놓아주지 않았다.

얼굴이 붉게 달아올랐다. 그녀의 반응을 재밌다는 듯 쳐다보는 그를 마주하자, 괜히 얄미워졌다.

"욕심쟁이."

그녀가 코를 찡그리며 이불 속으로 움츠러들자, 위준희가 음흉하게 웃으며 쫓아 들어왔다.

"내가 욕심쟁이라고?"

"뭐하는 거야?"

그의 손이 그녀의 몸을 더듬기 시작했다.

"진짜 욕심쟁이가 뭔지 보여 줘?"

"잠깐! 잠깐만!"

그가 손을 멈추고 긴 다리로 그녀의 몸을 옭아맸다.

"잠깐만, 뭐?"

은서는 애처로운 표정을 지었다.

"피곤하고 배도 고프다. 우리 좀 먹고, 잠도 자자. 응?"

준희가 그녀의 코끝에 자신의 코를 대고 비볐다.

"우리 판사님 말씀이시라면 당연히 내가……."

그녀가 기대에 차서 몸을 일으키려 하자, 그의 두 팔이 그녀의 허리를 덥석 끌어안았다.

"한 번 더 잡아먹어야겠다!"

"꺄야아!"

겨드랑이 밑으로 들어온 손가락이 간지럼을 태우자 참지 못하고 그녀는 깔깔 웃음을 터뜨렸다. 필사의 몸부림으로 이리저리 손가락을 피해 움직이던 그녀가 침대를 탕탕 두드렸다.

"항복! 항복!"

위준희가 그녀의 등 뒤쪽으로 덮쳐 안으며 그녀의 뺨과 입술에 차례로 입 맞추었다. 처음엔 가벼웠던 입맞춤은 갈수록 점점 농밀해졌다.

"아니, 잠깐! 밥부터…… 먹자. 그런데 지금 몇 시니?"

끈적하게 매달리는 그를 있는 힘껏 밀어내며 은서는 웃었다. 그러곤 손을 뻗어 침대 옆 화장대에 놓여 있는 핸드폰을 집었다. 하지만 시간을 보기도 전에 크게 떠 있는 메시지가 먼저 눈에 들어왔다.

"뭐야? 부재중 통화가…… 69통?"

잠금 화면을 밀어내자 각종 친인들의 이름과 모르는 전화번호가 주르륵 떠 있었다.

이게 도대체 무슨 일이지?

어리둥절한 그녀의 손에서 준희가 핸드폰을 낚아챘다.

"잠깐. 무슨 일이 있는 것 같아. 전화가 이렇게 올 리가 없잖아?"

방금까지만 해도 행복에 겨워 빛나던 그의 얼굴이 어색하게 굳었다.

"무시해."

이상한 예감에 사로잡혀 은서는 손을 내밀었다.

"이리 줘."

"은서야."

"넌 뭐 알고 있구나? 이리 줘 봐."

위준희의 손에서 핸드폰을 돌려받으려는데 화면에 불이 들어오며 발신자 이름이 떴다.

김지영

은서는 반색하며 전화를 받았다.

"지영아! 너 어디야? 경원이가……."

하지만 지영은 그녀의 질문 따위 간단하게 무시하고 화급하게 소리쳤다.

— 언니! 지금 위준희랑 같이 있지?

"어……?"

은서의 얼굴이 순식간에 시뻘게졌다.

"그니까. 그, 그게……."

— 지금 부끄러워할 때가 아니거든요. 밖에 난리 났어. 다들 법원으로 몰려 가 있는데, 언니 사표 낸 거 금방 알아낼 거야. 그러면 조만간 언니네 집으로 방송 카메라까지 다 쳐들어갈 거거든.

무슨 말인지 이해할 수가 없었다.

"무슨……. 뭐? 카, 카메라?"

벙벙한 기분으로 눈만 깜빡이고 있는데, 곁에 있던 준희가 전화를 뺏어 갔다.

"위준희예요. 어떻게 하자는 겁니까?"

순간적으로 지영의 목소리가 잠깐 나긋해졌다.

— 아! 위준! 아니지. 위준희 씨? 지금 두 사람 기사 나고 결혼 알려져서 완전히 난리난 거 아시죠? 그러니까 내가 지금 두 사람 데리러 가고 있거든요. 10분 안에 지하 주차장으로 갈 거예요. 준비해서 내려 오시라구요.

"알았어요."

전화를 끊은 준희가 은서를 일으켜 세웠다.

"여기 곧 시끄러워질 거래. 나가자."

"무슨 일이야?"

준희는 옷을 챙겨 입기 시작했다.

"차차 다 알게 될 거야."

은서는 불안해졌다.

큰일이 터진 것이다. 언제나 그녀가 두려워하던 일이 벌어질 것만 같았다.

"준희야……!"

그녀의 떨림에 모든 것이 담겨 있었다. 불길함, 두려움, 그리고 죄책감까지.

위준희는 그녀의 손을 잡았다.

"걱정할 필요 없어. 어차피 내가 원했던 것들이 아닌걸. 난 가장 원하던 걸 얻었잖아. 다른 건 다 잃는다 해도 하나도 아깝지 않아."

그의 두 눈이 진중하고 담담한 빛으로 반짝이고 있었다.

12

바람이 불어도 크게 춥다는 생각이 들지 않는 걸 보니, 일찌감치 시작되어 만물을 얼리고 폭설을 쏟아내던 겨울도 막바지에 이른 모양이다. 하긴, 2월도 일주일이나 지났으니 조금 있으면 봄이 시작될 것이다.

겨우내 습관처럼 손을 주머니에 넣고 다녔던 구장철은 따뜻한 실내로 들어오자 손을 뺐다. 이른 시간이라 그런지 강남역 인근 커피숍인데도 아직 한적했다.

"여어! 구 실장. 아니, 구 사장!"

탑 ENT 대표 김희열이 벌떡 일어서서 손을 흔들었다. 근 1년 만에 다시 만난 김 대표는 투실투실하고 여유만만해 보이던 풍채가 모두 사라져, 까칠하고 여윈 인상으로 변해 있었다.

"김 대표님, 오랜만입니다. 근 1년 만이죠?"

구장철은 김희열이 내민 손을 적당히 잡아 흔들고 건너편에 자리 잡았다.

"그간 잘 지냈나?"

오랜만에 만난 김희열은 더 이상 구장철의 상사가 아니었다. 오히려 구장철의 안색을 살피며 비위를 맞추기 급급한 눈치다. 구장철은 테이블에 놓인 물을 한 모금 마시고 손목에 찬 시계를 확인했다.

"아, 우리 구 사장 바쁘지? 위준이 결혼식이……."

"사흘 뒤요. 11일."

"아. 그래, 그래."

김희열이 어색하게 웃으며 답했다.

"요즘 어딜 가나 다 위준이 얘기만 들려. '신 골드러시'에 출연한 거, 봤어. '티비엠' 라 피디가 손오공 콘셉트로 중국 갔던 멤버들 몽땅 데리고 미국에 가서 밑도 끝도 없이 '러브 골드'를 찾으라는 미션 준 것부터 기발하더라. 그 '러브 골드'라는 게 온 나라를 뒤흔들었던 스캔들의 주인공 위준이고. 덕분에 위준의 미국 작업실이며 아파트도 다 나오더라. 아주 '써니뮤직'에서 작정하고 밀어 주더만?"

구장철은 겸손한 척 어깨를 으쓱였다.

"그냥, 운이 좀 좋았던 거죠. 위준이 놈 아시잖아요. 예능 같은 거 왜 출연해야 하냐고 펄펄 뛰고 난리였어요. 그놈이 그런 거 할 놈이에요? 그런 놈한테 라 피디랑 왕 작가가 얼마나 공을 들이고 설득했는지, 말도 못 해요."

김희열은 쓸쓸히 웃었다.

"대충 들었어. 라 피디랑 왕 작가가 위준이랑 그 판사 스토리에 완전 꽂혔다더라고. 섭외하려고 별짓을 다 했다지? 덕분에 위준이 놈 연애 스토리는 미국에, 중국에, 뭐 아랍권에서까지 빵 터졌어. 무슨 드라마보다 더한 신드롬이라고 분석 기사도 나오더라. 하긴 뭐, 드라마보다 더한 게 현실인 법이고 여자들은 그런 로맨스에 열광하는 법이니까."

구장철은 웃었다. 지금이야 이렇게 웃으며 말할 수 있지만 1년 전만 해도 모든 것이 암담했다. 특히나 계산이니, 현실이니, 따질 줄도 모르는 위준희 놈이 주인공이다 보니 옆에 있는 사람은 복장이 터지기 일쑤였다. 그때, 스캔들 기사가 뜨자마자 모든 것을 수습해야 하는 주인공 위준희는 정작 자기는 연예인 생활에 별 미련이 없다고 말했다.

'너 미쳤어?'

배신감에 길길이 뛰는 구장철에 비해 녀석은 너무도 차분하고 담담했다.

'어차피 언젠가는 그만둘 거였잖아요.'

'어떻게든 상황을 반전시켜야지. 이대로 당하고 물러날 거야? 너 고작 그런 애야?'

'형. 형도 잘 아시잖아요. 난 은서만 있으면 아무것도 상관없어요.'

구장철은 고꾸라질 뻔했다.

'야! 이 답답한 자식아! 너야 아무 상관없다고 치자. 그럼,

다른 애들은? 여태까지 뼈 빠지게 다 같이 고생해 놓고, 플래닛식스 망쳐 놨다고 평생 오명 쓴 채로 살 거야?'

'나 하나 잘못된다고 플래닛식스가 깨지거나 하진 않을 거예요. 애들이랑은 따로 만나서 얘기할게요. 다섯 명이서도 충분히 잘할 거예요.'

'그게 말이 되는 소리야? 플래닛식스는 여섯 명인데 어떻게 안 깨져?'

'어차피 전 별로 존재감도 없었는걸요. 활동도 싫어하고, 말도 잘 안 듣는다면서요. 원래 저한테 맞는 옷이 아니었어요.'

'그럼 너 개인 계약들은 어쩔 건데! 티브이에 대 놓고 안 나와 그렇지, 돈 벌려고 은근 광고 많이 했잖아. 너 이미지 망하면 손해 배상 청구 당할 수도 있어!'

녀석은 무슨 전기료 고지서가 날아오면 내야 한다는 투로 가볍게 대꾸했다.

'배상해 줄 게 있음 해 줘야죠, 뭐.'

구장철은 평소 운동을 열심히 해 둔 것에 감사했다. 만일 아니었다면, 그날 뒷목을 잡고 쓰러졌을 게 뻔했다.

'야, 이 대책 없는 자식아! 그럼, 미국 계약은 어떡할 거야! 아이돌 위준을 그만두면 작곡가 위준도 그만둘 거야? 그거, 마감이 다음 주잖아! 너 그거 계약금이 얼만 줄이나 알아? 위약금은 무려 세 배라고! 때려치울 땐 치우더라도 계약 위반은 최소한으로 줄여야 될 거 아니야!'

지금 생각해 보면 그렇게 위준희를 압박했던 자신이 그렇게

장할 수가 없다.

그다음 날 아침, 녀석은 눈뜨자마자 데모 곡을 보내왔다. 그
것도 세 개씩이나. 밤새 뚝딱 만들었음이 뻔했다. 어이가 없었
지만 별다른 방법이 없었다. 탑 ENT와 틀어진 상황에서 작업
실을 사용하는 것도 용이하지 않았던 상황, 디렉터의 추천만
믿고 일단 데모 곡을 미국에 보냈다. 그런데 결과는 상상을 초
월한 대성공. 말 그대로 '잭팟'이 터졌다.

그야말로 입이 귀에 걸린 채 구장철은 자신의 예측이 틀렸
음을 시원하게 인정했다. 오랫동안 사랑해 온 배은서를 얻은
위준희는 그의 예상과는 달리 음악을 멈추지 않았다. 대신 그
음악의 색이 달라져 있었다. 미국 쪽에서 꺼리던 '애잔한 정서'
는 말끔히 사라졌다. 대신 세상을 똑바로 직시하고 감정을 솔
직하게 쏟아 붓는 곡을 만들었던 것이다. 데모를 받자마자 미
국 팀에서 환호에 가까운 반응이 왔다. 바로 작업이 시작되었
다. 세 개의 곡은 모두 인기 절정에 있는 밴드의 차지가 되었
고, 세 곡 모두 빌보드 차트를 오랫동안 점령했다.

"그 판사라는 아가씨, 직접 출연한 것도 아닌데 요즘 엄청나
게 화제야. 서울대 출신이라지?"

"서울대요?"

구장철은 너털웃음을 터뜨리고 말았다.

"서울대, 그런 건 그 양반한테는 아무것도 아니에요."

김희열이 이해하지 못하고 되물었다.

"그럼? 뭐, 다른 게 또 있어?"

자꾸만 쏟아져 나오는 허탈한 웃음을 억지로 참으려니 저절로 기침이 되어 버렸다. 구장철은 콜록거리며 급하게 물을 찾아 마셨다.

"괜찮아? 구 사장, 뭐, 내가 모르는 거라도 있나 보지?"

역시 김희열은 아직 죽지 않았다. 눈치가 여전히 백단이다. 구장철은 고개를 절레절레 저으며 그냥 웃었다.

작년 탑 ENT에서 행한 위준에 대한 모든 조치는 모두 최고의 로펌인 '정오'에서 자문을 받고 이루어졌다. 위준의 속보가 터지고 바로 법률 팀에서 모든 계약 내용에 대한 검토가 들어갔고, 사방에서 쏟아지는 전화와 취재 요청을 피해 밤새 회의를 했다. 어차피 정점의 정점을 찍은 플래닛식스는 아이돌로 수명이 다해 가는 중이었다. 연습생 때 멤버들과 맺은 계약은 차례로 만료를 앞두고 있었다. 계약 기간이 가장 짧은 위준의 전속 계약 만료 시점이 세 달 남아 있었다.

어차피 멤버들은 모두 개인 활동에 전념하고 있었고 소속사도 아이돌 활동보다는 개인 활동에 비중을 두고 재계약을 구상 중이었다. 위준은 유난히 개인 활동 의지가 적고 방송에 적극적이지 않았다. 작곡가로 뛰어난 재능을 가지고 있지만, 작곡가 위준희를 받아들이기엔 스캔들의 위력과 리스크가 지나치게 컸다. 기대했던 미국 진출도 당시에는 불투명했다. 우리나라에서는 빵빵 터지는 위준의 '슬픈 정서'를 미국에서는 싫어했다. 김희열은 빠르고 신속하게 결정을 내려야 했다.

1년 전, 언론과 방송 기자 들을 피해 김희열을 찾아간 구장철은 대판 싸우고 말았다. 호형호제하며 오래 일한 만큼 얼굴을 보자마자 김희열의 속내를 알아차렸던 것이다. 소속 연예인이 잘나갈 때는 웃으며 수익을 나누어 놓고 비바람을 맞고 도움이 필요한 순간이 되자 단호하게 내치려 하고 있었다. 그때 김희열은 구장철에게 말했다.

'네가 유난히 그놈한테 정을 주고 있는 거 알아. 하지만 장철아, 이건 비즈니스다. 냉정하게 생각해. 우리한테는 위준이 놈만 있는 게 아니야. 다른 멤버들도 있고 다른 애들도 있고 이제 데뷔를 앞두고 있는 신인들도 있어. 탑 ENT의 이미지가 무너지면 걔네들은 다 뭐가 되겠냐.'

웃지도 울지도 못한 채 심란한 기분으로 회사를 뛰어나온 구장철에게 전화가 한 통 걸려 왔다.

상대는 뜻밖에도 배은서였다.

그때까지의 배은서에 대한 인상은 서울대 출신 판사치고는 굉장히 미인이라는 점, 성격이 차분하고 사려 깊다는 점, 위준희를 바라보는 눈에 헤아릴 수 없는 정이 넘쳐난다는 점 정도였다. 오랜 세월 귀에 딱지가 생길 정도로 들은 풍월로 그녀가 똑똑하며 수재라는 것도 알고 있었다. 법원 주변을 오가다 배은서가 타고난 판사라는 주변 평판을 받고 있다는 것도 알았다. 하지만 그날, 은신처에 있어야 하는 시점에서 반드시 누군가를 만나러 가야 한다는 연락을 받은 날, 구장철은 상상도 못했던 배은서의 모습을 목격하고 말았다.

어쩌면 그녀는 일부러 구장철을 대동했던 건지도 몰랐다. 약속한 장소에 그녀가 구장철과 함께 나타나자 먼저 도착해 기다리고 있었던 정장 차림의 상대가 살짝 의아해했던 것이다. 주고받은 인사를 통해 구장철은 상대가 바로 문제의 정경민이라는 사실을 알았다.

'매니저님, 여기 계셔도 되겠습니까? 불편하시면 먼저 나가셔도 됩니다.'

잘생긴 얼굴의 정경민은 웃는 얼굴도 호감 그 자체였다.

그때였다. 여태까지 차분하고 온화했던 배은서의 표정이 미묘하게 달라졌다. 희미한 미소를 띠며 입을 여는데, 이상하게도 순간 실내 온도가 뚝 떨어진 것만 같았다.

'어차피 이 자리는 법률 대리인들이 만난 공적인 자리고, 구실장님은 준희의 매니저이니 자리를 뜨지 않으셔도 됩니다.'

머릿속에 재판정 상석에 앉아 있는 배은서의 모습이 저절로 떠올랐다. 저도 모르게 평소보다 더 굽실거리며 구장철은 웃었다.

'아, 네. 두 분이 말씀 나누십시오. 저는 신경 쓰지 않으셔도 됩니다.'

그렇게 해서 구장철은 의도치 않게 그 자리의 유일한 목격자가 되었다.

그녀는 구장철을 향해 예의 바른 미소를 지었다. 그리고 건너편에 앉은 정경민에게로 싸늘한 시선을 던졌다. 사람 좋은 표정을 짓고 있는 정경민의 눈빛 역시 예사롭지 않았다. 그것은 마치, 날이 바짝 선 검을 서로에게 겨눈 채 급소를 찾아 일격을 노리고 있는 검객들의 대결과 같았다. 상대의 필살기를 가늠하며 먼저 검을 휘두른 쪽은 배은서였다.

'오늘 나를 찾은 건, '정오'의 정경민인 거야?'

정경민은 두 눈을 빛내며 웃었다.

'나는 지금 '정오'의 정경민으로 왔어. '정오'의 정경민으로 일을 마치고 난 다음, 남자 정경민으로 배은서를 되찾을 생각이야.'

배은서가 어림도 없다는 듯 차갑게 웃었다.

'벌써 준희 소속사에 '정오'의 자문이 들어갔겠구나.'

'대한민국에서 뭔가 절대 이겨야만 하거나 절대 우위를 점해야 하는 순간, 사람들은 '정오'를 찾아오지. '정오'는 불가능도 가능으로 만들어 주니까.'

배은서는 씁쓸히 수긍했다.

'그래. 확실히 '정오'는 그런 곳이지.'

'난 지금 어떻게든 네 마음을 바꾸겠다고 선언하고 있는 거야, 배은서. '정오'의 힘을 빌려서라도.'

하지만 배은서는 오히려 가볍게 미소 지었다.

'영광이네.'

타격이 먹히지 않자 정경민의 태도가 약간 사무적으로 바뀌었다.

'네가 이 자리에 나왔다는 건, '정오'와 내가 위준희의 소속사에 어떤 자문을 해 줄 것인지 짐작을 하고 있다는 뜻이겠지?'

대답이 없자 한결 느긋해진 정경민은 태연하게 커피 잔을 들어 한 모금 마셨다.

'어쨌든 너도 법률가이고 실제 민사를 많이 다루고 있으니, 어떤 결과가 나올지도 짐작할 수 있을 거야. 그렇지?'

배은서는 대답하지 않았다. 대신 고개를 살짝 기울이며 천연덕스럽게 물었다.

'소속사에서 준희에게 걸 손해 배상 청구 액수는 얼마로 잡았어?'

정경민의 눈이 더욱 반짝거렸다. 그는 뭔가 즐거워 보이는 표정이었다.

'왜? 니가 대신 내 주려고? 아님, 판사직 사표도 냈으니 이참에 직접 변호라도 할 생각이야?'

배은서는 동요하지 않았다. 여전히 속을 알 수 없는 미소를 띤 채 계속해서 물었다.

'네가 말한 소송의 '의뢰인'에 탑 ENT만 있는 건 당연히 아니지? 이미지 훼손을 이유로 준희에게 소송을 걸 다른 의뢰인들의 위약금과 손해 배상액은 얼마쯤 되는 거야?'

은서의 곁을 지키고 있던 구장철은 목덜미에 식은땀이 흐르고 있었다. 아직 자신의 입지를 정하지 못한 상황이었다. 그래서 위준희에게도, 배은서에게도, 소속사의 대응에 대해서는 입도 벙긋하지 않았다. 그런데 배은서는 이미 손바닥을 들여다보듯 다음 상황까지 훤하게 상황을 읽고 있었다.

　판사라서 그런가. 보통 사람들과는 다르구나.

　순간 조금 알 것도 같았다. 배은서는 이 상황을 구장철에게 반드시 보여 주고 싶었던 것이다. 준희에겐 이런 배은서가 있다, 암묵적으로 경고하고 있는 건지도 몰랐다. 구장철의 간이 순식간에 쫄아들었다.

　반면 정경민은 조금도 기죽지 않았다. 이런 대결이 처음은 아닌 모양이었다. 그는 배은서의 두 눈을 똑바로 들여다보며 이렇게 답했다.

　'얼마쯤이면 좋을까? 어린 녀석 통장을 탈탈 비우고도 감당도 안 되는 막대한 빚에 허덕거릴 만큼? 이 땅에서 연예인이든 뭐든, 다시는 해 먹을 수 없을 만큼? 아무리 열심히 벌어도 눈덩이처럼 늘어나는 이자에 절망하고 좌절할 만큼? 그래서 같잖은 사랑 따위에 일생을 바쳐 버린 어리석은 선택을 죽을 때까지 후회할 만큼?'

　이쯤 되자 구장철은 슬슬 궁금해졌다.

　정경민이란 놈은 왜 이렇게까지 나오는 걸까? 배은서라는 여자가 그렇게까지 탐이 나나? 이런 식으로 차지한다고 해도 배은서의 마음은 평생 얻지 못할 텐데, 여자의 마음 같은 건 상관이 없는 걸까? 아니면 시간이 지나 얼마든지 바꿔 놓을 수 있다고 자신하는 걸까?

　그때 가녀린 배은서의 한숨이 들렸다.

　'와아. 나, 정말 굉장한 여자구나. 누군가가 나더러 양귀비

하라더니.'

정경민은 앞으로 몸을 기울이며 웃어 보였다.

'당연히 굉장하지. 배은서, 바보짓일랑 이쯤에서 그만해. 나랑 가자. 그럼 여기서 나도 그만할게. 네가 결정하는 순간, '정오'는 녀석 편이 되어 줄 거야. 이 모든 사태를 말끔하게 수습해 줄 거고. 재능 많은 녀석이라며. 자기 길을 가게 도와줘야지.'

배은서는 잠시 머뭇거리는 것 같았다.

'내가 여기서 그만둔다고 해도 끝이 나겠어?'

정경민의 얼굴에 슬슬 희색이 돌았다.

'내 말을 못 믿겠어?'

'듣자니 '정오'는 이미 탑 ENT와 다른 의뢰인들을 대리하기로 한 거잖아? 그런데 이제 와서 갑자기 준희 편으로 돌아선다니, 말이 안 되지 않아? 그 의뢰인들과의 계약을 다 파기하기라도 할 거야?'

정경민은 씩 웃었다. 그는 깍지를 낀 두 손을 테이블 위에 올렸다.

'잘 모르는구나. '정오'는 말이지. 변호사 몇 십 명 있는 그런 로펌이 아니야. 소속 변호사만 500명이 넘지.'

은서의 얼굴이 살짝 굳었다.

'그건 알아.'

'그 많은 변호사들이 한 가지 일만 하겠니? 수많은 팀이 있고 서로 다른 의뢰를 맡아 일을 해. 같은 '정오'에 있다고 해서 다른 팀이나 동료가 무슨 의뢰를 맡았고 무슨 일을 하는지 거의 대부분은 알지 못해. 서로의 일에 대해서도 철저히 기밀을 유지하지. '정오'라는 한 둥지에 있지만, 우린 서로에게 독립적이야. 누가 누구 밑에 속해 있지도 않아.'

'하지만 한 변호사가 소송의 양측을 모두 대리할 순 없어. 그건 위법이야.'

정경민은 더욱 느긋했다.

'그래. 위법이지. 그렇지만 '정오'는 괜찮아. 말했다시피 우린 '한 변호사'라고 할 수 없거든.'

순간 구장철은 저도 모르게 주먹을 쥐었다. 듣고 있는 얘기를 알 것도 모를 것도 같았지만, 두 사람의 표정으로 보아 배은서가 몰리고 있다고 느꼈던 것이다.

'나름 악명이라면 악명을 얻어서 한동안 시끄러웠던데. 너는 정말 몰랐나 보네. 대한민국의 굵직굵직한 사건들 중 '정오'가 양측을 모두 대리한 경우들이 실제로 몇 번 있었거든. 못 믿겠으면 가서 기록들 좀 찾아보든가.'

배은서의 속눈썹이 살짝 떨리는 것 같았다. 그녀는 눈을 깜빡거리며 고개를 끄덕였다.

'니가 이렇게 나오는데 굳이 찾아볼 필요도 없겠지.'

정경민은 이제 활짝 웃고 있다.

'그래. 넌 원래 똑똑한 애니까. 이렇게 금방 알아들을 거라 생각했어.'

배은서도 굳은 표정을 풀고 미소 지었다.

'칭찬 고마워. 나도 바보는 아니니까 준희를 지킬 방법 정도

는 찾아야지.'

그녀의 말에 정경민의 웃음이 뚝 멎었다. 표정에는 아무런
미동이 없었지만 눈빛에는 의아한 기색이 차올랐다. 조금도 방
심하지 못한 얼굴로 그는 천천히 가방을 열어 핸드폰을 꺼내는
배은서를 지켜보았다.

'내가 아직 사표가 수리된 게 아니라서. 준희를 변호해 줄 순
없고.'

배은서는 핸드폰을 꺼내 천천히 번호를 찾아 눌렀다.

'나도 사실 확신은 좀 없었거든. 그런데 방금 니 말을 들으니
마음이 놓인다. 우리 준희 변호를 맡겨도 되겠어.'

정경민이 아연해서 물었다.

'누구? 누가 '정오'의 상대가 될 수 있다는 거야?'

배은서가 소탈하게 웃었다.

'니가 방금 말했잖아. '정오'는 양측 대리를 다 할 수 있다고.'

구장철은 깜짝 놀라 배은서를 돌아보았다.

'불가능을 가능으로 만든다면서? 모든 사태를 말끔하게 해결
할 수 있다면서? '정오'가 그런 곳이라고 방금 말하지 않았어?'

정경민은 아무런 대꾸도 하지 못한 채 배은서를 노려보고
있었다. 그녀는 차갑게 웃으며 핸드폰 화면을 정경민 쪽으로
들어 보였다.

'절대 우위를 차지해야 할 때 찾아야 하는 '정오'라며. 거기에
어떤 소송에서도 절대 지지 않는 변호사가 한 명 있던데.'

— 여보세요.

신호 음이 멎고 핸드폰 너머에서 낮은 목소리가 들렸다. 그 때까지도 반신반의하던 정경민의 안색은 배은서가 상대의 이름을 부르자 대번에 흙빛으로 변하고 말았다.

'윤열 변호사님이시죠? 배은서라고 합니다.'

어째서 이름 하나에 정경민이 저토록 패색이 가득해진 건지 구장철은 알 수 없었다. 다만 유령이라도 본 것처럼 얼어붙은 정경민의 얼굴을 보며 그 이름이 치명타임을 알 수 있었다. 구장철은 차분한 말투로 가만가만 통화하는 배은서를 쳐다보았다. 알 수 없는 전율이 온몸을 휘감는 순간이었다.

"어쨌건 위준, 그 녀석, 이렇게까지 될 줄 몰랐는데. 구 사장, 뿌듯하겠어."

김희열은 씁쓸하게 입맛을 다시고 있었다. 구장철은 웃지 않을 수 없었다.

"사람 일은 한 치 앞도 모르니까요. 녀석 성깔에 이렇게 풀릴 줄은 전혀 예상 못 한 겁니다."

당시 구장철도 선택의 기로에 섰다. 어쨌든 탑 ENT에서 위준희가 내쳐지는 것은 결정이 난 듯했다. 그럼 그는? 녀석에게 등을 돌리고 탑 ENT에 남을 것인가, 아니면 녀석의 손을 잡고 험난한 폭풍 속으로 뛰어들 것인가. 비록 배은서가 완전히 이해할 수 없는 방법으로 정경민과 '정오'를 한 방에 물리쳤음에도, 사실 그는 한동안 갈등하지 않을 수 없었다. 그건 그저 위준희가 엄청난 위약금과 손해 배상에 시달릴 필요는 없다는 사실에 불과했다. 당시엔 그것마저도 엄청나게 중요한 일이었지만, 그렇다고 해서 위준희가 탑 ENT와 플래닛식스에 잔류할 수 있다는 것은 아니었다. 어차피 녀석의 계약은 만료를 목전에 두고 있었고 김희열이 절대 재계약을 할 까닭이 없었다.

그런데 생각지도 못하게 김지영에게서 연락이 왔다.

— 구 실장님, 지금 갈등 중이시겠네요?

정곡을 찔린 구장철은 한마디도 못 했다.

— 음. 저와 거래하실래요? 후회는 안 하실 텐데.

눈 질끈 감고 김지영과 거래를 시작했다. 그런데 이후 사태는 뜻하지 않은 방향으로 흘러갔다.

뉴욕에 몰아친 태풍은 북경 하늘에서 날갯짓하던 나비에게서 비롯된다더니, 아파트를 빠져나오던 생각지도 못했던 사진 한 장이 모든 사태의 흐름을 바꾸어 놓았던 것이다.

처음, 스캔들이 속보로 올라오고 위준희와 배은서가 김지영의 차를 타고 아파트를 빠져나오는 동안, 알 수 없는 이유로 갑자기 뒷좌석 창문이 내려갔다. 배은서 어깨를 감싸고 있던 위준희의 모습이 기자들에게 발각되었다. 그 순간 누군가가 본능처럼 셔터를 눌렀고, 그 사진이 사람들에게 엉뚱한 방향으로 회자되기 시작했다. 연출이 아닌, 진심으로 놀라고 당황한 배은서란 여자가 사람들의 상상과는 너무 달랐던 것이다.

최고의 아이돌 위준이 스무 살에 결혼했다는 여자. 열 살이나 많은 연상의 여자. 그런데 너무도 청순하고 예뻤다. 도저히 서른넷이나 먹은 판사라고 믿어지지 않는 앳된 얼굴이었다.

그뿐인가. 그녀의 신상 정보가 파헤쳐질수록 이미지는 점점 좋아졌다. 서울동부지법의 판사. 우수한 연수원 졸업 성적. 서울대 법학과 출신. 점점 여론은 '열 살 어린 위준을 꼬신 늙은 여우'에서 '위준이 반할 만한 굉장한 여자' 쪽으로 흘러가기 시작했다.

그즈음, '디스뱃지' 출신 프리랜서 기자라는 여자의 블로그에 몹시 상세한 독점 취재가 공개되었다. 위준희와 배은서의 첫 만남부터 그들이 어쩔 수 없이 혼인 신고를 했던 이유, 탑스타가 되었지만 위준이 배 판사에게 사실을 밝히지 못한 사연, 최근 서로의 마음을 확인한 두 사람의 이야기까지. 그것은 마치 한 편의 드라마와 같았다. 무엇보다 오랜 시간 한 여자만을 사랑한 위준의 사연이 절절하게 그려졌다. 기사의 진실성을 뒷받침하는 지인들의 인터뷰와 인터뷰 녹음 파일까지 올라왔다.

그렇게, 모든 상황은 역전되기 시작했다.

어느덧 세상을 속여 온 발칙한 스캔들의 주인공 위준은 대한민국 모든 여심을 휘어잡는 골수 사랑꾼이 되어 있었다. 스캔들이 터진 후, 모든 것을 포기하면서도 배 판사의 손을 놓지 않은 그의 행보는 가뜩이나 혹한 여심에 제대로 불을 질렀다. 항간에 사표를 냈다고 알려져 있던 배은서도 다시 동부지법으로 돌아간다고 했다. 법원은 '인재를 잃을 수 없어서 사표를 처리하지 않은 채 설득하며 기다리고 있었다'고 발표했다.

최근 진짜 결혼을 앞두고 위준이 배은서에게 한 '맨해튼 전

광판 프로포즈'는 라 피디의 리얼 예능을 통해 장안의 화제가 되었다. 최근 비슷한 포맷의 연속으로 식상하다는 반응이 일었던 라 피디의 프로그램도 단숨에 시청률 정점을 찍었다. 위준의 모든 것이 소위 '대박'이었다. 위준은 그야말로 황금 알 그 자체가 되어 있었다.

그런 위준과 계약을 맺고 매니지먼트사를 차린 구장철도 하루하루 어떻게 지나가는지 모를 정도로 바빴다. 아티스트와 나누는 수입은 탑 ENT보다는 적었지만, 구장철이 회사의 주인이었고 위준이 워낙 큰돈을 벌어들이고 있어서 탑 ENT에 몸담고 있던 시절과는 비교할 수 없이 수입이 좋았다.

"그래, 그래. 원래 위준이가 성깔이 있지. 그냥 딱, 아티스트 타입이야. 최대한 맞춰 줘야지."

구장철은 피곤하다는 투로 얼굴을 비볐다.

"에효. 제가 안 맞춰 주면 어떡하겠어요."

김희열은 진짜 하고 싶은 얘기는 꺼내지도 못한 채 눈치만 보고 있다.

사실 구장철은 알고 있었다. 김희열은 다시 위준을 데리고 '플래닛식스' 활동을 재개하자고 사정하려고 만나자고 한 것이다.

위준을 버리면 끝날 줄 알았을 것이다. 그래서 계약 만료가 되자 김희열은 쿨 하게 이별을 고했다. 그때까지 소위 소속사라는 곳에서 위준을 변호하거나 대리하거나 감싸 주는 액션이라곤 터럭만큼도 취한 적이 없었다. 남의 일인 양 수수방관하고 있더니, 계약이 만료되었고 각자의 길을 가기로 했다고 공식 발표했다. 물론 위준에게 의사를 한마디 물어본 적도 없었다. 위준은 말 그대로 버려졌다.

그런데 이상한 일이 벌어졌다. 플래닛식스 나머지 멤버와 다른 짱짱한 신예들 데리고 충분할 줄 알았을 탑 ENT의 주가가 곤두박질치기 시작했던 것이다.

이상하게도 많은 지분을 소유한 대주주들이 탑 ENT 주식을 시장에 내놓았다. 마침 위준의 이미지가 반전되기 시작하였고 미국 진출 소식이 알려졌던 터라 개미들도 탑 ENT 주식 매입에 신중하는 분위기였다. 그러더니 결국 구장철과 친하게 지냈던 프렛이 계약 위반을 공지하며 탑 ENT를 나왔다. 비에이도 위준과 프렛을 지지하고 나섰다. 플래닛식스는 분열되었다. 성신과 곤도 곧 계약 만료가 다가오고 있다.

"그게 말이죠, 대표님."

구장철은 웃으며 대표 앞의 식은 커피를 한입 마셨다.

"이 바닥 비즈니스는 선택이 전부인 것 같아요. 누가 어찌 될지, 어떤 놈이 뜨고, 어떤 놈이 대박 날지, 아무도 알 수 없잖아요. 예측대로 되는 건 거의 없잖아요."

김희열은 아무 말도 못 하고 쓰게 웃었다.

"탑 ENT 아직 끝나지 않았어요. 성신이가 요즘 주춤하다고 해도 중국에선 여전히 탑이잖아요. 연습생 애들, 신인들, 열심히 밀어 주세요. 저희야 뭐, 쬐끄만 구멍가게일 뿐인데요. 어디 비교나 되나요."

구장철은 입을 벌리고 해죽 웃으며 자리에서 일어났다.

"전 약속이 있어서 이만 먼저 갑니다. 다음에 또 뵐게요."

바쁘게 걸음을 재촉하는데 핸드폰이 울렸다.

김지영이다. 이 여자 연락을 눈 빠지게 기다린 지 꽤 되었다.

"네. 지영 씨."

— 구 사장님!

"요즘 어디 있길래 코빼기도 안 보여요? 신부 들러리잖아요. 드레스 가봉에도 안 나타나고."

— 아하하. 저, 좀 사정이 있어서요.

"거기 어딘데요?"

문득 김지영의 목소리가 어딘지 모르게 풀이 죽은 것 같다는 생각이 들었다.

— 어디냐면요……. 아, 그냥 히말라야 정상에 올라갔다 내려온 거 같은…….

구장철은 걸음을 멈췄다.

"뭐요? 히말라야?"

— 어쨌든 사정이 좀 생겨서요. 결혼식 날에는 어떻게든 가도록 할게요.

"신부가 얼마나 걱정하고 있는지 알아요? 벌써 한 달째 연락도 안 된다면서요? 그동안 어디에 있었어요? 남자 친구랑 또 싸운 거예요? 히말라야는 뭔 소리예요? 또 출국했어요?"

— 아하하. 구 사장님, 화내니까 섹시하시네. 은서 언니한테 걱정하지 말라고 전해 주세요. 별일 아니라고. 저는 잘 지낸다구요. 어쨌든 결혼식장에는 갈 거예요. 거기서 뵈어요. 안녕.

전화는 끊어졌다. 구장철은 어이가 없는 얼굴로 핸드폰을 쳐다보다 다시 주머니에 넣었다.

도대체 정체를 알 수 없는 여자다.

고개를 들고 주위를 둘러보았다. 골목 끝에 차 비상등을 깜빡이며 기다리고 있는 방열이 보였다. 방열이 차를 세워 둔 방향으로 내달리듯 걸으며, 구장철은 다시 전화기를 들고 여기저기 통화를 시작했다.

은서가 아저씨와 약속했던 5년에서도 벌써 1년이 지났다. 또다시 찾아온 2월 11일. 이날, 위준희와 배은서의 결혼식이 열렸다.

역대 최고의 아이돌 사랑꾼과 아름다운 여 판사의 결혼. 세간의 관심이 집중된 결혼식인 만큼, 국내 최고급 호텔부터 각종 웨딩 업체와 관련 브랜드들의 협찬 요청이 빗발쳤다. 하지만 두 사람은 모든 협찬을 정중히 거절했다. 그렇다고 최근 유행 중인 '작은 결혼식'이나 이색 결혼식을 원하는 것도 아니었다.

두 사람은 그저 공덕동에서 결혼하고 싶다고 말했다. 그래서 공덕동에 있는 작지만 유서 깊은 호텔이 장소가 되었다. 신랑과 신부 모두 친인척과 왕래가 없다 보니, 자연스럽게 평소 친분이 있는 연예계 지인들과 법조계 지인들이 초대 명단에 올랐다. 이 모든 준비 과정과 그 과정에 얽힌 상세한 사연이 '신골드러시'를 통해 방송을 탔다. 두 사람의 이야기는 시청자에게 웃음과 감동을 주었고 센세이셔널한 파장을 일으켰다.

하지만 정작 결혼식은 공개되지 않았다.

작년 2월 11일은 원래 두 사람의 혼인 신고가 만료되기로 약속한 날이었다.

홍미란은 노트에 한 줄 쓰고 주변을 둘러보았다.

오늘 위준의 결혼식은 그녀가 독점으로 취재하기로 되어 있다. 호텔 밖이야 각종 방송과 신문, 인터넷 언론사 카메라와 기자 들이 진을 치고 있지만 안으로 들어올 권리를 가진 건 그녀 혼자뿐이다.

그것이 '구.위.호'와 그녀가 맺은 계약이었다.

'디스뱃지'에서 뒤통수를 맞고 분노 게이지 최정점을 찍었던 날 그녀는 마음을 바꿨다. 전날 밤 협박에 가까운 상황에 기죽어 마스크녀들과 맺었던 계약을 지키기로 마음먹은 것이다. 그녀는 미련 없이 '디스뱃지'에 사표를 던졌다. 그러고 나와서 미리 써 두었던 초고를 바탕으로 일생일대의 필력을 발휘하였다. 그렇게 그녀의 손끝에서 스물네 살 아이돌 위준희는 인간이란 종이 지구에 자리를 잡은 후 역대 가장 로맨틱한 수컷으로 재창조되었다. 프리랜서로서 공개한 위준의 독점 기사는 경쟁 상대가 없는 내용들이었고, 그녀는 어느새 업계 초특급 대우를 받았다. 오늘 쓰게 될 결혼식 독점 기사 역시, 부르는 게 값일 것이다. 벌써부터 대형 언론사에서 문자와 메일이 날아들고 있다.

아름다운 결혼식이군.

뭔가 이색적인 것도 특별한 것도 없지만 결혼식은 자체로 아름다웠다.

이 절호의 기회를 놓칠 수 없는 호텔 측은 외부 업체까지 자체 동원해 식을 준비했다. 천장에서 벽, 바닥까지 엄청난 양의 꽃들이 장식되어 있어 마치 봄의 궁전에 들어온 것 같았다. 미란은 카메라를 들고 열심히 찍었다. '꽃 궁전' 콘셉트의 예식 홀도 대단했지만, 속속 도착하는 손님들이 더 가관이었다. 플래닛식스 멤버가 한 명도 빠짐없이 도착했다. 다른 한류 스타들뿐만 아니라, 평소 보기 힘든 스크린 스타들도 도착했다. 위준이 저런 사람들과도 인맥이 있었나 싶을 정도였다.

신부 측은 또 분위기가 몹시 달랐다. 신부의 대학 동창이나 연수원 동기 들은 젊은 축에 속했다. 법원 직원들과 나름 인연이 깊은 부장 판사들, 동부지법원장. 어라, 법조계 사람들 눈을 휘둥그레 만든 나이 든 남자는, 대법원장이라고 했다.

뿐만 아니었다. 오늘 주례를 보는 사람은 서울대 총장 출신의 문화체육부 장관이다. 결혼식 사회는 대한민국 최고의 MC 오재석이고, 축가는 세 팀이나 준비하고 있었는데 그중 하나가 마침 새 음반 홍보차 서울을 방문 중인 밴드 '마카롱 파이브'였다. 오늘의 새 신랑 위준에게서 곡을 받은 인연으로 히트 곡인 '허니'를 부를 예정이었다.

뒤늦게 미란은 깨달았다. 저들이 전부 신랑과 신부가 초대한 사람들인 건 아니다. 대한민국 최대 이벤트인 이 결혼식장에 나타나고 싶은 사람들이, 모든 인맥과 지인을 총동원해서 청첩장을 얻어 낸 것이다. 이 결혼식으로 비즈니스를 해야 하는 소속사가 주인공들 몰래 몇 배의 청첩장을 찍었을 것이다. 결국 작은 호텔은 터져 나갈 수준이 되었고 하객은 반 이상 앉지도 못하고 서 있었다. 하지만 그 누구도 불만의 표시를 할 수 없었다.

마침내 신랑과 신부가 입장했다. 여기저기서 크고 작은 감탄이 터져 나왔다.

나란히 손을 잡고 걸음을 딛는 두 사람은 사랑으로 빛났고 눈부시게 아름다웠다. 역시나 이 결혼식장에서 가장 빛나고 가장 아름다운 존재는 바로 위준희와 배은서, 두 사람이었다.

결혼식이 끝나고 피로연이 시작되었다.

비로소 주경원은 본격적으로 식장을 뒤지기 시작했다.

"신부 들러리가 왜 안 보여요!"

가장 행복해야 하는 날 신부가 걱정하는 건 싫어서 배은서에게는 아무 말도 하지 못했다. 대신 만만한 상대는 위준의 매니저 구장철이었다. 오늘 구장철은 거의 주최 측 그 자체였다.

"신부 들러리요? 누군데 신부 들러리를 찾으시죠?"

구장철이 의심의 눈초리로 주경원의 멀끔한 위아래를 훑어보았다.

경원은 이를 악물고 웃었다.

"저는 김지영의 남자 친구, 주경원이라고 합니다."

그가 명함을 내밀었다.

구장철은 무례한 시선을 떼지 않고 명함을 받아 들었다. 하지만 명함을 본 순간, 화들짝 놀라더니 명함을 떨어뜨리고 말았다.

"어이쿠! 죄송합니다."

구장철의 표정이 비굴한 웃음으로 가득 찼다.

"아니. 사, 상상도 못 했습니다. NG화학 상무님이시면, 앗! 거기, NG그룹 후, 후계자……? 그 '주경원'님요?"

경원은 짜증이 차올라 대꾸도 하지 않았다.

"지영이 어디 있습니까? 원래 오늘 신부 들러리 선다고 하지 않았어요?"

곧바로 몹시 깍듯한 대답이 돌아왔다.

"아, 네. 원래는 그러기로 되어 있지요. 미리 여기서 만나기로 하지 않으셨습니까?"

경원은 이를 갈았다.

"오늘이 만나 주기로 한 날이거든요. 시키는 대로 다 했다구요. 밑도 끝도 없이 무조건 탑 ENT 주가를 바닥 찍게 만들라고 연락이 왔길래 그렇게 했어요. 제 펀드, 계열사 펀드, 모든 인맥 다 동원했다구요. 덕분에 그쪽이 덕 본 거 아닙니까?"

구장철은 여자처럼 손바닥으로 떡 벌어진 입을 가렸다.

"아앗! 그렇게 된 겁니까? 상상도 못 했습니다."

"그러니까, 빨리 말하세요. 김지영, 어디 있어요?"

구장철의 얼굴이 새빨개졌다.

"솔직히 말씀드리면, 저도 며칠 전에 전화 받은 게 전부입니다. 오늘 신부 들러리가 안 올 줄은 저도 몰랐습니다. 저희 쪽도 몹시 당황스러운 상황이었죠, 이게. 급한 대로 현장에서 다른 들러리를 섭외하긴 했는데……."

경원은 장황해지는 구장철의 말을 잘랐다.

"뭐라고 하던가요?"

"네?"

"지영이요. 통화했다면서요?"

"아, 네. 오늘은 꼭 오겠다고. 사정이 생겨서 늦는다고 했습니다. 아, 얼마 전부터 저희하고도 연락이 통 안 되었거든요."

경원이 미간을 찌푸렸다.

"은서 누나한테두요?"

"네. 식장 잡는 날까지는 만났는데, 어느 날 갑자기 또 사라졌어요. 그리고 며칠 전 불쑥 전화가 와서 오늘 꼭 오겠다고. 아, 그날 갑자기 히말라야를 봤다고 했던 것 같습니다."

"예엣? 히말라야요?"

경원의 얼굴이 창백해졌다.

"그게 정확히 언제입니까?"

경원의 얼굴빛이 달라진 이유를 뒤늦게 깨닫고 구장철의 낯빛도 변했다.

"그, 그니까 사흘 전. 아! 어제, 히말라야에 초대형 눈사태 났다고 뉴스가 났지요!"

구장철은 아무 말도 못 하고 양손으로 제 입을 틀어막았다.

경원은 말 그대로 머릿속이 하얘졌다. 구장철이 깜짝 놀라 부축해 주지 않았다면 그대로 쓰러져 버렸을지도 모른다.

결혼식과 피로연을 순조롭게 잘 마치고, 은서는 진짜 남편이 된 준희와 함께 비행기에 올랐다. 목적지는 프랑스 파리. 명품 브랜드 '채널'이 제공하는 숙소에서 일주일 동안 신혼여행을 즐길 계획이었다.

구장철의 처음 걱정과는 반대로 '채널' 측은 위준의 스캔들과 일련의 사태들이 몰고 온 결과에 더욱 만족스러워 했다.

'사실, 막강한 중국 마켓 때문에 한류 아이돌 멤버인 위준 씨를 캠페인 모델로 세우면서 본사에서 약간 우려하는 목소리도 있었거든요. 뭐랄까. 위준 씨가 아름답고 섹시하긴 하지만, 음……. 저희 브랜드 자체가 본래 지향하는 가치를 단순한 '뷰티'나 '패셔너블'한 것에만 두고 있는 게 아니라서요. 그런데 마침 위준 씨가 싱글에서 커플이 되셨고, 그 아내분이 워낙 스마트하고 똑똑하신 분이시니. 뭐랄까. 위준 씨 이미지가 업그레이드되었다고 할까요? 저희 브랜드가 추구하는 '뷰티'와 '인텔리전스'의 밸런스가 딱 맞아떨어졌다고 봐야죠.'

그래서 자연스럽게 두 사람의 신혼은 또 '채널' 캠페인의 새 시즌 테마가 되었다.

"나도 사진 찍고 뭘 해야 하고 그러는 건 아니지?"

비행기가 이륙하고 공중에 떴을 때, 불안한 마음에 은서가 재차 확인했다.

"판사는 이중 직업이 허락되지 않아."

준희가 그녀의 손을 잡고 토닥였다.

"아냐. 넌 그냥 내 옆에만 있으면 된대."

"정말이지?"

"응. 그냥 거기서 주는 옷만 입고 있으면 돼."

은서는 인상을 찌푸렸다.

"다 비싼 거 아니야? 그걸 입기만 하면 돼? 촬영해야 하는 거 아니고?"

준희가 웃었다.

"그냥 너 가지라고 주는 옷인걸. 마음에 안 들면 안 입으면 돼. 사진이 찍혀 봐야 뒷모습 정도일 거야."

은서가 아기처럼 입을 비죽거렸다.

"뭐가 되게 복잡하다. 위준희 신부가 된다는 거, 생소한 것 투성이구나."

그가 은서 쪽으로 몸을 기울여 좌석을 편안하게 눕혀 주었다.

"좀 자. 결혼식 하고 피로연 치르고 공항까지 쫓아와 진 치는 사람들과 카메라 때문에 너 엄청 피곤할 거야. 이제 겨우 조용해지긴 했지만, 앞으로 반나절은 더 날아가야 해."

그의 입술이 쪽 이마에 닿았다. 은서는 웃으며 고개를 끄덕였다.

"그래. 조용할 때 좀 자자."

그녀는 꿈을 꾸었다. 또다시 그 꿈이다. 과거의 시간을 거슬러 가는.

문을 열고 안으로 들어간 그녀는 그만 얼어붙고 말았다.

아, 안 돼.

되돌아가고 싶은 마음에 황급히 돌아섰다. 하지만 방금 열고 들어온 문은 어느새 흔적도 없이 사라지고 없었다. 꿈이란 원래 그런 것이란 걸 알고 있었지만 그녀는 진심으로 이 꿈이 싫었다. 아니, 정확히 말하자면 이 기억을 원하지 않았다. 나가고 싶고 달아나고 싶었다.

그곳은 예전에, 엄마 아빠와 함께 살던 분당 집이었다. 그렇게 오랜 시간이 흘렀는데도 변한 건 하나도 없었다. 나중에 흉물스럽게 붉은색 압류 딱지가 붙게 될 텔레비전이며 가죽 소파며. 모든 가구와 살림이 옛날 모습 그대로였다. 벽에 걸려 있는 커다란 액자 안에서 세 가족은 환하게 웃고 있었다.

하지만 더는 웃지 못하게 되었지.

그녀의 마음이 납덩이처럼 가라앉는다.

나가야 해. 이 꿈은 안 돼.

이 기억은 싫어.

그때였다.

'배은서! 은서야. 아직 준비 안 됐니?'

엄마 목소리다. 그녀는 소파 앞에 선 채로 다시 한 번 얼어붙었다. 꼼짝도 할 수 없었다. 주방에서 발소리가 들리며 꽃분홍색 점퍼와 노란 등산 바지를 입은 엄마가 걸어 나왔다.

'어? 너 벌써 준비 다 했구나.'

그날이다. 하필이면 다른 기억도 아니고 그날의 기억이었다.

엄마의 얼굴은 기억했던 것보다 젊었다. 그리고 밝았다.

'왜, 아직도 불만이야? 엄마가 선생님한테 연락했다니까. 오늘 가족 여행이라고. 그러니까 우거지상 하지 말고 얼굴 펴. 그동안 아빠 바쁘셔서 우리 셋이 여행다운 여행도 못 해 봤잖니.'

엄마는 콧노래까지 부르며 가방에 이것저것 챙겨 넣었다.

'여보! 빨리 나와. 은서가 기다리고 있잖아!'

안방을 향해 큰 소리로 부르자 후다닥 뛰어나오는 묵직한 발소리가 들렸다.

'미안! 미안해! 화장실 좀 다녀오느라고.'

'어휴. 당신은 그놈의 변비!'

엄마가 얼굴을 찡그렸다.

'은서야. 많이 기다렸니? 아빠 준비 다 했다.'

아빠는 골프 치러 갈 때 즐겨 입던 푸른색 점퍼와 베이지 색 바지 차림이었다. 평소 자주 보던 벙거지 모자를 한 손에 들고 있었다.

'너 표정이 왜 그래?'

아무 대꾸도 못 하고 눈물을 글썽이며 쳐다보고 있자니 아빠가 묻는다.

'어이구. 이것이 겨우 그깟 듣기 평가 못 친다고 죽상이야. 이런 날 꼭 그래야겠니?'

엄마가 눈살을 찌푸리며 타박했다.

눈물이 자꾸 솟구쳐 올라 은서는 이를 악물었다. 엄마와 아빠가 무슨 길을 떠나는지 잘 알고 있었다. 평소와는 다른 엄마와 아빠의 나들이 옷차림은 차에서 발견되었던 시신이 입고 있던 옷이다.

어느새 그녀는 아빠의 그랜저 승용차 뒷자리에 앉아 있었다. 하지만 오랫동안 꽁꽁 묻어 두었던 그녀의 기억과 꿈은 달랐다. 운전을 하는 동안 아빠는 콧노래를 불렀고 엄마는 신이 나서 종알종알 아빠에게 얘기를 하고 있었다.

'이렇게 자기가 운전하는 차를 타고 여행 떠나는 게 얼마 만이야? 여보, 우리 바다로 가는 거 맞지? 동해야? 서해야?'

엄마가 기분이 좋아서 그런지 아빠도 기분이 좋아 보였다. 그날, 침울하고 무거웠던 분위기와는 딴판이었다.

'동해로 갈까? 오랜만에 오징어순대 좀 먹어 볼까? 은서야, 너 회 먹고 싶지?'

결국 참고 있던 눈물이 봇물처럼 터지고 말았다.

'어? 여보, 쟤 우는데.'

차가 멈춰 섰다. 고개를 들어 보니 그곳은 그녀가 다니던 학교 앞이다.

'얘! 그놈의 듣기 시험 몇 시니? 엄마 아빠 기다릴 테니까, 그만 뚝 그치고 들어가서 시험 치고 나와!'

엄마가 짜증 난다는 투로 쏟아 부었다.

아무 생각도 하지 않았는데, 몸이 저절로 움직였다. 은서는 차 문을 열고 내렸다. 차 문 열리는 소리가 들리며 운전석에 있던 아빠와 엄마도 따라 내렸다. 햇볕이 눈이 부신 듯 엄마는 선

글라스를 꺼내 썼고, 아빠는 눈을 찌푸리고 있었다.

뜨거운 눈물이 참을 새도 없이 주르륵 뺨을 타고, 턱 밑으로 떨어졌다.

'얘가 왜 이렇게 울어. 뚝. 너 왜 그래?'

보다 못한 엄마가 다가와 손으로 눈물을 닦아 주었다.

'엄마…… 아빠……!'

이제, 알 것 같았다. 그토록 오랫동안 꿈을 꾸면 과거의 기억을 헤매고 다녔던 이유를 그녀는 깨달았다.

'엄마. 아빠!'

그리움과 서러움과 미안함이 범벅이 되어 뜨거운 울음으로 터져 나왔다.

'어머, 어머! 얘! 은서야! 왜 그래? 시험 보지 말까? 그냥 같이 갈래?'

아무런 대꾸도 못 하고 그녀는 헐떡거리며 울었다. 그립고 그리운 엄마의 어깨에 얼굴을 묻고.

그날. 현실에서 그날, 아무것도 모르는 그녀는 진짜 시험만 치고 나오려고 학교로 뛰어 들어갔다. 엄마와 아빠가 어떤 심정으로 딸을 들여보내고 어떤 눈으로 뒷모습을 보고 있었는지 알지 못했다. 시험을 치고 뛰어나왔을 때, 기다리고 있겠다던 엄마 아빠는 없었다. 아무 소식도, 연락도 없었다. 이후로 영영, 다시는 보지 못했다. 마지막 인사도 하지 못했다.

그렇게 떠나 버린 엄마 아빠가 무책임하다고 생각했다. 엄마도 아빠도 아니라고 생각했다. 그녀는 배신감과 분노에 얼어 버렸고, 화를 냈다. 무조건 잊으면 된다고, 모든 기억은 무시하면 그만이라고 믿었다. 하지만 사실 그녀는, 마음속 깊은 곳에서부터 그리워하고 있었던 것이다. 진심으로 슬퍼하고 있었던 것이다. 한 번만 더 볼 수 있다면 마지막 한마디는 꼭 하고 싶었다.

그래서 그렇게 꿈속을 헤매고 다녔던 것이다. 꿈을 꾸면, 무의식 깊이 꼭꼭 봉인되어 있는 기억의 문을 찾아 헤매었던 것이다.

'은서야. 은서야?'

그녀는 고개를 들고 눈물을 닦았다. 슬프지만 지금이 바로 오랫동안 기다려 왔던 그 순간임을 알 수 있었다.

'엄마, 아빠…….'

'응? 왜?'

'잘 가…….'

구슬픈 울음이 터져 나와 똑바로 말을 이을 수가 없었다. 하지만 그녀의 말을 알아들은 엄마와 아빠의 표정은 곧바로 변했다. 조금 전 밝은 기색은 사라졌다. 이별의 안타까움과 미안함, 딸을 향한 깊은 애정이 두 사람의 얼굴에서 스산하게 회오리쳤다. 그녀의 말이 끝나기가 무섭게 두 사람은 사라지기 시작했다. 다급한 심정으로 은서는 외쳤다.

'엄마! 아빠!'

사랑해. 사랑해, 엄마. 사랑해, 아빠!

"은서야! 은서야!"

걱정스러운 목소리와 따뜻한 손길이 그녀를 깨우고 있었다.

"왜 그래? 일어나 봐, 배은서!"

목소리를 따라 그녀는 잠에서 깨어났다. 두 뺨이 차갑고 축축하게 젖어 있었다.

"너 울었어. 흑흑거리며 울었어. 왜 그래?"

위준희의 눈이 온통 걱정으로 가득하다.

"아냐. 그냥, 꿈 꿨어."

그녀는 가방 안에 있는 티슈를 꺼내 눈물을 닦았다. 젖은 얼굴을 닦고 코를 푸는데 준희가 계속해서 그녀의 안색을 살핀다.

"정말 괜찮은 거야?"

은서는 웃어 보였다.

"그럼. 당연히 괜찮지. 오늘이 어떤 날인데."

비로소 위준희가 미소 지었다.

"깜짝 놀랐어. 잘 자고 있던 내 신부가 갑자기 울기 시작해서."

'신부'라는 말이 참으로 달콤하게 들렸다. 은서는 내심 빙그레 웃었다. 엄마와 아빠가 알면 틀림없이 기뻐하실 거란 생각이 들었다. 그녀는 마음속으로 기도하듯 말했다.

엄마, 아빠. 하늘에서 보고 있는 거지? 그래서 드디어 내 꿈에 와 준 거지? 엄마 아빠 사위 생겼어. 참 잘생기고 참 대단하지 않아?

"내가 얼마나 잤어?"

비행기 안은 캄캄하고 조용했다. 비즈니스 석에 앉은 사람들 대부분 잠들어 있었다. 어디선가 코를 고는 소리도 들렸다.

"세 시간쯤?"

위준희가 나직하게 답했다.

"너는? 너도 피곤할 텐데 왜 안 잤어?"

눈을 깜빡이며 은서가 물었다.

"응. 난 그냥 놀고 있었어."

위준희가 '논다'는 말은 머릿속에 뭔가 음악이 떠오른다는 뜻이다. 그걸 알고 있어서 다른 잔소리를 늘어놓지 않았다. 중요한 순간에 느끼는 감정들을 그대로 흘리고 싶지 않다던 준희의 말을 새기고 있었다. 그런 느낌들이 얼마나 근사한 음악으로 만들어지는지 이미 알고 있었다.

"근데, 나 좀 전에 신기한 거 발견했다."

준희가 불쑥 핸드폰을 꺼내 뭔가 뒤적였다.

"뭔데?"

"'뉴투브' 최고 히트 영상이래. 그런데 우리 아는 사람이 나오는 거 같아."

그것은 누군가가 음악과 자막을 넣어 편집해 놓은 동영상이었다. 제목은 'Why not?'.

"우리 아는 사람, 누구?"

준희가 동영상을 재생하자 은서는 그만 입을 떡 벌리고 말았다.

그것은 프랑스 '머큐르' 본사 매장에서 악어가죽 가방이 왜 AS가 안 되냐고 항의하고 있는 김지영을 누군가 찍어 놓은 영상이었다. 영어와 프랑스어, 우리나라 말을 섞어 가며, 웬만한 자동차 한 대 값인 값을 받아 놓고 기본적인 AS도 안 되는 게 과연 명품 브랜드라는 것들이 할 짓이냐고 따지고 있었다. 누군가가 그것을 핸드폰으로 찍었고 누군가가 거기에 음악을 입히고 중요한 대목에 자막까지 넣어 올려놓았다.

"헉! 지영이 파리에 갔었네?"

"신부 들러리 펑크 낸 그 후배, 맞지?"

은서는 웃음을 터뜨렸다. 왜 김지영이 결혼식에 나타나지 못했는지 알 것 같았다. 바로 이 동영상이 주범이었던 것이다.

"푸흐흐흐. 기집애, 창피해서 못 왔구나. 사람들이 알아볼 것 같아서."

준희가 그녀의 머리칼을 다정하게 쓰다듬었다.

"그럼, 어디에 은신해 있다는 뜻?"

"유럽 어딘가를 떠돌고 있으려나?"

위준희의 얼굴이 멈칫 굳었다.

"설마. 신혼여행 방해꾼?"

은서는 그의 옆구리를 쿡 찔렀다.

"지영이 눈치 빠른 애야. 걱정 마셔."

우리 나이로 얼마 전 스물여섯이 된 새신랑은 신부의 손가락에 한번 찔렸을 뿐인데도 금세 눈빛이 뜨거워졌다.

"아, 아직도 내리려면 멀었는데. 어떻게 기다리지? 배은서, 이리 좀 와 봐."

"야……!"

그때였다. 조용하던 비즈니스 석 어딘가에서 남자 목소리가 들렸다.

"위준 씨. 새신랑이 행복한 거 알겠는데. 비행기 안에서 애정 행각은 안 됩니다!"

순간 자고 있는 줄 알았던 다른 승객들이 '와!' 하고 웃음을 터뜨렸다. 은서는 얼굴이 새빨개지고 말았다. 역시 붉어진 얼굴로 위준희가 사과했다.

"죄송합니다! 주의하겠습니다!"

승객들이 다시 한 번 웃음을 터뜨렸다. 누군가는 박수를 치기까지 했다.

은서는 손을 더듬어 준희의 손을 잡았다. 위준희의 큰 손이 그녀의 손을 꼭 맞잡았다. 그렇게 그들은 뭉게뭉게 피어 있는 하얀 구름 위를 날고 있었다.

외전 1

플래닛식스가 정식으로 데뷔하여 성공적으로 방송을 마치고 며칠 안 되었을 때였다. 당시 압구정동 작은 사무실을 쓰고 있던 탑 ENT에 위준희의 아버지인 위덕배가 찾아왔다. 위준희의 아버지라는 말에 직원은 바로 플래닛식스가 모여 살고 있는 마포 숙소를 알려 주었고, 위덕배는 집에서 그리 멀리 떨어지지 않은 합정동으로 집을 나간 지 3년이 되어 가는 아들을 찾아갔다.

숙소인 빌라가 있는 동네 빵집에서 기다리고 있는데, 머리를 하얗게 탈색한 위준희가 너털너털 걸어 들어오는 모습이 보였다. 녀석은 기다리고 있는 아버지를 보더니 멈칫, 발을 멈췄다.

"……아버지."

주먹질이라도 할 줄 알았던 모양이었다.

하지만 기가 막히고 화가 나기에 앞서, 아들의 무사한 모습을 본 것만으로도 위덕배는 마음이 놓였다.

"이리 와. 앉아라."

그 와중에도 준희는 주변을 두리번거렸다.

"……배은서는요?"

"은서가 이 시간에 왜 여기에 있어. 아버지 혼자 왔다."

녀석이 당황한 표정으로 물었다.

"배은서도, 다…… 알아요?"

위덕배는 그냥 침을 삼켰다.

"아니. 은서는 몰라, 아무것도."

그의 대답에 녀석은 긴장이 풀린 듯 의자등받이에 늘어졌다.

하고 싶은 말은 너무도 많았는데 무슨 말을 어떻게 풀어야 좋을지 알 수 없었다.

위덕배는 이것저것 빵을 몇 개 사고 우유도 샀다.

"굶진 않니? 먹어라."

배가 고팠던 듯, 위준희는 우걱우걱 빵을 먹기 시작했다. 예전부터 먹는 거라곤 가리지 않는 녀석인데 어째서 이렇게 앙상한 몰골인지 모른다.

"혹시, 다이어트 같은 거 시키냐?"

"아뇨. 다이어트는 무슨. 없어서 못 먹죠. 안 먹으면 힘들어서 못 해요, 이 일."

녀석의 말이 조금 길어지자 위덕배는 마음 놓고 본론을 꺼냈다.

"집으로 들어오지그래?"

준희는 말없이 빵을 씹고 우유를 삼켰다.

"너 하고 싶은 일이 이거라면 말리지 않으마. 그냥, 집에서 해. 아버지 마음 놓이게."

녀석이 아버지의 애타는 시선을 피했다.

"다들 합숙이라서 안 돼요."

조금 전 매니저에게 물었을 때는 다른 대답을 들었다. 집이 숙소에서 멀지 않으니 얼마든지 집에서도 할 수 있을 거라고 했다. 결국 그는 오랫동안 마음속에 묻어 두고 있던 질문을 꺼내 던졌다.

"너, 집 나간 거. 집에 안 들어오는 거."

무거운 말투에서 뭔가 감지를 한 것처럼, 녀석이 빵을 집던 손을 멈추고 아버지를 올려 보았다.

"……은서 때문이냐?"

"아빠……."

창백해지는 아들의 얼굴을 보며 위덕배는 쓰라린 한숨을 삼켰다. 그의 추측이 맞았던 것이다.

"은서, 너보다 열 살이나 많은데……?"

죄라도 지은 것처럼 녀석은 고개를 떨궜다.

"알아요."

"은서는 너도 알다시피 서울대도 나오고 사법 고시도 통과하고 판사잖니."

녀석은 조개처럼 입을 꾹 다물었다. 아들의 아픈 곳을 찔렀다는 것을 깨닫고 위덕배도 뒤따라 입을 다물었다. 판사에 서 울대는커녕, 녀석은 고등학교조차 마치지 못했다.

"하아."

땅이 꺼질 것 같은 한숨이 새어 나왔다. 아들의 반응으로 보 아 자신이 생각했던 것보다 훨씬 진지한 것이다.

"그래서 이거 하는 거니? 성공해 보려고?"

위준희는 여전히 말이 없었다.

"그래도 집에 들어와. 아버지, 네 걱정 때문에 잠이 안 와."

"싫어요."

녀석이 고집스럽게 답했다.

위덕배는 숨이 막혔다. 예전부터 녀석의 고집은 아무도 꺾 지 못했다. 집을 나간 제 엄마도 '어린 게 사람의 진을 빼게 만 든다'며 학을 떼곤 했다. 결국, 어떤 상황이든 부모가 포기해야 만 했다.

그는 품 안에서 지갑을 꺼내 들고 안에 있는 돈을 모조리 꺼 내 건넸다.

"돈 필요하면 언제든 아버지 찾아와."

위준희는 빤하게 아버지를 쳐다보았다.

"은서한테 말하실 거예요?"

몸을 일으켜 세우던 위덕배는 속으로 울음 같은 한숨을 삼 켰다.

이 어린놈의 감정이 진지한 수준도 넘어섰다. 아비인 그가 모를 수 없었다.

"왜, 그게 걱정이냐?"

"말하지 마세요, 아버지."

녀석이 매달리듯 말했다. 그러더니 평생 하지 않던 말까지 덧붙였다.

"부탁이에요!"

하나밖에 없는 아들을 낯선 동네 빵집에 남겨 둔 채 위덕배는 길을 나섰다. 담배를 꺼내 입에 물고 하늘을 올려다보았다. 하늘은 텁텁했다. 입에 문 담배에서도 텁텁한 냄새가 났다.

뭐 하나 마음에 드는 게 없네.

라이터를 꺼내 불을 붙이려다, 며칠 전 단체로 받았던 건강 검진이 떠올라 손을 멈췄다. 폐 정밀 검사를 받아 보라는 진단이 나왔는데 귀찮아서 미루는 중이었다. 어차피 아픈 데도 없고 아무런 증상도 없다. 시간도 없을뿐더러 돈 쓸 일 만드는 것도 싫었다.

하지만 혹시, 혹시 무슨 일이 생긴다면……?

그는 저도 모르게 담배를 도로 집어넣었다. 불현듯 온갖 소음으로 가득한 세상에서 홀로 적막하게 고립된 느낌이 들었다. 알 수 없는 불길한 예감이 스멀스멀 신경을 타고 번지는 것도 같다. 그런 느낌을 털어 내려고 일부러 '허허!' 소리 내어 웃었다.

까짓 거, 만약 아프면 죽기밖에 더 하겠어. 사람으로 났으면 누구든 한 번은 죽는걸.

어차피 세상에 큰 미련은 없다. 있는 힘을 다해 뒷바라지한 은서는 어엿한 판사님이 되었고, 집을 나가 소식이 없어 애태우던 준희도 무사한 걸 확인했다. 이대로 떠나도 큰 여한은 없을 것 같다.

지하철역을 향해 걸음을 내딛던 위덕배는 발을 멈췄다.

아니, 여한이 없을 리가 없다.

그는 뒤를 돌아보았다.

위준희.

세상에 하나밖에 없는 피붙이 아들. 그 녀석이 감당도 안 되는 연정을 품고 있다는 걸 알았는데, 여한이 없이 갈 수 있을 리가 없다. 배은서를 집으로 데려와 녀석에게 불을 삼키게 한 건 바로 애비인 자신이 아니었던가?

그는 손으로 관자놀이를 쓰다듬었다.

옛말에 '결자해지'라고 했다. 아비가 뿌린 씨앗으로 아들을 괴롭게 할 순 없다.

만약, 자신에게 무슨 일이 생기고, 그것 때문에 혹시라도 먼저 세상을 뜨게 된다면, 녀석을 위해 뭔가는 해야겠다고 그는 생각했다.

무엇이 되었든. 녀석이 스스로 감당할 수 있게 하거나, 혹은 녀석에게 일말의 기회라도 줄 수 있는 무엇. 그것만은 하나 꼭 남겨 두리라, 위덕배는 결심했다.

그제야 다시 발이 움직였다. 그는 바쁜 걸음을 총총 움직여 지하철역으로 향했다.

외전 2

정경민이 제 발로 어머니를 찾아오는 일은 몹시 드물었기에, 경민 모 진은희는 실소를 터뜨리고 말았다. 그녀는 화상으로 대화 중이던 상대방에게 양해를 구하고 예의 바르게 전화를 끊었다. 그리고 경민을 서재까지 안내해 온 비서에게 웃으며 말했다.

"울 아들 직접 만나는 거 몇 년 만인지 몰라. 한 비서, 쉽진 않겠지만 오후 스케줄은 좀 비워 줘요."

오랫동안 그녀의 곁을 지켜 온 한 비서는 고개를 끄덕이며 문을 닫고 밖으로 나갔다.

"네가 한 번쯤 찾아올지도 모른다는 생각은 했다."

싱글싱글 웃으며 바라보는 모친을 정경민은 꼭 닮은 눈으로 마주 보았다. 20년 전 아버지와 싸우고 집을 나간 이후로 여태까지 별거 중인 어머니는 자존심이 하늘을 찌르는 사람이다. 누구한테든 절대 먼저 굽히는 법이 없다. 하나뿐인 아들에게마저도.

3년 만에 만나는 어머니였지만, 경민은 단도직입적으로 용건부터 꺼냈다.

"엄마죠? 엄마가 은서 만났어요?"

진은희는 또 웃었다.

"그래. 내가 걔 만났다. 그게 뭐?"

경민도 따라 웃었다.

"엄마가 은서한테 윤열 얘기해 줬어요? 엄마 아들 엿 먹이라고?"

진은희가 오히려 되물었다.

"윤열? 그게 누구니? 걔랑 스캔들 난 그 아이돌?"

결국 경민의 얼굴에서 웃음이 사라졌다.

"아뇨. '정오'의 윤열이오."

진은희도 더 이상 싱글거리지 않았다.

"아아. 니 아버지가 발굴해서 키웠다는 그 개천 출신 용 말이니?"

"엄마 아니에요? 엄마가 윤열 카드 쓰라고 알려 준 거 아니었어요?"

진은희는 고개를 저었다.

"왜? 걔가 그 용인지 드래곤인지하고 손잡아서 너 물먹였어? 그거 볼만했겠구나."

경민은 어이가 없어서 입을 떡 벌렸다.

"그런데 아쉬워서 어쩐다. 난 아니네. 난 그냥, 음……. 니가 이혼하고 왔다기에 배 판사 한번 찾아가 만났을 뿐이야."

"가서 무슨 얘기 했어요?"

진은희는 뾰로통한 표정으로 아들을 쳐다보았다.

"당연한 거 아니니? 내 아들 꿈도 꾸지 말라고 했다. 아무리 내 아들이 돌아왔어도 빈손으로 몸만 오는 며느리 싫다고 했어."

경민이 어이가 없어 물었다.

"엄마 돈 많잖아요. 우리나라 탑 재벌 부럽지 않잖아요. 그러면서 며느리가 뭘 또 가져오길 바라요? 사람만 똑똑하면 되지. 와서 또 집안을 더 일으키면 되는 거잖아요. 지난번 재벌 집안 여자는 미련해서 싫다고 말도 안 붙이셔 놓고, 똑똑한 여자는 돈이 없어서 싫다는 거예요?"

진은희의 표정이 굳었다.

"우리 집안에 업둥이는 한 명이면 족해. 니 아버지. 더 이상은 안 돼."

경민은 허탈해서 웃었다.

"아버지 덕에 남들은 꿈도 못 꿀 재산이며 권력을 움켜쥐어 놓고 그게 할 소리는 아니죠."

진은희의 눈초리가 대번에 사나워졌다.

"네 눈에는 돈과 힘만 보이니? 니 외할아버지가 평생 쌓아 올린 명예가 산산조각 나 버린 건 보이지 않니? 너, 우리 집안이 어떤 집안인 줄 알잖아? 청렴과 명예를 목숨보다 중요시하던 유서 깊은 양반가였다. 일제 강점기 때 얼마나 많은 어르신들이 독립운동에 젊음과 목숨을 바쳤는지 몰라. 니 외조부는, 평생을 이 나라 법률에 헌신하신 분이야. 우리나라 헌법이 세계 유래가 없는 훌륭한 법인 거, 너도 잘 알지 않아? 네 외조부가 일평생을 일군 이 법치를……."

감정이 격해지자 진은희는 잠시 거친 숨을 몰아쉬었다.

"네 아버지가……. 다시 볼 수 없는 수재라며 그렇게 칭찬과 기대를 한 몸에 다 받았던 네 아버지가……."

진은희는 이를 갈고 있었다.

"다 망쳐 놨다. 천박하게. 모든 사람에게 정의를 실현해야 하는 법을 자본의 노예로 만들어 버렸어. 네 아버지와 그 더러운 '정오'가 말이다."

매번 만날 때마다 똑같이 되풀이되는 레퍼토리라 경민은 눈 하나 깜짝하지 않았다.

"그래서 '정오'의 지분을 왕창 쥐고 있는 엄마가 이렇게 호의호식하는 거죠. 아무 눈치도 볼 필요 없이."

진은희는 상처 받은 눈으로 아들을 올려 보았다.

"넌. 너무 네 아버지랑 닮았어."

경민은 답답해서 말했다.

"그러니까 나한테는 배은서 같은 애가 필요한 거 아니에요. 엄마도 만나 봤죠? 걔가 어떤 앤지. 걔야말로 엄마가 그렇게 원하는 청렴한 법률가 아닌가요? 그런 애를 집안에 들여 엄마가 원하는 외할아버지 명예를 이으라고 하면 얼마나 좋아요. 그런데 왜 또 초를 치셨어요? 한 번도 아니고, 두 번이나! 엄마야말로 얼마나 이기적인 줄 아세요? 아들의 마음 같은 거, 신경도 안 쓰냐구요! 엄마가, 엄마면서!"

진은희는 차갑게 아들을 노려보았다.

"마음? 너 설마, 다른 사람들처럼 나도 네가 첫사랑을 잊을 수 없어 걔를 찾아갔다고 믿는 줄 아는 거니?"

경민은 입을 다물었다.

"얘. 내가 비록 너나 네 아버지만큼 수재는 아니지만, 나도 대학 나왔어. 바보 아니다. 나도 보는 눈이 있고 듣는 귀 있다. 세상 돌아가는 이치 정도는 꿰고 산다는 뜻이야."

"내 나이가 몇인데 첫사랑 타령을 해요. 그렇다고 마음도 없으면서 내가 걜 찾아갔을 거 같아요?"

진은희가 콧방귀를 뀌었다.

"흥. 네 아버지랑 '정오' 요즘 골치 아프잖아. 그동안이야 쉽사리 손 빌리며 잘 부려먹었지만 이제는 아무도 견제할 상대가 없어지니, 두렵고 껄끄러운 대상이 돼 버렸잖아. 정부에서 변호사법 수정안 들먹이기 시작했잖아. '정오'에서 목숨 걸고 로비하는 거, 알 만한 사람은 다 안다. 그런데 갑자기 법무부 장관이 갈렸어. 그것도 '정오' 못마땅해하던 인간으로. 지금까지는 목소리 내지 않던 사람들이 갑자기 변호사법 수정안을 들먹이고 있어. 아무리 로비를 해 봐도 이번엔 통 쉽지 않은 거지. 약점 잡혔던 인간들은 다 떨어져 나가 버렸고 말야. 그래서 법무부 장관 라인의 인사가 필요한 거 아니야? 대법원장, 동부지법원장, 다 법무부 장관 라인이지? 그 끝에는 동부지법원장이 딸처럼 아끼고 도는 배은서 판사도 있고 말야."

정경민은 퉁명스럽게 어깨를 으쓱거렸다.

"서로 윈윈 하면 좋잖아요. 은서는 끝까지 청렴한 판사로 남을 텐데. 그럼 우리 집도 부와 명예, 모두 쥐는 거구요. 대법원장 라인이랑 화해하고 합의하기에 혼사보다 더 좋은 게 어디 있어요? 이 결혼만 성사된다면 아버지가 두 손 들고 기뻐하셨을 텐데. 아버지도 예전 같지 않으세요. 요즘은 여기저기 탈도 나고."

하지만 진은희는 눈 하나 깜짝하지 않았다.

"왜? 미국에서 돌아와 아버지 회사로 들어가려니 불안하니? 그 개천 출신 용이 버티고 있어? 다 뺏기게 생겼니? 그래서 결혼이라도 해서 아버지 고민 풀어 주지 못하면 네 입지 사라질까 봐? 아버지가 너한테 '정오' 안 물려줄까 봐 그러니?"

정곡을 찔린 정경민은 아무 말 없이 진은희를 마주 보기만 했다. 그런 아들이 새삼 딱해져서 진은희는 또 이를 갈았다.

"바늘로 찔러도 피 한 방울 안 나올 인간이다, 네 아버지."

다소 창백해진 안색으로 경민은 힘없이 웃었다.

"원래, 아버지가 인재를 중하게 생각하시죠. 사람이 타고난 환경보다, 그것을 뛰어넘는 의지와 능력이 몇 백 배 중요하다고 늘 강조하셨구요."

진은희는 서글픈 눈으로 지쳐 보이는 아들을 올려다보았다.

"그래서 다 그놈 준다던? 자기 꼭 닮은 것 같은 새끼 용한테?"

경민은 시선을 내리깔았다.

"충분히 그러실 수 있는 분인 거, 엄마가 더 잘 알잖아요."

진은희가 또 콧방귀를 뀌었다.

"웃기지 말라고 해. '정오'의 반은 사실상 내 거야. 내가 이렇게 눈을 시퍼렇게 뜨고 있는데 누가 감히 내 아들을 밟고 올라선단 말이니?"

경민은 약간은 멍해진 표정으로 진은희를 쳐다보았다. 평생 자신에게 무관심하던 어머니가 이렇게 나올 줄은 예상 못 했던 것이다.

"얘, 너 가서 전해라. 솔직히 자기가 평생을 쏟아 부은 '정오'를 또 다른 업둥이 자식한테 홀라당 뺏기는 거 보고 싶긴 한데, 내 아들이 있는 한 그건 안 되겠다고. 너한테 예정된 유업에서 한 톨이라도 건드려 보라구 해. 그날로 내가 당장 이혼 소송 걸 거고, 네 아버지 쥐고 있는 거 무슨 짓을 해서도 다 뺏어올 거라고. 그날로 이판사판, 진흙탕 이전투구되는 거라고. 알았니?"

경민은 웃지도, 울지도 못하고, 표독스럽게 눈을 번뜩거리는 어머니를 바라만 보았다.

외전 3

위준희가 열일곱 살 되던 해, 어느 여름날이었다. 집에 오자마자 낡은 선풍기를 컴퓨터 앞에 갖다 놓고 늘 들어가는 게임에 접속했다. 최근 들어 주체할 수 없이 자라는 키 때문에 반바지 밑으로 껑충하게 내려오는 다리를 접을 수도 펼 수도 없었다.

"에이 씨."

결국 다리를 책상 위에 올려 두고 의자를 뒤로 뺐다. 최대한 편안한 자세를 찾아 자리를 잡고 본격적으로 게임의 세계로 들어가던 참이었다. 메시지 창에 불이 반짝거렸다.

왔냐?

공민수다.

이 새끼는 언제 들어와도 먼저 접속해 있다. 잠시 얼굴을 찡

그리다가 메시지를 보냈다.

뭐 하나?

여기 파티 맺으려고 기다리고 있어. 너도 올래? 아이템 기가
막히다는데.

게임에 들어왔지만 딱히 친한 사람도 없고 콕 집어 하고 싶
은 것도 없어서 준희는 민수의 초대에 응했다. 자신의 캐릭터
가 민수가 대기하고 있던 던전으로 들어갔을 때였다. 어디, 멀
리서 은은하게 뇌성이 들려왔다. 비가 오려는 모양이었다.

한참 동안 게임에 몰두하고 문득 고개를 들어 보니 이미 사
방이 어두워져 있었다. 아직 해가 지려면 멀었는데 이렇게 먹
구름이 몰려오는 걸 보니 아무래도 비가 제법 많이 오려는 것
같았다.

야. 비 오려나 부다.

민수가 먼저 비 타령을 시작했다.

응.

너네 누님 우산 가져갔냐?

누님? 공민수가 깍듯이 '누님'이라고 부르는 사람이라면, 배
은서?

뭔 우산?

아, 나 아까 놀이터에서 너네 누님 봤다. 데이트 중이시더라.
ㅋㅋㅋ

준희의 얼굴이 부루퉁해졌다. 배은서 남자 친구라면 이미
알고 있는 얘기다.

사법 연수원에서 만난 수재. 우리 꼰대가 엄청 좋아한다.

야. 누님 국수 먹여 주시는 거냐?

배은서가 결혼을 한다고?

웃기시네.

왜? 둘이 잘 어울리던데.

이유 없이 속이 부글거렸다.

속없는 새끼.

시꺼.

이번엔 '콰광' 커다란 천둥소리가 들렸다. 위이이잉, 물기를 머금은 바람이 집 안으로 들이쳤다. 다시 게임에 집중하려던 위준희는 공민수에게 메시지만 보내고 마우스를 내던지고 말았다.

나 간다.

벌써? 왜?

꼴랑 두 개밖에 없는 우산이 현관 앞에 놓여 있는 걸 보았던 기억이 떠올랐다. 바람을 보니 살짝 내리고 끝날 비 같아 보이지 않는데. 이 비 맞으면 물에 빠진 생쥐가 될 텐데. 아무래도 신경이 쓰여 더 이상 게임에 집중할 수가 없었다.

"아이 씨."

위준희는 현관에 놓인 낡은 우산 두 개를 집어 들고 놀이터로 향했다.

"오늘이 마지막이야."

어둑어둑해진 놀이터 구석에서 남자의 목소리가 들렸다.

"미안해. 이제 너 만나지 못해."

슬리퍼를 끌고 터벅터벅 걸어가던 위준희는 걸음을 멈추었다. 아무리 어리다고 해도 지금이 끼어들 포인트가 아니라는 것쯤은 알 수 있었다. 남자는 죄인처럼 고개를 숙이고 있었고, 남자를 마주 보고 서 있는 배은서의 표정은 보이지 않았다.

"……괜찮아."

담담한 은서의 목소리가 들리자 남자는 은서의 양쪽 어깨를 붙들었다.

"나 욕해. 그냥 때려. 응?"

"너 잘못 없어."

순간 아빠가 하던 혼잣말이 준희의 머릿속을 스치고 지나갔다.

'남자가 잘난 건 좋은데 집안이 너무 대단하구나. 그 집에서 은서 반대하면 안 되는데.'

배은서가 그렇게 좋아하던 못난 어른 남자는 아무 말도 하지 않았다. 아니, 못 하는 것 같았다. 저도 모르게 화가 치밀어 올라 위준희는 우산 손잡이를 부러질 듯 움켜쥐었다.

"어서 가."

은서가 힘없이 말했다. 사법 연수원을 수석으로 마쳤다는 못난 자식은 고개도 들지 못하고 은서에게서 돌아섰다. 그러곤 달아나듯 걸음을 재촉해 골목 너머로 사라져 갔다.

번쩍, 번개가 쳤다.

방향을 잃고 사방에서 들이치는 바람 속에서 배은서의 머리칼도 어지러이 흩날렸다. 은서는 꼼짝도 하지 않고, 그 자식이 사라진 방향을 보며 서 있었다. 하얀 주먹을 꼭 쥐고 있는 모습이 보였다.

이상한 일이었다.

배은서의 뒷모습을 바라보던 위준희는 난생처음 '가슴 아프다'는 말이 무슨 뜻인지 실감하게 되었다. 갑자기 가슴팍이 답답해지며 숨을 쉬는 게 조금 전처럼 자유롭지 않았다. 가슴 한쪽에서 쥐어짜는 듯한 통증이 느껴졌다. 지릿지릿, 이상한 통증이 가슴 근육을 너머 온몸으로 퍼져 나가고 있었다.

뚝, 뚝, 후드득. 묵직한 빗방울이 쏟아지기 시작했다.

어디선가 '흑, 흑' 소리도 들렸다.

배은서가 울고 있는 것이다.

비가 점점 거세지는데, 온몸이 빗물에 젖어 들고 있는데도, 위준희는 한동안 움직이지 못하고 서 있었다. 언제나 꼿꼿하고 언제나 밝던 배은서가 울고 있는데 감히 다가설 수가 없었다. 언젠가 자신을 업고 병원으로 뛰어갔던 그 어깨가, 저토록 가냘프고 여릴 줄은 몰랐다. 빗물에 흠뻑 젖은 그 어깨가 슬픔을 이기지 못하고 가느다랗게 떨리고 있었다. 순간 상상도 하지 못했던 충동이 불쑥 떠올랐다.

언젠가부터 내려다보게 된 배은서의 어깨를 감싸 안아 주고 싶었던 것이다.

가슴에 꼭 끌어안고, 울지 말라고, 떨지 말라고, 달래 주고 싶었다.

못난 뒷모습 보이며 떠나 버린 그따위 자식 때문에 울지 말라고 다독거리며 눈물을 닦아 주고 싶었다.

번쩍, 또다시 번갯불이 컴컴한 하늘을 찢어 놓았다.

잠시 잠깐 세상이 환해지며 손등으로 눈물을 훔치는 배은서의 아픈 뒷모습이 똑똑히 눈에 들어왔다.

비로소 손에 들고 있던 우산이 떠올랐다.

위준희는 우산을 펴고 배은서에게 다가갔다. 종잡을 수 없이 휘몰아치는 바람 때문에 우산은 이미 의미가 없었지만, 그래도 꼭 배은서의 머리에 우산을 씌워 주고 싶었다.

머리 위로 불쑥 익숙한 우산이 씌워지자 울고 있던 은서가 뒤를 돌아보았다.

"너구나."

처음이었다. 얼굴이 새빨개져서 그렁그렁한 눈으로 눈물을 흘리는 배은서의 모습을 처음 보았다. 이렇게 무방비 상태로, 이렇게 어린아이 같은 얼굴로, 흠뻑 젖은 채로 올려다보면…….

쿵!

어디선가, 몹시도 무거운 무언가가, 육중한 소리를 내며 떨어졌다.

왼쪽 가슴에 아릿한 통증이 일었다.

별안간 은서가 우산을 들고 있는 위준희를 덥썩 끌어안았다.

"준희야. 우린 절대 헤어지지 말자. 그럴 수 있지?"

얇은 면 티셔츠는 이미 빗물에 흠뻑 젖어 있었고 배은서가 입고 있던 블라우스 역시 별반 다르지 않았다. 자신의 가슴에 얼굴을 묻은 은서가 뜨거운 눈물을 흘리고 있었다. 이미 젖어 있는 티셔츠가 뜨뜻한 눈물에 다시 젖고 있었다.

"난 절대 떠날 수 없거든. 세상이 뭐라고 해도, 누가 뭐라고 해도, 너랑 갈라질 순 없거든."

심장이 미친 말처럼 거칠게 뛰고 있었다. 살가죽을 뚫고 밖으로 뛰쳐나올 것만 같았다. 그런데도 배은서는 아무것도 느끼지 못하는 모양이었다. 계속해서 펑펑 뜨거운 눈물을 쏟아내고 있었다.

"너도 그렇지? 그런 거지? 넌 세상에서 내가 가장 사랑하는 사람이니까."

그는 숨을 들이켰다. 순간 대답할 수가 없다.

위준희는 감히 입을 열 수도, 숨을 쉴 수도 없었다.

한여름에 몰려든 시커먼 먹구름은 폭포수 같은 빗줄기를 쏟아 부었다. 건물 지붕 위로, 아스팔트 바닥으로 물줄기가 들이닥치며 뽀얗게 물안개가 피어올랐다.

"으흐흑. 누가 뭐래도 넌 내 동생이니까. 사랑하는 내 가족이니까."

배은서의 젖은 머리에서 물줄기가 뚝뚝 떨어졌다. 볼을 타고 뜨거운 눈물이 주룩주룩 흘러내렸다. 두 사람 머리 위로 펼쳐진 낡은 우산을 요란하게 빗줄기가 두드리고 있었다.

낡아 빠진 우산 아래, 비를 피할 수 있는 고작 한 뼘. 당장 위준희가 배은서에게 줄 수 있는 세상의 전부였다. 준희는 고개를 들어 빗물이 뚝뚝 흐르는 우산 안쪽을 쳐다보았다. 어딘가 찢어지기라도 했는지 빗물은 살을 타고 손잡이 위로 주룩주룩 흘러내렸다. 목구멍 너머로 쓴물이 넘어왔다. 고작 이만큼밖에 줄 수 없는 자신이, 열일곱이란 나이가, 못 견디게 싫었다.

그녀의 어깨와 등, 아니 온몸이 슬픔을 이기지 못하고 가냘프게 떨리고 있었지만 준희는 안아 줄 수 없었다. 토닥거려 줄 수도 없었다. 그의 마음은 이미 번갯불과 같은 깨달음과 입 밖으로 뱉을 수 없는 진실로 비바람만큼이나 혼란스러웠다.

차마 입 밖으로 내지 못하고 위준희는 비통하게 되뇌었다.

아니. 아니야.

난 니 동생이 아니야. 난 너를 사랑하는 니 가족이라고 할 수 없어!

위준희는 문득 울고 싶어졌다.

미안해, 배은서. 난, 남자야.

《탑스타의 탑 시크릿》 끝.